CHA TUBIAO KAN SHILI CONG XIJIE XUE
SHIZHENG GONGCHENG YUSUAN YU QINGDAN JIJIA

查图表看实例从细节学

市政工程预算与清单计价

毕春蕾　陈愈义　主编

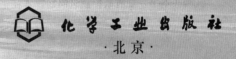

化学工业出版社
·北京·

本书从最基础的预算理论知识入手，依据市政工程概预算定额及最新版的《建设工程工程量清单计价规范》，以"细节"解读的方式详细阐述了市政工程预算编制的方法及注意事项。全书共分9章，主要内容包括：解读市政工程施工图识读；解读土石方工程工程量计算；解读道路工程工程量计算；解读桥涵工程工程量计算；解读隧道工程工程量计算；解读市政管网工程工程量计算；解读地铁工程工程量计算；解读市政工程施工图预算的编制与审查；市政工程工程量计算实例解读等。

　　本书内容丰富，重点突出，体例新颖，可操作性极强，既可作为市政工程造价编制工作的入门培训辅导教材，也可供市政工程造价人员工作时参考。

图书在版编目（CIP）数据

　　查图表看实例从细节学市政工程预算与清单计价/毕春蕾，陈愈义主编 . —北京：化学工业出版社，2011.1
　　ISBN 978-7-122-09235-9

　　Ⅰ．查… Ⅱ．①毕…②陈… Ⅲ．①市政工程-建筑预算定额②市政工程-工程造价 Ⅳ．TU723.3

　　中国版本图书馆 CIP 数据核字（2010）第 147057 号

责任编辑：董　琳　　　　　　　　文字编辑：徐雪华
责任校对：徐贞珍　　　　　　　　装帧设计：刘丽华

出版发行：化学工业出版社（北京市东城区青年湖南街 13 号　邮政编码 100011）
印　　装：大厂聚鑫印刷有限责任公司
787mm×1092mm　1/16　印张 12¾　字数 353 千字　2011 年 1 月北京第 1 版第 1 次印刷

购书咨询：010-64518888（传真：010-64519686）　售后服务：010-64518899
网　　址：http://www.cip.com.cn
凡购买本书，如有缺损质量问题，本社销售中心负责调换。

定　　价：38.00 元

编写人员名单

主　　编	毕春蕾	陈愈义	
副主编	张　丽	赵明秀	
编写人员	谭　续	彭　维	毕春蕾	陈愈义
	陈远生	陈远吉	陈文娟	陈桂香
	陈　荣	王　勇	王　芳	龚爱平
	罗进发	李文慧	李斐斐	李春平
	李成龙	杜丽丽	宁荣荣	宁　平
	梁海丹	赵明秀	符文峰	张　丽
	廖方伟	马玲鸽	邱　婷	孙艳鹏
	高　蓓	朱文会		
合作伙伴	中国考通网（www. kaotong. net）			

前言

FOREWORD

随着我国市场经济建设的发展，国家对建设体制的不断改革和投资的逐年增加，工程预算编制工作已经成为当今社会主义现代化建设事业中一项很重要的基础性工作。工程预算是对工程项目在未来一定时期内的收入和支出情况所做的计划，最大的优点是可以通过货币形式来对工程项目的投入进行评价并反映工程的经济效果。它是加强企业管理、实行经济核算、考核工程成本、编制施工计划的依据；也是工程招投标报价和确定工程造价的主要依据。

在很长一段时间内，我国工程造价管理都是按照传统的定额计价模式进行的，而现阶段，我国正积极推行建设工程工程量清单计价制度，我国的造价计价管理工作已逐步从过去以固定"量"、"价"、"费"定额为主导的静态管理模式，过渡到了"控制量、指导价、竞争费"主要依据市场变化的动态管理体制，并颁布实施了《建设工程工程量清单计价规范》（GB 50500—2008）。清单计价模式更能适应国际经济发展的需求，提高了投资人的资金使用效益，促进施工企业技术改进步伐。

为了更快地帮助广大建设工程预算初学者学习，掌握过硬的理论知识，与实际操作相结合，在工作中更好地履行职责，适应市场经济条件下的需要，我们特地组织了一批具有丰富建设工程预算理论知识和实践工作经验的专家学者，编写了这套"查图表看实例从细节学建设工程预算与清单计价"系列图书，包括以下 6 本：

《查图表看实例从细节学安装工程预算与清单计价》
《查图表看实例从细节学建筑工程预算与清单计价》
《查图表看实例从细节学园林工程预算与清单计价》
《查图表看实例从细节学公路工程预算与清单计价》
《查图表看实例从细节学市政工程预算与清单计价》
《查图表看实例从细节学装饰装修工程预算与清单计价》

本系列书的编写思路，始终贯彻"细节"的理念，每章节都有给读者温馨的贴心提示和简明的细节提醒，给读者展示每章节简明扼要的重点和最新观点；另外，因为预算工作本身就是一项艰苦细致的工作，是从计算工程开工到竣工验收所需全部费用的文件。在实际编制预算的具体工作时，都要求要具备良好的职业素质，以及耐心细致、实事求是的作风；从最基础的理论知识入手，逐步加深专业知识，再结合案例分析，即使是初学者也能一看就会，使其更好地掌握建设工程预算工作的步骤和程序。

本系列书内容丰富详细、资料翔实易懂，注重理论指导实践，以及对工程预算编制实际操作能力的培养，既可作为工程预算培训教材，也可供广大工程预算编制人员工作时参考。在编写过程中得到了有关专家和身处施工一线的建设工程预算员的大力支持与帮助，并参考和引用了有关部门、单位和个人的资料，在此一并表示感谢。

由于编写时间仓促加之编者水平有限，书中难免会产生不妥及疏漏之处，敬请广大读者和有关专家批评指正。

编者

目录

CONTENTS

第六章　解读市政管网工程工程量计算

第八章　解读市政工程施工图预算的编制与审查

第九章　市政工程工程量计算实例解读

参考文献

第一章

解读市政工程施工图识读

贴·心·提示

> 市政工程是基本建设的重要内容之一，属于建筑工程类。其包括的范围很广，路桥、涵洞、隧道等均属于市政建筑工程。根据修建的工程对象不同，市政工程可分为道路工程、桥梁工程、城市给排水工程、交通工程、城市燃气和热力管网工程、地铁工程等。

第一节　市政工程制图一般规定

细节提醒

为了使工程图样图形准确统一，图面清晰，符合生产要求和便于技术交流，以适应工程的需要，国家制定了《房屋建筑制图统一标准》(GB/T 50001—2001)、《总制图标准》(GB/T 50103—2001)、《建筑制图标准》(GB/T 50104—2001)、《建筑结构制图标准》(GB/T 50105—2001)、《给水排水制图标准》(GB/T 50106—2001) 和《暖通空调制图标准》(GB/T 50114—2001) 等国家制图标准，分别对图幅大小、图线线型、尺寸标注、图例和字体等内容作了统一的规定。

一、图纸幅面规格与图纸编排顺序

细节解读一：图纸幅面

(1) 图纸幅面及图框尺寸应符合表 1-1 的规定。

表 1-1　图纸幅面及图框尺寸　　　　　　　　　　　　　　　单位：mm

尺寸	幅　面　代　号				
	A0	A1	A2	A3	A4
$b×l$	841×1139	594×841	420×594	297×420	210×297
c		10			5
a			25		

(2) 需要微缩复制的图纸，其一个边上应附有一段准确米制尺度，四个边上均附有对中标志。米制尺度的总长应为 100mm，分格应为 10mm。对中标志应画在图纸各边长的中点处，线宽应为 0.35mm，伸入框内应为 5mm。

(3) 图纸的短边一般不应加长，长边可加长，但应符合表 1-2 的规定。

(4) 图纸以短边作为垂直边称为横式，以短边作为水平边称为立式。一般 A0～A3 图纸宜横式使用；必要时，也可使用立式。

(5) 一个工程设计中，每个专业所使用的图纸，一般不宜多于两种幅面，不含目录及表格所采用的 A4 幅面。

表 1-2　图纸长边加长尺寸　　　　　　　　　　　　　　　　　　单位：mm

幅面尺寸	长边尺寸	长边加长后尺寸						
A0	1189	1486	1635	1783	1932	2080	2230	2378
A1	841	1051	1261	1471	1682	1892	2102	
A2	594	743	891	1041	1189	1338	1486	1635
		1783	1932	2080				
A3	420	630	841	1051	1261	1471	1682	1892

注：有特殊需要的图纸，可采用 $b×l$ 为 841mm×891mm 与 1189mm×1261mm 的幅面。

细节解读二：标题栏与会签栏

（1）图纸的标题栏、会签栏及装订边的位置应符合下列规定。

① 横式使用的图纸应按图 1-1 的形式布置。

② 立式使用的图纸应按图 1-2、图 1-3 的形式布置。

（2）标题栏应按图 1-4 所示，根据工程需要选择确定其尺寸、格式及分区。签字区应包含实名列和签名列。涉外工程的标题栏内，各项主要内容的中文下方应附有译文，设计单位的上方或左方，应加"中华人民共和国"字样。

（3）会签栏应按图 1-5 的格式绘制，其尺寸应为 100mm×20mm。栏内应填写会签人员所代表的专业、姓名、日期（年、月、日）；

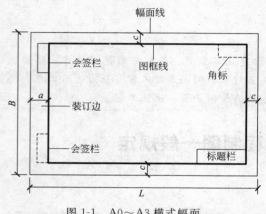

图 1-1　A0～A3 横式幅面

一个会签栏不够时，可另加一个，两个会签栏应并列；不需会签的图纸可不设会签栏。

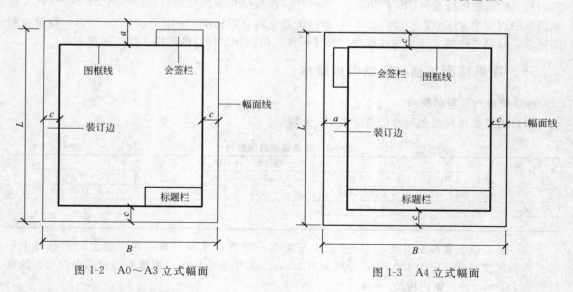

图 1-2　A0～A3 立式幅面　　　　　　　　图 1-3　A4 立式幅面

细节解读三：图纸编排顺序

（1）工程图纸应按专业顺序编排。一般应为图纸目录、总图、建筑图、结构图、给水排水图、暖通空调图、电气图等。

（2）各专业的图纸，应该按图纸内容的主次关系、逻辑关系，有序排列。

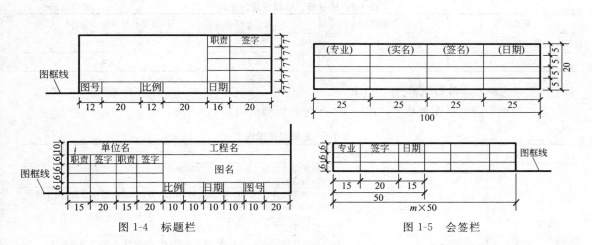

图 1-4 标题栏　　　　　　　　　　　　图 1-5 会签栏

二、图线的表示方法与作用

细节解读一：图线宽度选取

图线的宽度 b，宜从下列线宽系列中选取：2.0mm，1.4mm，1.0mm，0.7mm，0.5mm，0.35mm。每个图样，应根据复杂程度与比例大小，先选定基本线宽 b，再选用表 1-3 中相应的线宽组。

表 1-3　线宽组　　　　　　　　　　　　　　　　单位：mm

线宽比	线宽组					
b	2.0	1.4	1.0	0.7	0.5	0.35
$0.5b$	1.0	0.7	0.5	0.35	0.25	0.18
$0.25b$	0.5	0.35	0.25	0.18	—	—

注：1. 需要微缩的图纸，不宜采用 0.18mm 及更细的线宽。
　　2. 同一张图纸内，各不同线宽中的细线，可统一采用较细的线宽组的细线。

细节解读二：常见线型宽度及用途

工程建设制图常见线型宽度及用途见表 1-4。

表 1-4　工程建设制图常见线型宽度及用途

名　称		线　型	线　宽	一　般　用　途
实线	粗		b	主要可见轮廓线
	中		$0.5b$	可见轮廓线
	细		$0.25b$	可见轮廓线、图例线
虚线	粗		b	见各有关专业制图标准
	中		$0.5b$	不可见轮廓线
	细		$0.25b$	不可见轮廓线、图例线
单点长画线	粗		b	见各有关专业制图标准
	中		$0.5b$	见各有关专业制图标准
	细		$0.25b$	中心线、对称线等
双点长画线	粗		b	见各有关专业制图标准
	中		$0.5b$	见各有关专业制图标准
	细		$0.25b$	假想轮廓线，成型前原始轮廓线
折断线			$0.25b$	断开界线
波浪线			$0.25b$	断开界线

细节解读三：图框线、标题栏线

工程建设制图，图纸的图框和标题栏线，可采用表 1-5 的线宽。

表 1-5　图框线、标题栏线的宽度　　　　　　　　　　　　单位：mm

幅面代号	图框线	标题栏外框线	标题栏分格线、会签栏线
A0、A1	1.4	0.7	0.35
A2、A3、A4	1.0	0.7	0.35

细节解读四：总图制图图线

总图制图，应根据图纸功能，按表 1-6 规定的线型选用。

表 1-6　总图制图图线

名　称		线　型	线宽	用　途
实线	粗		b	(1)新建建筑物±0.000 高度的可见轮廓线； (2)新建的铁路、管线
	中		$0.5b$	(1)新建构筑物、道路、桥涵、边坡、围墙、露天堆场、运输设施、挡土墙的可见轮廓线； (2)场地、区域分界线、用地红线、建筑红线、尺寸起止符号、河道蓝线； (3)新建建筑物±0.000 高度以外的可见轮廓线
	细		$0.25b$	(1)新建道路路肩、人行道、排水沟、树丛、草地、花坛的可见轮廓线； (2)原有(包括保留和拟拆除的)建筑物、构筑物、铁路、道路、桥涵、围墙的可见轮廓线； (3)坐标网线、图例线、尺寸线、尺寸界线、引出线、索引符号等
虚线	粗		b	新建建筑物、构筑物的不可见轮廓线
	中		$0.5b$	(1)计划扩建建筑物、构筑物、预留地、铁路、道路、桥涵、围墙、运输设施、管线的轮廓线； (2)洪水淹没线
	细		$0.25b$	原有建筑物、构筑物、铁路、道路、桥涵、围墙的不可见轮廓线
单点长画线	粗		b	露天矿开采边界线
	中		$0.5b$	土方填挖区的零点线
	细		$0.25b$	分水线、中心线、对称线、定位轴线
粗双点长画线			b	地下开采区塌落界线
折断线			$0.5b$	断开界线
波浪线			$0.5b$	

注：应根据图样中所表示的不同重点，确定不同的粗细线型。例如，绘制总平面图时，新建建筑物采用粗实线，其他部分采用中线和细线；绘制管线综合图或铁路图时，管线、铁路采用粗实线。

细节解读五：建筑结构制图图线

建筑结构专业制图应选用表 1-7 所示的图线。

表 1-7　建筑结构制图图线

名　称		线　型	线宽	一 般 用 途
实线	粗		b	螺栓、主钢筋线、结构平面图中的单线结构构件线、钢木支撑及系杆线，图名下横线、剖切线
	中		$0.5b$	结构平面图及详图中剖到或可见的墙身轮廓线、基础轮廓线、钢、木结构轮廓线、箍筋线、板钢筋线
	细		$0.25b$	可见的钢筋混凝土构件的轮廓线、尺寸线、标注引出线、标高符号、索引符号
虚线	粗		b	不可见的钢筋、螺栓线，结构平面图中的不可见的单线结构构件线及钢、木支撑线
	中		$0.5b$	结构平面图中的不可见构件、墙身轮廓线及钢、木构件轮廓线
	细		$0.25b$	基础平面图中的管沟轮廓线、不可见的钢筋混凝土构件轮廓线
单点长画线	粗		b	柱间支撑、垂直支撑、设备基础轴线图中的中心线
	细		$0.25b$	定位轴线、对称线、中心线
双点长画线	粗		b	预应力钢筋线
	细		$0.25b$	原有结构轮廓线
折断线			$0.25b$	断开界线
波浪线			$0.25b$	断开界线

细节解读六：其他规定

其他规定主要包括以下内容：

(1) 同一张图纸内相同比例的各图样，应选用相同的线宽组；

(2) 相互平行的图线，其间隙不宜小于其中的粗线宽度，且不宜小于0.7mm；

(3) 虚线、单点长画线或双点长画线的线段长度和间隔，宜各自相等；

(4) 单点长画线或双点长画线，当在较小图形中绘制有困难时，可用实线代替；

(5) 单点长画线或双点长画线的两端，不应是点。点画线与点画线交接或点画线与其他图线交接时，应是线段交接；

(6) 虚线与虚线交接或虚线与其他图线交接时，应是线段交接。虚线为实线的延长线时，不得与实线连接；

(7) 图线不得与文字、数字或符号重叠、混淆，不可避免时，应首先保证文字等的清晰。

三、比例的表示方法与要求

图样的比例，应为图形与实物相对应的线性尺寸之比。例如1：100就是用图上1m的长度表示房屋实际长度100m。比例的大小是指比值的大小，如1：50大于1：100。建筑工程中大都用缩小比例。

平面图 1:100　　⑥ 1:200

图 1-6　比例的注写

比例的符号为"："，比例应以阿拉伯数字表示，如1：1、1：2、1：100等。比例宜注写在图名的右侧，字的基准线应取平；比例的字高宜比图名的字高小一号或两号，如图1-6所示。

细节解读一：常用绘图比例

常用的绘图比例，应根据图样的作用与被绘对象的复杂程度进行选用，常用绘图比例见表1-8，并应优先用表中常用比例进行绘图。

表 1-8　绘图所用的比例

常用比例	1：1、1：2、1：5、1：10、1：20、1：50、1：100、1：150、1：200、1：500、1：1000、1：2000、1：5000、1：10000、1：20000、1：50000、1：100000、1：200000
可用比例	1：3、1：4、1：6、1：15、1：25、1：30、1：40、1：60、1：80、1：250、1：300、1：400、1：600

细节解读二：总图制图比例

总图制图采用的比例，应符合表1-9的规定。

表 1-9　总图制图比例

图　名	比　例
地理、交通位置图	1：25000～1：200000
总体规划、总体布置、区域位置图	1：2000、1：5000、1：10000、1：25000、1：50000
总平面图、竖向布置图、管线综合图、土方图、排水图、铁路、道路平面图、绿化平面图	1：500、1：1000、1：2000
铁路、道路纵断面图	垂直：1：100、1：200、1：500； 水平：1：1000、1：2000、1：5000
铁路、道路横断面图	1：50、1：100、1：200
场地断面图	1：100、1：200、1：500、1：1000
详图	1：1、1：2、1：5、1：10、1：20、1：50、1：100、1：200

四、尺寸标注方法与要求

细节解读一：尺寸的组成

(1) 图样上的尺寸，包括尺寸界线、尺寸线、尺寸起止符号和尺寸数字，如图1-7所示。

(2) 尺寸界线应用细实线绘制，一般应与被注长度垂直，其一端应离开图样轮廓线不小于2mm，另一端宜超出尺寸线2～3mm。图样轮廓可用作尺寸界线，如图1-8所示。

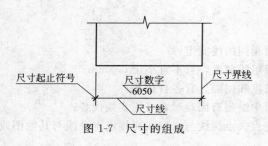

图 1-7　尺寸的组成

（3）尺寸线应用细实线绘制，应与被注长度平行。图样本身的任何图线均不得用作尺寸线。

（4）尺寸起止符号一般用中粗斜短线绘制，其倾斜方向应与尺寸界线成顺时针 45°角，长宜为 2～3mm。半径、直径、角度与弧长的尺寸起止符号，宜用箭头表示，如图 1-9 所示。

（5）道路工程图中尺寸起止符号宜采用单边箭头表示，箭头在尺寸界线的右边时，应标注在尺寸线之上；反之应标注在尺寸线之下。箭头大小可按绘图比例取值。在连续表示的小尺寸中，也可在尺寸界线同一水平的位置，用黑圆点表示。

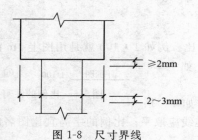

图 1-8　尺寸界线

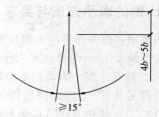

图 1-9　箭头尺寸起止符号

细节解读二：尺寸数字的标注方法

（1）图样上的尺寸，应以尺寸数字为准，不得从图上直接量取。

（2）图样上的尺寸单位，除标高及总平面以米为单位外，其他必须以毫米为单位。

（3）尺寸数字的方向，应按图 1-10 的规定注写。若尺寸数字在 30°斜线区内，宜按图 1-11 的形式注写。

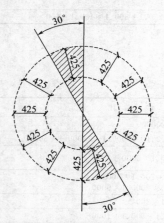

图 1-10　在 30°斜线区内严禁注写尺寸数字

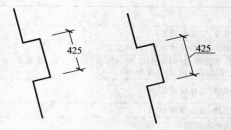

图 1-11　在 30°斜线区内注写尺寸数字的形式

（4）尺寸数字一般应依据其方向注写在靠近尺寸线的上方中部。如没有足够的注写位置，最外边的尺寸数字可注写在尺寸界线的外侧，中间相邻的尺寸数字可错开注写，如图1-12所示。

细节解读三：尺寸的简化标注

（1）杆件或管线的长度，在单线图（桁架简图、钢筋简图、管线简图）上，可直接将尺寸数字沿杆件或管线的一侧注写（见图 1-13）。

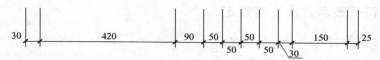

图 1-12 尺寸数字的注写位置

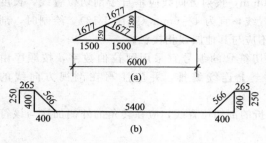

(a)

(b)

图 1-13 单线图尺寸标注方法

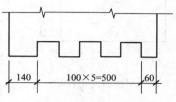

图 1-14 等长尺寸简化标注方法

（2）连续排列的等长尺寸，可用"个数×等长尺寸＝总长"的形式标注（见图1-14）。

（3）构配件内的构造因素（如孔、槽等）如相同，可仅标注其中一个要素的尺寸（见图1-15）。

（4）对称构配件采用对称省略画法时，该对称构配件的尺寸线应略超过对称符号，仅在尺寸线的一端画尺寸起止符号，尺寸数字应按整体全尺寸注写，其注写位置宜与对称符号对齐（见图1-16）。

（5）两个构配件，如个别尺寸数字不同，可在同一图样中将其中一个构配件的不同尺寸数字注写在括号内，该构配件的名称也应注写在相应的括号内（见图1-17）。

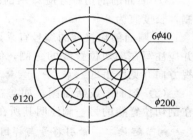

图 1-15 相同要素尺寸标注方法

（6）数个构配件，如仅某些尺寸不同，这些有变化的尺寸数字，可用拉丁字母注写在同一图样中，另列表格写明其具体尺寸（见图1-18）。

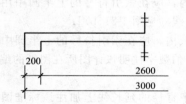

图 1-16 对称构配件尺寸标注方法

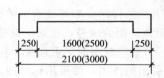

图 1-17 相似构配件尺寸标注方法

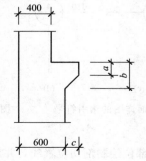

构件编号	a	b	c
Z-1	200	200	200
Z-2	250	450	200
Z-3	200	450	250

图 1-18 相似构配件尺寸表格式标注方法

五、制图符号表示方法及其规定

细节解读一：剖切符号

（1）剖视的剖切符号应符合下列规定。

① 剖视的剖切符号应由剖切位置线及投射方向线组成，均应以粗实线绘制。剖切位置线的长度宜为6～10mm，投射方向线应垂直于剖切位置线，长度应短于剖切位置线，宜为4～6mm（见图1-19）。绘制时，剖视的剖切符号不应与其他图线相接触。

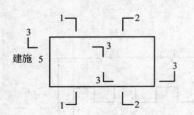

图1-19　剖视的剖切符号

② 剖视剖切符号的编号宜采用阿拉伯数字，按顺序由左至右、由下至上连续编排，并应注写在剖视方向线的端部。

③ 需要转折的剖切位置线，应在转角的外侧加注与该符号相同的编号。

④ 建（构）筑物剖面图的剖切符号宜注在±0.000标高的平面图上。

（2）断面的剖切符号应符合下列规定。

① 断面的剖切符号应只用剖切位置线表示，并应以粗实线绘制，长度宜为6～10mm；

② 断面剖切符号的编号宜采用阿拉伯数字，按顺序连续编排，并应注写在剖切位置线的一侧；编号所在的一侧应为该断面的剖视方向（见图1-20）；

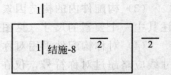

图1-20　断面剖切符号

（3）剖面图或断面图，如与被剖切图样不在同一张图内，可在剖切位置线的另一侧注明其所在图纸的编号，也可以在图上集中说明。

细节解读二：索引符号与详图符号

（1）图样中的某一局部或构件，如需另见详图，应以索引符号索引［见图1-21（a）］。索引符号是由直径为10mm的圆和水平直径组成，圆及水平直径均应以细实线绘制。索引符号应按下列规定进行编写。

① 索引出的详图，如与被索引的详图同在一张图纸内，应在索引符号的上半圆中用阿拉伯数字注明该详图的编号，并在下半圆中间画一段水平细实线［见图1-21（b）］；

② 索引出的详图，如与被索引的详图不在同一张图纸内，应在索引符号的上半圆中用阿拉伯数字注明该详图的编号，在索引符号的下半圆中用阿拉伯数字注明该详图所在图纸的编号［见图1-21（c）］。数字较多时，可加文字标注；

③ 索引出的详图，如采用标准图，应在索引符号水平直径的延长线上加注该标准图册的编号［见图1-21（d）］。

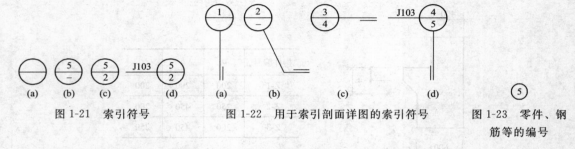

图1-21　索引符号　　　　图1-22　用于索引剖面详图的索引符号　　　图1-23　零件、钢筋等的编号

（2）索引符号如用于索引剖视详图，应在被剖切的部位绘制剖切位置线，并以引出线引出索引符号，引出线所在的一侧应为投射方向。索引符号的编写如图1-22所示。

（3）零件、钢筋、杆件、设备等的编号，以直径为 4～6mm（同一图样应保持一致）的细实线圆表示，其编号应用阿拉伯数字按顺序编写（见图 1-23）。

（4）详图的位置和编号，应以详图符号表示。详图符号的圆应以直径为 14mm 粗实线绘制。详图应按下列规定编号。

① 详图与被索引的图样同在一张图纸内时，应在详图符号内用阿拉伯数字注明详图的编号（见图 1-24）。

② 详图与被索引的图样不在同一张图纸内，应用细实线在详图符号内画一水平直线，在上半圆中注明详图编号，在下半圆中注明被索引的图纸的编号（见图 1-25）。

图 1-24　与被索引图样同在　　　　　图 1-25　与被索引图样不在
一张图纸内的详图符号　　　　　　　　同一张图纸内的详图符号

细节解读三：引出线

（1）引出线应以细实线绘制，宜采用水平方向的直线、与水平方向成 30°、45°、60°、90° 的直线，或经上述角度再折为水平线。文字说明宜注写在水平线的上方［见图 1-26（a）］，也可注写在水平线的端部［见图 1-26（b）］。索引详图的引出线，应对准索引符号的圆心［见图 1-26（c）］。

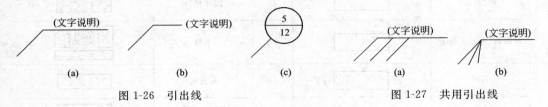

图 1-26　引出线　　　　　　　　　　　　　图 1-27　共用引出线

（2）同时引出几个相同部分的引出线，宜互相平行［见图 1-27（a）］，也可画成集中于一点的放射线［见图 1-27（b）］。

（3）多层构造或多层管道共用引出线，应通过被引出的各层。文字说明宜注写在水平线的上方或注写在水平线的端部，说明的顺序应由上至下，并应与被说明的层次相互一致；如层次为横向排序，则由上至下的说明顺序应与由左至右的层次相互一致。

细节解读四：其他符号

（1）对称符号由对称线和两端的两对平行线组成。对称线用细单点长画线绘制；平行线用细实线绘制，其长度宜为 6～10mm，每对的间距宜为 2～3mm；对称线垂直平分于两对平行线，两端超出平行线宜为 2～3mm（见图 1-28）。

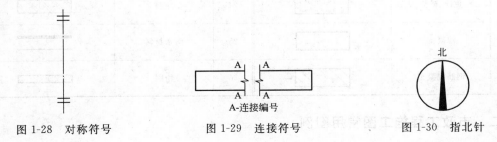

图 1-28　对称符号　　　　　图 1-29　连接符号　　　　　图 1-30　指北针

（2）连接符号应以折断线表示需连接的部位。两部位相距过远时，折断线两端靠图样一侧应标注大写拉丁字母表示连接编号。两个被连接的图样必须用相同的字母编号（见图 1-29）。

（3）指北针的形状宜如图1-30所示，其圆的直径宜为24mm，用细实线绘制；指针尾部的宽度宜为3mm，指针头部应注"北"或"N"字。需用较大直径绘制指北针时，指针尾部宽度宜为直径的1/8。

建筑制图中，指北针应绘制在建筑物±0.000标高的平面图上，并放在明显位置，所指的方向应与总图一致。

第二节　市政工程常用图例

一、市政工程常用建筑材料图例

市政工程常用建筑材料图例见表1-10。

表1-10　常用建筑材料图例

序号	名　称	图　例	序号	名　称	图　例
1	自然土壤		14	多孔材料	
2	夯实土壤		15	纤维材料	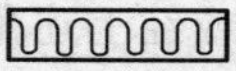
3	砂、灰土		16	泡沫材料	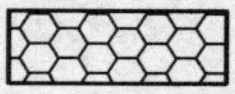
4	砂砾石、碎砖三合土		17	木材	
5	石材		18	石膏板	
6	毛石		19	金属	
7	普通砖		20	网状材料	
8	耐火砖		21	液体	
9	空心砖		22	玻璃	
10	饰面砖		23	橡胶	
11	焦砟、矿渣	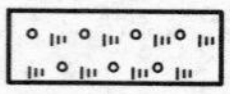	24	塑料	
12	混凝土	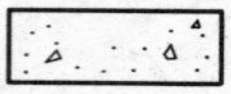	25	防水材料	
13	钢筋混凝土		26	粉刷	

二、市政工程施工图常用图例

细节解读一：市政工程常用图例

市政工程常用图例见表1-11。

表 1-11　市政工程常用图例

项目	序号	名　　称	图　　例
平面	1	涵洞	
	2	通道	
	3	分享式立交 a. 主线上跨 b. 主线下穿	
	4	桥梁	
	5	互通式立交 （按采用形式绘）	
	6	隧道	
	7	养护机构	
	8	管理机构	
	9	防护网	
	10	防护栏	
	11	隔离墩	
纵断	12	箱涵	
	13	管涵	
	14	盖板涵	
	15	拱涵	
	16	箱型通道	
	17	桥梁	
	18	分享式立交 a. 主线上跨 b. 主线下穿	
	19	互通式立交 a. 主线下跨 b. 主线下穿	
材料	20	细粒式沥青混凝土	
	21	中粒式沥青混凝土	
	22	粗粒式沥青混凝土	

项目	序号	名称	图例
	23	沥青碎石	
	24	沥青贯入碎砾石	
	25	沥青表面处置	
	26	水泥混凝土	
	27	钢筋混凝土	
	28	水泥稳定土	
	29	水泥稳定砂砾	
	30	水泥稳定碎砾石	
	31	石灰土	
材料	32	石灰粉煤灰	
	33	石灰粉煤灰土	
	34	石灰粉煤灰砂砾	
	35	石灰粉煤灰碎砾石	
	36	泥结碎砾石	
	37	泥灰结碎砾石	
	38	级配碎砾石	
	39	填隙碎石	
	40	天然砂砾	
	41	干砌片石	

续表

项目	序号	名称		图例
材料	42	浆砌片石		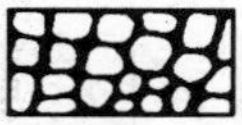
	43	浆砌块石		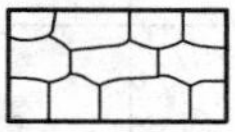
	44	木材	横	
			纵	
	45	金属		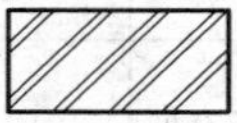
	46	橡胶		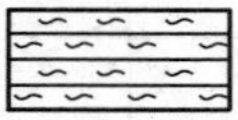
	47	自然土		
	48	夯实土		

细节解读二：市政工程平面设计图图例

市政工程平面设计图图例见表 1-12。

表 1-12　市政工程平面设计图图例

名称	图例	名称	图例
平箅式雨水口（单、双、多箅）	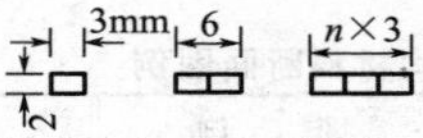	护坡边坡加固	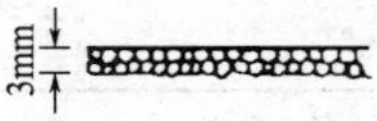
偏沟式雨水口（单、双、多箅）		边沟过道（长度超过规定时按实际长度绘）	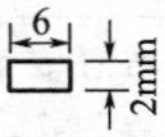
联合式雨水口（单、双、多箅）		大、中小桥（大比例尺时绘双线）	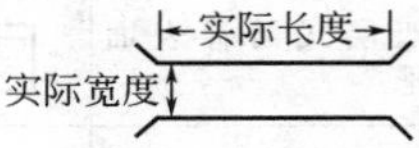
雨水支管	$DN\times\times$　$L=\times\times$m	涵洞（一字洞口）（需绘制口具体做法及导流措施时宽度按实际宽度绘制）	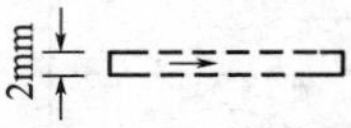
		涵洞（八字洞口）（需绘制口具体做法及导流措施时宽度按实际宽度绘制）	
标柱	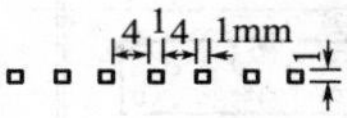	倒虹吸	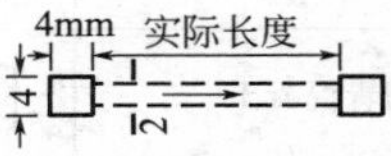
护栏	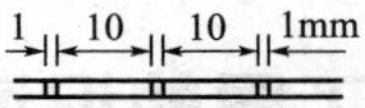	过水路面混合式过水路面	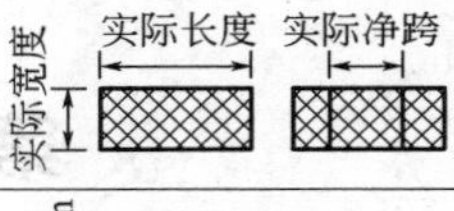
台阶、礓礤、坡道	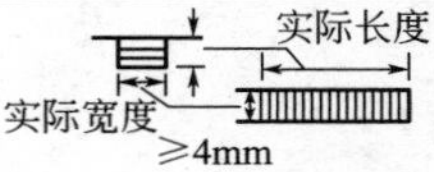	铁路道口	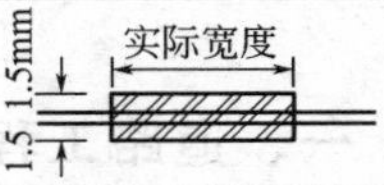
盲沟	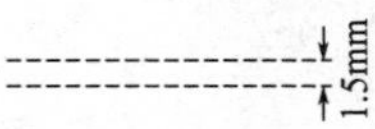	渡槽	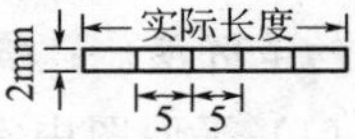

名　称	图　例	名　称	图　例
管道加固	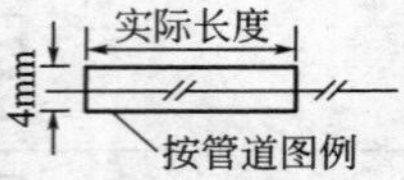 4mm 实际长度 按管道图例	隧道	 2mm 起止桩号
水簸箕、跌水		明洞	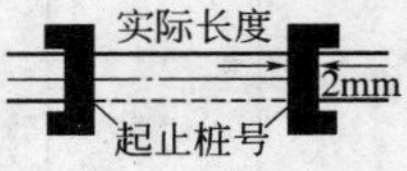 实际长度 2mm 起止桩号
挡土墙、挡水墙	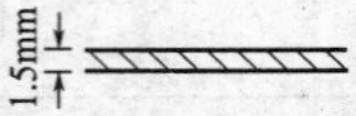 1.5mm	栈桥（大比例尺时绘双线）	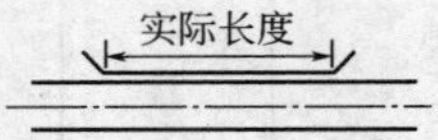 实际长度
铁路立交（长、宽角按实际绘）		迁杆、伐树、迁移、升降雨水口、探井等	 雨 升降 标高
边沟、排水沟及地区排水方向	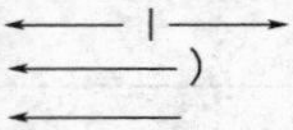	迁坟、收井等（加粗）	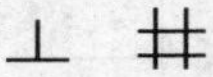
干浆砌片石（大面积）	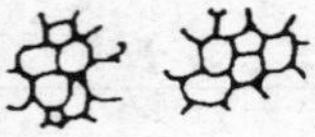	整公里桩号	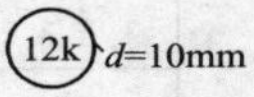 12k d=10mm
拆房（拆除其他建筑物及刨除旧路面相同）	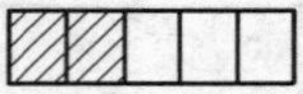	街道及公路立交按设计实际形状（绘制各部组成）参用有关图例	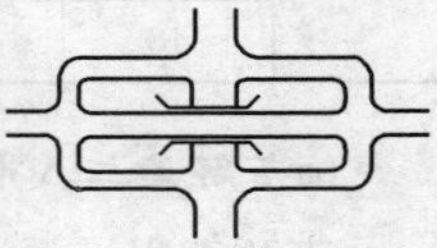

细节解读三：市政路面结构材料断面图例

市政路面结构材料断面图例见表1-13。

表1-13　市政路面结构材料断面图例

名　称	图　例	名　称	图　例	名　称	图　例
单层式沥青表面处理	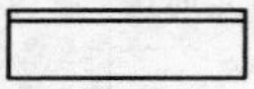	水泥混凝土		石灰土	
双层式沥青表面处理		加筋水泥混凝土	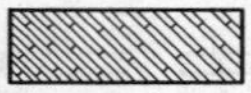	石灰焦渣土	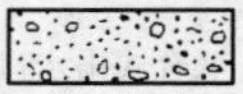
沥青砂黑色石屑（封面）		级配砾石		矿渣	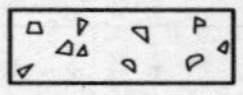
黑色石屑碎石		碎石、破碎砾石		级配砂石	
沥青碎石		粗砂	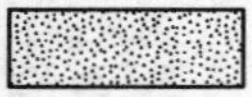	水泥稳定土或其他加固土	
沥青混凝土		焦渣	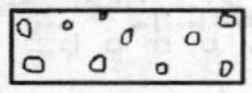	浆砌块石	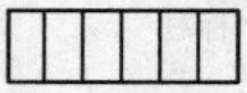

第三节　市政工程施工图的识读方法

一、道路工程施工图的识读

细节解读一：路线平面

（1）平面图中常用的图线应符合下列规定：

① 设计路线应采用加粗粗实线表示，比较线应采用加粗粗虚线表示；

② 道路中线应采用细点画线表示；

③ 中央分隔带边缘线应采用细实线表示；

④ 路基边缘线应采用粗实线表示；

⑤ 导线、边坡线、护坡道边缘线、边沟线、切线、引出线、原有道路边线等，应采用细实线表示；

⑥ 用地界线应采用中粗点画线表示；

⑦ 规划红线应采用粗双点画线表示。

（2）里程桩号的标注应在道路中线上从路线起点至终点，按从小到大，从左到右的顺序排列。公里桩宜标注在路线前进方向的左侧，用符号"O"表示；百米桩宜标注在路线前进方向的右侧，用垂直于路线的短线表示。也可在路线的同一侧，均采用垂直于路线的短线表示公里桩和百米桩。

（3）平曲线特殊点如第一缓和曲线起点、圆曲线起点、圆曲线中点、第二缓和曲线终点、第二缓和曲线起点、圆曲线终点的位置，宜在曲线内侧用引出线的形式表示，并应标注点的名称和桩号。

（4）在图纸的适当位置，应列表标注平曲线要素：交点编号、交点位置、圆曲线半径、缓和曲线长度、切线长度、曲线总长度、外距等。高等级公路应列出导线点坐标表。

（5）缩图（示意图）中的主要构造物可按图 1-31 标注。

（6）图中的文字说明除"注"外，宜采用引出线的形式标注（图 1-32）。

图 1-31　构造物的标注　　　　　　　图 1-32　文字的标注

（7）图中原有管线应采用细实线表示，设计管线应采用粗实线表示，规划管线应采用虚线表示。

（8）边沟水流方向应采用单边箭头表示。

（9）水泥混凝土路面的胀缝应采用两条细实线表示；假缝应采用细虚线表示，其余应采用细实线表示。

细节解读二：路线纵断面

（1）纵断面图的图样应布置在图幅上部。测设数据应采用表格形式布置在图幅下部。高程标尺应布置在测设数据表的上方左侧（图 1-33）。

测设数据表宜按图 1-33 的顺序排列。表格可根据不同设计阶段和不同道路等级的要求而增减。纵断面图中的距离与高程宜按不同比例绘制。

（2）道路设计线应采用粗实线表示；原地面线应采用细实线表示；地下水位线应采用细双点画线及水位符号表示；地下水位测点可仅用水位符号表示（图 1-34）。

（3）当路线短链时，道路设计线应在相应桩号处断开，并按图 1-35（a）标注。路线局部

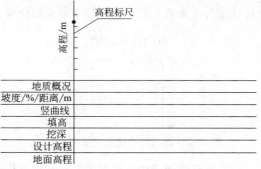

图 1-33　纵断面图的布置

改线而发生长链时，为利用已绘制的纵断面图，当高差较大时，宜按图 1-35（b）标注；当高差较小时，宜按图 1-35（c）标注。长链较长而不能利用原纵断面图时，应另绘制长链部分的纵断面图。

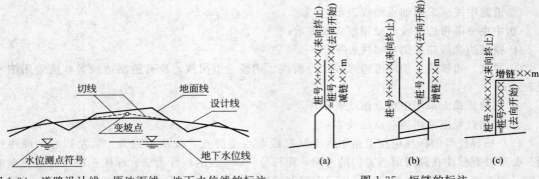

图 1-34　道路设计线、原地面线、地下水位线的标注　　　　图 1-35　短链的标注

（4）当路线坡度发生变化时，变坡点应用直径为 2mm 中粗线圆圈表示；切线应采用细虚线表示；竖曲线应采用粗实线表示。标注竖曲线的竖直细实线应对准变坡点所在桩号，线左侧标注桩号；线右侧标注变坡点高程。水平细实线两端应对准竖曲线的始、终点。两端的短竖直细实线在水平线之上为凹曲线；反之为凸曲线。竖曲线要素（半径 R、切线长 T、外矩 E）的数值均应标注在水平细实线上方。如图 1-36(a) 所示。竖曲线标注也可布置在测设数据表内，此时，变坡点的位置应在坡度、距离栏内示出。如图 1-36(b) 所示。

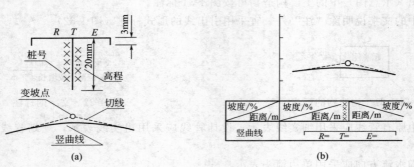

图 1-36　竖曲线的标注

（5）道路沿线的构造物、交叉口，可在道路设计线的上方，用竖直引出线标注。竖直引出线应对准构造物或交叉口中心位置。线左侧标注桩号，水平线上方标注构造物名称、规格、交叉口名称（图 1-37）。

（6）水准点宜按图 1-38 标注。竖直引出线应对准水准点桩号，线左侧标注桩号，水平线上方标注编号及高程；线下方标注水准点的位置。

图 1-37　沿线构造物及交叉口标注　　　　　图 1-38　水准点的标注

（7）在纵断面图中可根据需要绘制地质柱状图，并示出岩土图例或代号。各地层高程应与高程标尺对应。

探坑应按宽为 0.5cm、深为 1：100 的比例绘制，在图样上标注高程及土壤类别图例。

钻孔可按宽 0.2cm 绘制，仅标注编号及深度，深度过长时可采用折断线示出。

（8）纵断面图中，给排水管涵应标注规格及管内底的高程。地下管线横断面应采用相应图例。无图例时可自拟图例，并应在图纸中说明。

（9）在测设数据表中，设计高程、地面高程、填高、挖深的数值应对准其桩号，单位以米计。

（10）里程桩号应由左向右排列。应将所有固定桩及加桩桩号示出。桩号数值的字底应与所表示桩号位置对齐。整公里桩应标注 K，其余桩号的公里数可省略（图 1-39）。

图 1-39　里程桩号的标注　　　　　　　图 1-40　平曲线的标注

（11）在测设数据表中的平曲线栏中，道路左、右转弯应分别用凹、凸折线表示。当不设缓和曲线段时，按图 1-40（a）标注；当设缓和曲线段时，按图 1-40（b）标注。在曲线的一侧标注交点编号、桩号、偏角、半径、曲线长。

细节解读三：路线横断面

（1）路面线、路肩线、边坡线、护坡线均应采用粗实线表示；路面厚度应采用中粗实线表示；原有地面线应采用细实线表示，设计或原有道路中线应采用细点划线表示（图 1-41）。

（2）当道路分期修建、改建时，应在同一张图纸中示出规划、设计、原有道路横断面，并注明各道路中线之间的位置关系。规划道路中线应采用细双点划线表示。规划红线应采用粗双点画线表示。在设计横断面图上，应注明路侧方向（图 1-42）。

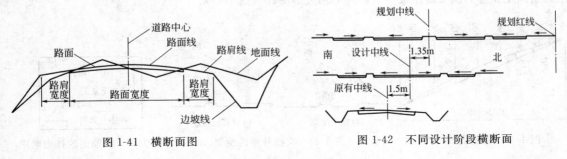

图 1-41　横断面图　　　　　　　　　图 1-42　不同设计阶段横断面

（3）横断面图中，管涵、管线的高程应根据设计要求标注。管涵、管线横断面应采用相应图例（图 1-43）。

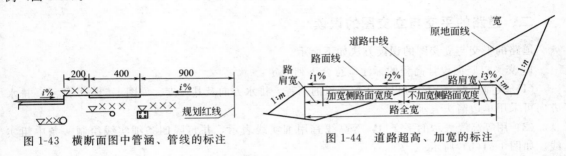

图 1-43　横断面图中管涵、管线的标注　　　图 1-44　道路超高、加宽的标注

（4）道路的超高、加宽应在横断面图中示出（图 1-44）。

（5）用于施工放样及土方计算的横断面图应在图样下方标注桩号。图样右侧应标注填高、挖深、填方、挖方的面积，并采用中粗点画线示出征地界线（图1-45）。

图1-45　横断面图中填挖方的标注　　　　图1-46　防护工程设施的标注

（6）当防护工程设施标注材料名称时，可不画材料图例，其断面阴影线可省略（图1-46）。

（7）路面结构图应符合下列规定。

① 当路面结构类型单一时，可在横断面图上，用竖直引出线标注材料层次及厚度。如图1-47（a）所示。

② 当路面结构类型较多时，可按各路段不同的结构类型分别绘制，并标注材料图例（或名称）及厚度。如图1-47（b）所示。

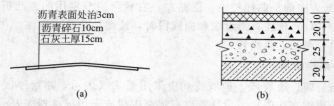

图1-47　路面结构的标注

（8）在路拱曲线大样图的垂直和水平方向上，应按不同比例绘制（图1-48）。

（9）当徒手绘制实物外形时，其轮廓应与实物外形相近。当采用计算机绘制此类实物时，可用数条间距相等的细实线组成与实物外形相近的图样（图1-49）。

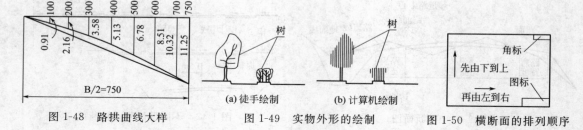

图1-48　路拱曲线大样　　　图1-49　实物外形的绘制　　　图1-50　横断面的排列顺序

（10）在同一张图纸上的路基横断面，应按桩号的顺序排列，并从图纸的左下方开始，先由下向上，再由左向右排列（图1-50）。

二、道路的平交与立交图的识读

道路的平交与立交图的识读方法如下所示。

1. 交叉口竖向设计高程的标注应符合下列规定：

（1）较简单的交叉口可仅标注控制点的高程、排水方向及其坡度。如图1-51（a）所示；排水方向可采用单边箭头表示。

（2）用等高线表示的平交口，等高线宜用细实线表示，并每隔四条细实线绘制一条中粗实线。如图1-51（b）所示。

（3）用网格高程表示的平交路口，其高程数值宜标注在网格交点的右上方，并加括号。若高程整数值相同时，可省略。小数点前可不加"0"定位。高程整数值应在图中说明。网格应采用平行二设计道路中线的细实线绘制。如图1-51（c）所示。

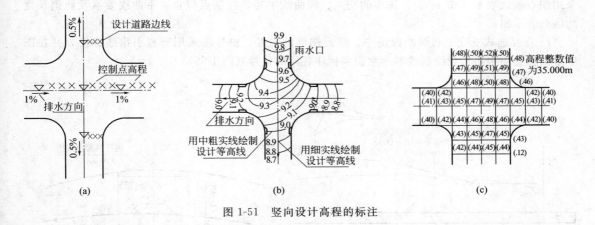

图1-51　竖向设计高程的标注

2. 当交叉口改建（新旧道路衔接）及旧路面加铺新路面材料时，可采用图例表示不同贴补厚度及不同路面结构的范围（图1-52）。

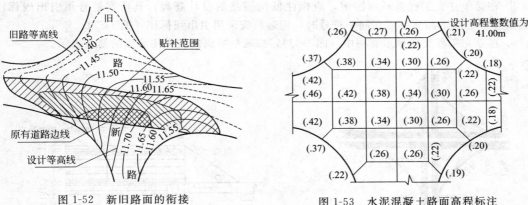

图1-52　新旧路面的衔接

图1-53　水泥混凝土路面高程标注

3. 水泥混凝土路面的设计高程数值应标注在板角处，并加注括号。在同一张图纸中，当设计高程的整数部分相同时，可省略整数部分，但应在图中说明（图1-53）。

4. 在立交工程纵断面图中，机动车与非机动车的道路设计线均应采用粗实线绘制，其测设数据可在测设数据表中分别列出。

5. 在立交工程纵断面图中，上层构造物宜采用图例表示，并示出其底部高程，图例的长度为上层构造物底部全宽（图1-54）。

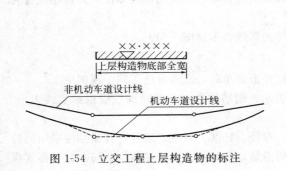

图1-54　立交工程上层构造物的标注

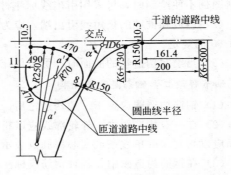

图1-55　立交工程线型布置图

6. 在互通式立交工程线形布置图中，匝道的设计线应采用粗实线表示，干道的道路中线应采用细点画线表示（图1-55）。图中的交点、圆曲线半径、控制点位置、平曲线要素及匝道长度均应列表示出。

7. 在互通式立交工程纵断面图中，匝道端部的位置、桩号应采用竖直引出线标注，并在图中适当位置用中粗实线绘制线形示意图和标注各段的代号（图1-56）。

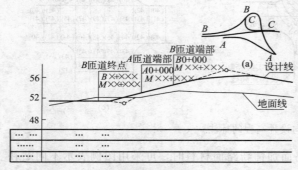

图1-56 互通立交纵断面图匝道及线形示意图

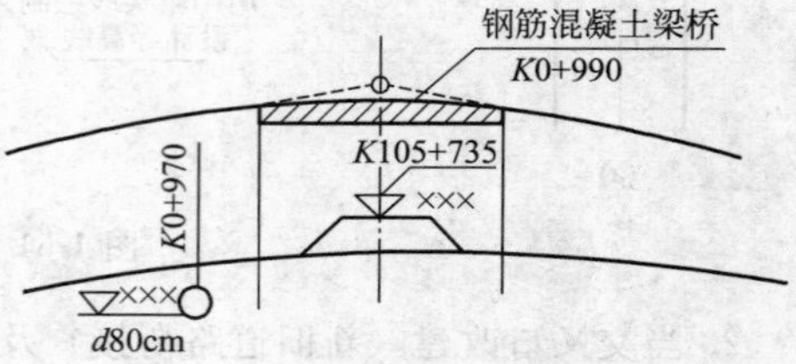

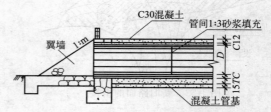

图1-57 简单立交中低位道路及构造物标注

8. 在简单立交工程纵断面图中，应标注低位道路的设计高程；其所在桩号用引出线标注。当构造物中心与道路变坡点在同一桩号时，构造物应采用引出线标注（图1-57）。

9. 在立交工程交通量示意图中（图1-58），交通量的流向应采用涂黑的箭头表示。

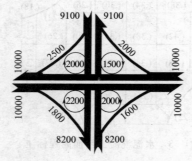

图1-58 立交工程交通量示意图

图1-59 砖石、混凝土结构的材料标注

三、桥涵、隧道等结构施工图的识读

细节解读一：砖石、混凝土结构

（1）砖石、混凝土结构图中的材料标注，可在图形中适当位置，用图例表示（图1-59）。当材料图例不便绘制时，可采用引出线标注材料名称及配合比。

（2）边坡和锥坡的长短线引出端，应为边坡和锥坡的高端。坡度用比例标注，其标注应符合图1-60的规定。

（3）当绘制构造物的曲面时，可采用疏密不等的影线表示（图1-61）。

细节解读二：钢筋混凝土结构

（1）钢筋构造图应置于一般构造之后。当结构外形简单时，二者可绘于同一视图中。

（2）在一般构造图中，外轮廓线应以粗实线表示，钢筋构造图中的轮廓线应以细实线表示。钢筋应以粗实线的单线条或实心黑圆点表示。

（3）在钢筋构造图中，各种钢筋应标注数量、直径、长度、间距、编号，其编号应采用阿拉伯数字表示。当钢筋编号时，宜先编主、次部位的主筋，后编主、次部位的构造筋。编号格式应符合下列规定。

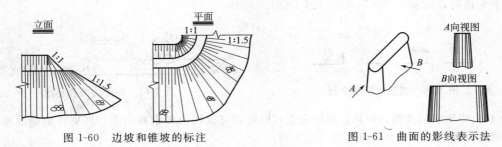

图 1-60　边坡和锥坡的标注　　　　　图 1-61　曲面的影线表示法

① 编号宜标注在引出线右侧的圆圈内，圆圈的直径为 4～8mm。如图 1-62(a)。

② 编号可标注在与钢筋断面图对应的方格内。如图 1-62(b) 所示。

③ 可将冠以 N 字的编号，标注在钢筋的侧面，根数标注在 N 字之前。如图 1-62(c) 所示。

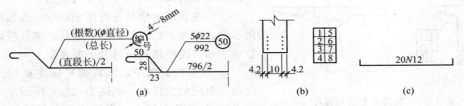

图 1-62　钢筋的标注

（4）钢筋大样应布置在钢筋构造图的同一张图纸上。钢筋大样的编号宜按图 1-63 标注。当钢筋加工形状简单时，也可将钢筋大样绘制在钢筋明细表内。

（5）钢筋末端的标准弯钩可分为 90°、135°、180° 三种（图 1-63）。当采用标准弯钩时（标准弯钩即最小弯钩），钢筋直段长的标注可直接注于钢筋的侧面（图 1-62）。

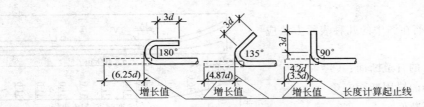

图 1-63　标注弯钩

图中括号内数值为圆钢的增长值

（6）当钢筋直径大于 10mm 时，应修正钢筋的弯折长度。45°、90° 的弯折修正值可按《道路工程制图标准》附录二采用。除标准弯折外，其他角度的弯折应在图中画出大样，并示出切线与圆弧的差值。

（7）焊接的钢筋骨架可按图 1-64 标注。

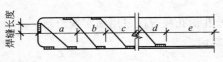

图 1-64　焊接钢筋骨架的标注

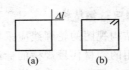

图 1-65　箍筋大样

（8）箍筋大样可不绘出弯钩，如图 1-65(a) 所示。当为扭转或抗震箍筋时，应在大样图的右上角，增绘两条倾斜 45° 的斜短线。如图 1-65(b) 所示。

（9）在钢筋构造图中，当有指向阅图者弯折的钢筋时，应采用黑圆点表示；当有背向阅图者弯折的钢筋时，应采用"×"表示（图1-66）。

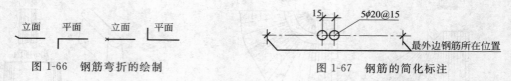

图1-66　钢筋弯折的绘制　　　　　　　图1-67　钢筋的简化标注

（10）当钢筋的规格、形状、间距完全相同时，可仅用两根钢筋表示，但应将钢筋的布置范围及钢筋的数量、直径、间距示出（图1-67）。

细节解读三：预应力混凝土结构

（1）预应力钢筋应采用粗实线或2mm直径以上的黑圆点表示。图形轮廓线应采用细实线表示。当预应力钢筋与普通钢筋在同一视图中出现时，普通钢筋应采用中粗实线表示。一般构造图中的图形轮廓线应采用中粗实线表示。

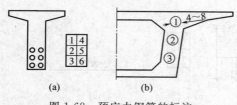

图1-68　预应力钢筋的标注

（2）在预应力钢筋布置图中，应标注预应力钢筋的数量、型号、长度、间距、编号。编号应以阿拉伯数字表示。编号格式应符合下列规定。

① 在横断面图中，宜将编号标注在与预应力钢筋断面对应的方格内，如图1-68（a）所示。

② 在横断面图中，当标注位置足够时，可将编号标注在直径为4～8mm的圆圈。如图1-68（b）所示。

③ 在纵断面图中，当结构简单时，可将冠以 N 字的编号标注在预应力钢筋的上方。当预应力钢筋的根数大于1时，也可将数量标注在 N 字之前；当结构复杂时，可自拟代号，但应在图中说明。

（3）在预应力钢筋的纵断面图中，可采用表格的形式，以每隔0.5～1mm的间距，标出纵、横、竖三维坐标值。

（4）预应力钢筋在图中的几种表示方法应符合下列规定。

① 预应力钢筋的管道断面：○
② 预应力钢筋的锚固断面：⊕
③ 预应力钢筋断面：＋
④ 预应力钢筋的锚固侧面：⊢
⑤ 预应力钢筋连接器的侧面：≡
预应力钢筋连接器断面：⊙

（5）对弯起的预应力钢筋应列表或直接在预应力钢筋大样图中，标出弯起角度、弯曲半径切点的坐标（包括纵弯或既纵弯又平弯的钢筋）及预留的张拉长度（图1-69）。

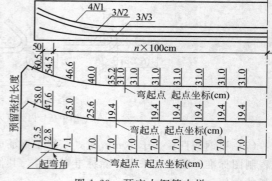

图1-69　预应力钢筋大样

细节解读四：钢结构

（1）钢结构视图的轮廓线应采用粗实线绘制，螺栓孔的孔线等采用细实线绘制。

（2）常用的钢材代号规格的标注应符合表1-14的规定。

（3）型钢各部位的名称应按图1-70规定采用。

（4）螺栓与螺栓孔代号的表示应符合下列规定。

① 已就位的普通螺栓代号：●

② 高强螺栓、普通螺栓的孔位代号：＋或⊕

表 1-14　常用型钢的代号规格标注

序号	名称	代　号　规　格
1	钢板、扁钢	▭ 宽×厚×长
2	角钢	∟ 长边×短边×边厚×长
3	槽钢	[高×翼缘宽×腹板厚×长
4	工字钢	I 高×翼缘宽×腹板厚×长
5	方钢	□ 边宽×长
6	圆钢	φ 直径×长
7	钢管	φ 外径×壁厚×长
8	卷边角钢	∟ 边长×边长×卷边长×边厚×长

注：当采用薄壁型钢时，应在代号前标注 B。

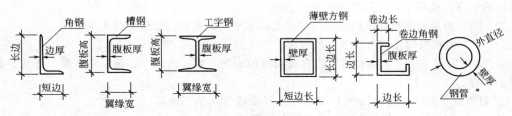

图 1-70　型钢各部位名称

③ 已就位的高强螺栓代号：●

④ 已就位的销孔代号：◎

⑤ 工地钻孔的代号：十或⊕

⑥ 当螺栓种类繁多或在同一册图中与预应力钢筋的表示重复时，可自拟代号，但应在图纸中说明。

（5）螺栓、螺母、垫圈在图中的标注应符合下列规定。

① 螺栓采用代号和外直径乘长度标注，如：M10×100；

② 螺母采用代号和直径标注，如：M10；

③ 垫圈采用汉字名称和直径标注，如：垫圈10。

（6）焊缝的标注除应符合现行国家标准有关焊缝的规定外，尚应符合下列规定。

① 焊缝可采用标注法和图示法表示，绘图时可选其中一种或两种。

② 标注法的焊缝应采用引出线的形式将焊缝符号标注在引出线的水平线上，还可在水平线末端加绘作说明用的尾部（图1-71）。

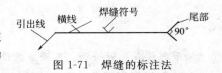

图 1-71　焊缝的标注法

③ 一般不需标注焊缝尺寸，当需要标注时，应按现行的国家标准《焊缝符号表示法》的规定标注。

④ 标注法采用的焊缝符号应按现行国家标准的规定采用。

⑤ 图示法的焊缝应采用细实线绘制，线段长 1～2mm，间距为 1mm（图1-72）。

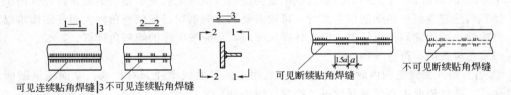

图 1-72　焊缝的图示法

（7）当组合断面的构件间相互密贴时，应采用双线条绘制。当构件组合断面过小时，可用单线条的加粗实线绘制（图1-73）。

图1-73　组合断面的绘制　　　图1-74　构件编号的标注　　　图1-75　粗糙度符号的尺寸标注

（8）构件的编号应采用阿拉伯数字标注（图1-74）。

（9）表面粗糙度常用的代号应符合下列规定。

① "⋄" 表示采用 "不去除材料" 的方法获得的表面，例如：铸、锻、冲压变形、热轧、冷轧粉末冶金等，或用于保持原供应状况的表面。

② "R_a" 表示表面粗糙度的高度参数轮廓算术平均偏差值，单位为微米（μm）。

③ "√" 表示采用任何方法获得的表面。

④ "√" 表示采用 "去除材料" 的方法获得的表面，如：进行车、铣、钻、磨、剪切、抛光等加工获得。

⑤ 粗糙度符号的尺寸应按图1-75标注。H 等于1.4倍字体高。

（10）线性尺寸与角度公差的标注应符合下列规定：

① 当采用代号标注尺寸公差时，其代号应标注在尺寸数字的右边，如图1-76（a）所示。

② 当采用极限偏差标注尺寸公差时，上偏差应标注在尺寸数字的右上方；下偏差应标注在尺寸数字的右下方，上、下偏差的数字位数必须对齐，如图1-76（b）所示。

③ 当同时标注公差代号及极限偏差时，则应将后者加注圆括号，如图1-76（c）所示。

④ 当上、下偏差相同时，偏差数值应仅标注一次，但应在偏差值前加注正、负符号，且偏差值的数字与尺寸数字字高相同。

⑤ 角度公差的标注同线性尺寸公差如图1-76（d）所示。

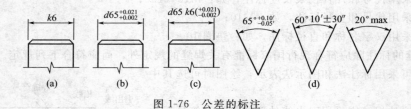

图1-76　公差的标注

细节解读五：斜桥涵、弯桥、坡桥、隧道、弯挡土墙视图

（1）斜桥涵视图及主要尺寸的标注应符合下列规定：

① 斜桥涵的主要视图应为平面图。

② 斜桥涵的立面图宜采用与斜桥纵轴线平行的立面或纵断面表示。

③ 各墩台里程桩号、桥涵跨径、耳墙长度均采用立面图中的斜投影尺寸，但墩台的宽度仍应采用正投影尺寸。

④ 斜桥倾斜角 α，应采用斜桥平面纵轴线的法线与墩台平面支承轴线的夹角标注（图1-77）。

（2）当绘制斜板桥的钢筋构造图时，可按需要的方向剖切。当倾斜角较大而使图面难以布置时，可按缩小后的倾斜角值绘制，但在计算尺寸时，仍应按实际的倾斜角计算。

（3）弯桥视图应符合下列规定。

① 当全桥在曲线范围内时，应以通过桥长中点的平曲线半径为对称线；立面或纵断面应垂直对称线，并以桥面中心线展开后进行绘制（图1-78）。

② 当全桥仅一部分在曲线范围内时，其立面或纵断面应平行于平面图中的直线部分，并以

桥面中心线展开绘制，展开后的桥墩或桥台间距应为跨径的长度。

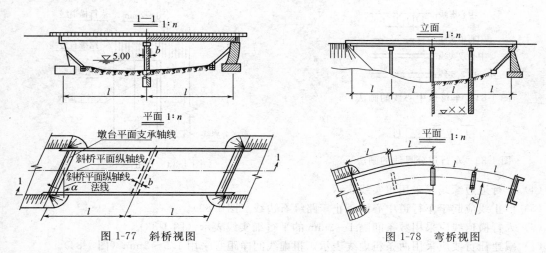

图 1-77　斜桥视图　　　　　　　　　　　图 1-78　弯桥视图

　　③ 在平面图中，应标注墩台中心线间的曲线或折线长度、平曲线半径及曲线坐标。曲线坐标可列表示出。

　　④ 在立面和纵断面图中，可略去曲线超高投影线的绘制。

　　(4) 弯桥横断面宜在展开后的立面图中切取，并应表示超高坡度。

　　(5) 在坡桥立面图的桥面上应标注坡度。墩台顶、桥面等处，均应注明标高。竖曲线上的桥梁亦属坡桥，除应按坡桥标注外，还应标出竖曲线坐标表。

　　(6) 斜坡桥的桥面四角标高值应在平面图中标注；立面图中可不标注桥面四角的标高。

　　(7) 隧道洞门的正投影应为隧道立面。无论洞门是否对称均应全部绘制。洞顶排水沟应在立面图中用标有坡度符号的虚线表示。隧道平面与纵断面可仅示洞口的外露部分（图 1-79）。

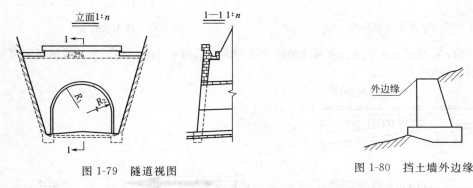

图 1-79　隧道视图　　　　　　　　　图 1-80　挡土墙外边缘

　　(8) 弯挡土墙起点、终点的里程桩号应与弯道路基中心线的里程桩号相同。

　　弯挡土墙在立面图中的长度，应按挡土墙顶面外边缘线的展开长度标注（图 1-80）。

四、交通工程施工图的识读

细节解读一：交通标线

　　(1) 交通标线应采用线宽为 1～2mm 的虚线或实线表示。

　　(2) 车行道中心线的绘制应符合下列规定，其中 l 值可按制图比例取用。中心虚线应采用粗虚线绘制；中心单实线应采用粗实线绘制；中心双实线应采用两条平行的粗实线绘制，两线间净距为 1.5～2mm；中心虚、实线应采用一条粗实线和一条粗虚线绘制，两线间净距为 1.5～2mm（图 1-81）。

（3）车行道分界线应采用粗虚线表示（图1-82）。

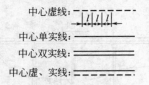

图1-81　车行道中心线的画法

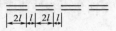

图1-82　车行道分界线的画法

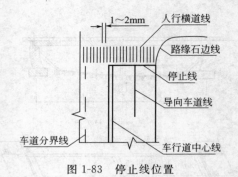

图1-83　停止线位置

（4）车行道边缘线应采用粗实线表示。

（5）停止线应起于车行道中心线，止于路缘石边线（图1-83）。

（6）人行横道线应采用数条间隔1～2mm的平行细实线表示（图1-83）。

（7）减速让行线应采用两条粗虚线表示。粗虚线间净距宜采用1.5～2mm（图1-84）。

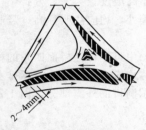

图1-84　减速让行线的画法

图1-85　导流线的斑马线

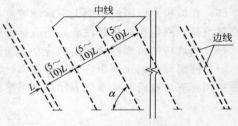

图1-86　停车位标线

（8）导流线应采用斑马线绘制。斑马线的线宽及间距宜采用2～4mm印。斑马线的图案可采用平行式或折线式（图1-85）。

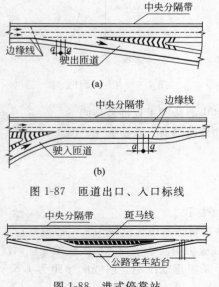

(a)

(b)

图1-87　匝道出口、入口标线

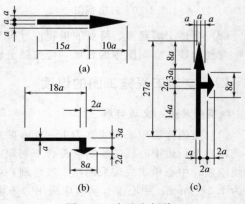

图1-88　港式停靠站

图1-89　车流向标线

（9）停车位标线应由中线与边线组成。中线采用一条粗虚线表示，边线采用两条粗虚线表示。中、边线倾斜的角度值可按设计需要采用（图1-86）。

（10）出口标线应采用指向匝道的黑粗双边箭头表示，如图1-87（a）所示。入口标线应采用指向主干道的黑粗双边箭头表示，如图1-87（b）所示。斑马线拐角尖的方向应与双边箭头的方向相反。

（11）港式停靠站标线应由数条斑马线组成（图1-88）。

（12）车流向标线应采用黑粗双边箭头表示（图1-89）。

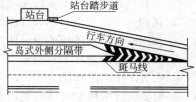

图1-90　交通岛标志

细节解读二：交通标志

（1）交通岛应采用实线绘制。转角处应采用斑马线表示（图1-90）。

（2）在路线或交叉口平面图中应示出交通标志的位置。标志宜采用细实线绘制。标志的图号、图名，应采用现行的国家标准《道路交通标志和标线》规定的图号、图名。标志的尺寸及画法应符合表1-15的规定。

表1-15　标志示意图的形式及尺寸

序号	规格种类	形式与心法/mm	画　　法
1	警告标志	（图号）（图名）15～20	等边三角形采用细实线绘制，顶角向上
2	禁令标志	（图号）45°（图名）15～20	图采用细实线绘制，图内斜线采用粗实线绘制
3	指示标志	（图号）（图名）15～20	图采用细实线绘制
4	指路标志	（图名）（图号）25～50	矩形框采用细实线绘制
5	高速公路指路标志	××高速（图名）（图名）a	正方形外框采用细实线绘制，边长为30～50mm。方形内的粗、细实线间距为1mm
6	辅助标志	（图名）（图名）30～50	长边采用粗实线绘制，短边采用细实线绘制

（3）标志的支撑图式应采用粗实线绘制。支撑的画法应符合表1-16的规定。

表1-16　标志的支撑图式

名称	单柱式	双柱式	悬臂式	门式	附着式
图式	○	▢	▭	▭	将标志直接标注在结构物上

五、市政管网工程施工图的识读

细节解读一：给水排水工程

给水排水工程施工图的识读方法如下所示。

（1）一般规定

① 设计应以图样表示，不得以文字代替绘图。如必须对某部分进行说明时，说明文字应通俗易懂、简明清晰。有关全工程项目的问题应在首页说明，局部问题应注写在本张图纸内。

② 工程设计中，本专业的图纸应单独绘制。

③ 在同一个工程项目的设计图纸中，图例、术语、绘图表示方法应一致。

④ 在同一个工程子项的设计图纸中，图纸规格应一致。如有困难时，不宜超过两种规格。

⑤ 图纸编号应遵守下列规定：

a. 规划设计采用水规—××；

b. 初步设计采用水初—××，水扩初—××；

c. 施工图采用水施—××。

⑥ 图纸的排列应符合下列要求：

a. 初步设计的图纸目录应以工程项目为单位进行编写；施工图的图纸目录应以工程单体项目为单位进行编写。

b. 工程项目的图纸目录、使用标准图目录、图例、主要设备器材表、设计说明等，如一张图纸幅面不够使用时，可采用2张图纸编排。

c. 图纸图号应按下列规定编排：

ⓐ 系统原理图在前，平面图、剖面图、放大图、轴测图、详图依次在后；

ⓑ 平面图中应地下各层在前，地上各层依次在后；

ⓒ 水净化（处理）流程图在前，平面图、剖面图、放大图、详图依次在后；

ⓓ 总平面图在前，管道节点图、阀门井示意图、管道纵断面图或管道高程表、详图依次在后。

（2）图样画法

① 总平面图的画法。

a. 建筑物、构筑物、道路的形状、编号、坐标、标高等应与总图专业图纸一致。

b. 给水、排水、雨水、热水、消防和中水等管道宜绘制在一张图纸上。如管道种类较多、地形复杂，在同一张图纸上表示不清楚时，可按不同管道种类分别绘制。

c. 绘出城市同类管道及连接点的位置、连接点井号、管径、标高、坐标及流水方向。

d. 绘出各建筑物、构筑物的引入管、排出管，并标注出位置尺寸。

e. 图上应注明各类管道的管径、坐标或定位尺寸。

ⓐ 用坐标时，标注管道弯转点（井）等处坐标，构筑物标注中心或两对角处坐标；

ⓑ 用控制尺寸时，以建筑物外墙或轴线、或道路中心线为定位起始基线。

f. 仅有本专业管道的单体建筑物局部总平面图，可从阀门井、检查井绘引出线，线上标注井盖面标高；线下标注管底或管中心标高。

g. 图面的右上角应绘制风玫瑰图，如无污染源时可绘制指北针。

② 给水管道节点图的绘制。

a. 管道节点位置、编号应与总平面图一致，但可不按比例示意绘制。

b. 管道应注明管径、管长。

c. 节点应绘制所包括的平面形状和大小、阀门、管件、连接方式、管径及定位尺寸。

d. 必要时，阀门井节点应绘制剖面示意图。

③ 管道纵断面图绘制。

a. 压力流管道用单粗实线绘制。

注：当管径大于400mm时，压力流管道可用双中粗实线绘制，但对应平面示意图用单中粗实线绘制。

b. 重力流管道用双中粗实线绘制，但对应平面示意图用单中粗实线绘制。

c. 设计地面线、阀门井或检查井、竖向定位线用细实线绘制，自然地面线用细虚线绘制。

d. 绘制与本管道相交的道路、铁路、河谷及其他专业管道、管沟及电缆等的水平距离和标高。

e. 重力流管道不绘制管道纵断面图时，可采用管道高程表，管道高程表应按表 1-17 的规定绘制。

表 1-17　管道高程表

序号	管段编号		管长 /m	管径 /mm	坡度 /%	管底坡降 /m	管底跌落 /m	设计地面标高/m		管内底标高/m		埋深/m		备　注
	起点	终点						起点	终点	起点	终点	起点	终点	

④ 取水、水净化厂（站）绘制高程图。

a. 构筑物之间的管道以中粗实线绘制。

b. 各种构筑物必要时按形状以单细实线绘制。

c. 各种构筑物的水面、管道、构筑物的底和顶应注明标高。

d. 构筑物下方应注明构筑物名称。

⑤ 绘制水净化系统流程图。

a. 水净化流程图可不按比例绘制。

b. 水净化设备及附加设备按设备形状以细实线绘制。

c. 水净化系统设备之间的管道以中粗实线绘制，辅助设备的管道以中实线绘制。

d. 各种设备用编号表示，并附设备编号与名称对照说明。

e. 初步设计说明中可用方框图表示水的净化流程图。

细节解读二：供热工程

供热工程施工图的识读方法如下所示。

（1）锅炉房图样画法

① 流程图。

a. 流程图可不按比例绘制。

b. 流程图应表示出设备和管道间的相对关系以及过程进行的顺序。

c. 流程图应表示全部设备及流程中有关的构筑物、并标注设备编号或设备名称。设备、构筑物等可用图形符号或简化外形表示，同类型设备图形应相似。

d. 图上应绘出管道和阀门等管路附件，标注管道代号及规格，并宜注明介质流向。

e. 管道与设备的接口方位宜与实际情况相符。

f. 绘制带控制点的流程图时，应符合自控专业的制图规定。如自控专业不单另出图时应绘出设备和管道上的就地仪表。

g. 管线应采用水平方向或垂直方向的单线绘出，转折处应画成直角。管线不宜交叉，当有交叉时，应使主要管线连通，次要管线断开。管线不得穿越图形。

h. 管线应采用粗实线绘制，设备应采用中实线绘制。

i. 宜在流程图上注释管道代号和图形符号，并列出设备明细表。

② 设备、管道平面图和剖面图。

a. 锅炉房的平面图应分层绘制，并应在一层平面图上标注指北针。

b. 有关的建筑物轮廓线及门、窗、梁、柱、平台等应按比例绘制，并应标出建筑物定位轴线、轴线间尺寸和房间名称。在剖面图中应标注梁底、屋架下弦底标高及多层建筑的楼层标高。

c. 所有设备应按比例绘制并编号，编号应与设备明细表相对应。

d. 应标注设备安装的定位尺寸及有关标高。宜标注设备基础上表面标高。

e. 应绘出设备的操作平台，并标注各层标高。

f. 应绘出各种管道，并应标注其代号及规格；应标注管道的定位尺寸和标高。

g. 应绘出有关的管沟和排水沟等，宜标注沟的定位尺寸和断面尺寸等。

h. 应绘出管道支吊架，并注明安装位置。支吊架宜编号。支吊架一览表应表示出支吊架型式和所支吊管道的规格。

i. 非标准设备、需要详尽表达的部位和零部件应绘制详图。

③ 鼓、引风系统管道平面图和剖面图。

a. 鼓、引风系统管道平面图和剖面图可单独绘制。

b. 图中应按比例绘制设备简化轮廓线，并应标注定位尺寸。

c. 烟、风管道及附件应按比例逐件绘制。每件管道及附件均应编号，并与材料或零部件明细表相对应。

d. 图中应详细标注管道的长度、断面尺寸及支吊架的安装位置。

e. 需要详尽表达的部位和零部件应绘制详图和编制材料或零部件明细表。

④ 上煤、除渣系统平面图和剖面图。

a. 图中应按比例绘制输煤廊、破碎间、受煤坑等建筑轮廓线，并应标注尺寸。

b. 图中应按比例绘制输煤及碎煤设备，并标注设备定位尺寸和编号。

c. 水力除渣系统灰渣沟平面图中，应绘出锅炉房、沉渣地、灰渣泵房等建筑轮廓线，并标注尺寸。应标注灰渣沟的坡度及起止点、拐弯点、变坡点、交叉点的沟底标高。

d. 水力除渣系统平面图和剖面图中应绘出冲渣水管及喷嘴等附件，应标注灰渣沟的位置、长度、断面尺寸。

e. 沉渣池及灰渣泵房的设备、管道平面图和剖面图的图样画法应符合有关规定。

f. 胶带输送机安装图应绘出胶带、托辊、机架、滚筒、拉紧装置、清扫器、驱动装置等部件，并应标注各部件的安装尺寸和编号，且与零部件明细表相对应。

g. 绘制多半提升起、埋刮板输机和其他上煤、除渣设备安装图应符合上一条的规定。

h. 非标准设备、需要详尽表达的部位和零部件应绘制详图。

（2）热网图样画法

① 热网管线平面图

a. 热网管线平面图应在供热区域平面图或地形图的基础上绘制。供热区域平面图或地形图应表达下列内容。

ⓐ 反映现状地形、地貌、海拔标高、街区等有关的建筑物或建筑红线；反映有关的地下管线及构筑物。应绘出指北针。

ⓑ 标注道路名称。对于地下管线应注明其名称（或代号）及规格，并标注其位置。

ⓒ 对于无街区、道路等参照物的区域，应标注坐标网。采用测量坐标网时，可不绘制指北针。

b. 应注明管线中心与道路、建筑红线或建筑物的定位尺寸，在管线起止点、转角点等重要控制点处宜标注坐标。非 90°转角，应标注两管线中心线之间小于 180°角度值。

  c. 应标出管线的横剖面位置和编号。对枝状管网其剖视方向应从热源向热用户方向观看。横剖面型式相同时，可不标注横剖面位置。

  d. 地上敷设时，可用管线中心线代表管线，管道较少时亦可绘出管道组示意图及其中心线；管沟敷设时，可绘出管沟的中心线及其示意轮廓线；直埋敷设时，可绘出管道组示意图及其管线中心线。不需区别敷设方式和不需表示管道组时，可用管线中心线表示管线。

  e. 应绘制管路附件或其检查室以及管线上为检查、维修、操作所设其他设施或构筑物。地上敷设时，尚应绘出各管架；地下敷设时，应标注固定墩、固定支座等支座；标注上述各部位中心线的间隔尺寸。上述各部位宜用代号加序号进行编号。

  f. 供热区域平面图或地形图上的内容应采用细线绘制。当用管线中心线代表管线时，管线中心线应采用粗实线绘制。管沟敷设时，管沟轮廓线应采用中实线绘制。

  g. 表示管道组时，可采用同一线型加注管道代号及规格，亦可采用不同线型加注管道规格来表示各种管道。

  h. 宜在热网管线平面图上注释所采用的线型、代号和图形符号。

  ② 热网管道系统图

  a. 图中应绘出热源、热用户等有关的建筑物和构筑物，并标注其名称或编号。其方位和管道走向应与热网管线平面图相对应。

  b. 图中应绘出各种管道，并标注管道的代号及规格。

  c. 图中应绘出各种管道上的阀门、疏水装置、放水装置、放气装置，补偿器、固定管架、转角点、管道上返点、下返点和分支点，并宜标注其编号。编号应与管线平面图上的编号相对应。

  d. 管道应采用单线绘制。当用不同线型代表不同管道时，所采用线型应与热网管线平面图上的线型相对应。

  e. 将热网管道系统图的内容并入热网管线平面图时，可不另绘制热网管道系统图。

  ③ 管线纵剖面图

  a. 管线纵剖面图应按管线的中心线展开绘制。

  b. 管线纵剖面图应由管线纵剖面示意图、管线平面展开图和管线敷设情况表组成。这三部分相应部位应上下对齐。

  c. 绘制管线纵剖面示意图应符合下列规定。

  ⓐ 距离和高程应按比例绘制，铅垂直方向和水平方向应选用不同的比例，并应绘出铅垂直方向的标尺。水平方向的比例应与热网管线平面图的比例一致。

  ⓑ 应绘出地形、管线的纵剖面。

  ⓒ 应绘出与管线交叉的其他管线、道路、铁路、沟渠等，并标注与热力管线直接相关的标高，用距离标注其位置。

  ⓓ 地下水位较高时应绘出地下水位线。

  d. 在管线平面展开图上应绘出管线、管路附件及管线设施或其他构筑物的示意图。在各转角点应表示出展开前管线的转角方向。非 90°尚应标注小于 180°角度值。

  e. 管线敷设情况表应采用表 1-18 形式。表头中所列栏目可根据管线敷设方式等情况编排与取舍，亦可增加有关项目。

  f. 设计地面应采用细实线绘制；自然地面应采用细虚线绘制；地下水位线应采用双点画线绘制；其余图线应与热网管线平面图上采用的图线对应。

  g. 标高的标注应符合下列规定：

  ⓐ 在管线始端、末端、转角点等平面控制点处应标注标高；

  ⓑ 在管线上设置有管路附件或检查室处应标注标高；

  ⓒ 管线与道路、铁路、涵洞及其他管线的交叉处宜标注标高。

表 1-18 管线敷设情况表

桩　号				
编　号				
设计地面标高/m				
自然地面标高/m				
管底标高/m				
管架顶面标高/m				
管沟内底标高/m				
槽底标高/m				
距离/m				
里程/m				
坡度　　　距离/m				
横剖面编号				
管道代号及规格				

各点的标高数值应标注在该点竖线的左侧，标高数值书写方向应与竖线平行。一个点的前、后标高不同时，应在该点竖线左右两侧标注。

h. 各管段的坡度数值至少应计算到小数点后第三位，当要求计算精度更高时可计算到小数点后第五位。

④ 管线横剖面图

a. 管线横剖面图的图名编号应与热网管线平面图上的编号一致。

b. 图中应绘出管道和保温结构外轮廓；管沟敷设时应绘出管沟内轮廓，直埋敷设时应绘出开槽轮廓；管沟及架空敷设时应绘出管架的简化外形轮廓。

c. 图中应标注各管道中心线的间距，标注管道中心线与沟、槽、管架的相关尺寸和沟、槽、管架的轮廓尺寸。

d. 应标注管道代号、规格和支座的型号（或图号）。

e. 管道轮廓线应采用粗线绘制；支座简化外形轮廓线应采用中线绘制；支架和支墩的简化外形轮廓应采用细线绘制；保温结构外轮廓线及其他图线应采用细线绘制。

⑤ 管线节点、检查室图

a. 节点俯视图的方位宜与热网管线平面图上该节点的方位相同。

b. 图中应绘出检查室、保护穴等节点构筑物的内轮廓，并应绘出检查室的入孔，宜绘出爬梯和集水坑。管沟敷设时，应绘出与检查室相连的一部分管沟。地上敷设时，有操作平台的节点应绘出操作平台或有关构筑物的外轮廓和爬梯。

c. 阀门的绘制应符合《供热工程制图标准》的有关规定，并应采用简化外形轮廓的方式绘制补偿器等管路附件。

d. 图面上应标注下列内容：

ⓐ 管道代号及规格；

ⓑ 管道中心线间距、管道与构筑物轮廓的距离；

ⓒ 管路附件的主要外形尺寸；

ⓓ 管路附件之间的安装尺寸；

ⓔ 检查室的内轮廓尺寸、操作平台的主要外轮廓尺寸；

ⓕ 标高。

e. 图面上宜标注下列内容：

ⓐ 供热介质流向；

ⓑ 管道坡度。

f. 图中应绘出就地仪表和检测预留件。

g. 补偿器安装图应注明管道代号及规格、计算热伸长量、补偿器型号、安装尺寸及其他技术数据。有多个补偿器时可采用表格列出上述项目。

⑥ 防腐保温结构图

a. 图中应绘制出管道的防腐层、保温层和保护层的结构型式，并表示出相互关系，注明施工要求。

b. 图中应按管道规格列出保温层的厚度表。并宜标注保护层的厚度和注明其他要求。

c. 应列出所用材料的主要技术指标。

d. 管道外轮廓线应采用粗实线绘制，保温结构外轮廓线应采用中实线绘制。

⑦ 水压图

a. 水压图应绘制坐标系。纵坐标和横坐标可采用不同的比例。纵坐标应表示高度和测压管水头；横坐标应表示管道的展开长度。纵坐标和横坐标的名称和单位应分别注明。

b. 在坐标系下方应用单线绘出有关的管道平面展开简图。

c. 在坐标系中应绘出沿管线的地形纵剖面，并宜绘出典型热用户系统的充水高度及与供水温度汽化压力数值对应的水柱高度。

d. 应绘出静水压线及主干线的动水压线，必要时应绘制支干线的动水压线。管线各重要部位在供、回水管水压线上所对应的点应编号，并标注水头的数值，各点的编号应与管道平面展开简图相对应。

e. 静水压线、动水压线应采用粗线绘制；管道应采用粗实线绘制；热用户系统的充水高度应采用中虚线绘制；热用户汽化压力的水柱高度应采用中实线绘制；地形纵剖面应采用细实线绘制。

（3）热力站和中继泵站图样画法

① 设备、管道平面图和剖面图

a. 建筑物轮廓应与建筑图一致，并应标出定位轴线、房间名称，绘出门、窗、梁、柱、平台等。

b. 一层平面图上应标注指北针。

c. 各种设备均应按比例绘制，并宜编号。编号应与设备明细表或设备和主要材料表相对应。

d. 设备、设备基础和管道应标注定位尺寸和标高；应标注设备、管道及管路附件的安装尺寸。

e. 各种管道均应标注代号及规格，并宜用箭头表示介质流向。

f. 管道支吊架可在平面图或剖面图上用图形符号表示。采用吊架时，应绘制吊点位置图。当支吊架类型较多时宜编号并列表说明。

g. 当一套图样中有管系图时，剖面图可简化。

② 管系图

a. 管系图可按轴测投影法绘制。管系图应表示管道系统中介质的流向、流经的设备以及管路附件等的连接、配置状况。设备及管路附件的相对位置应符合实际，并使管道、设备不重叠。管系图的布图方位应与平面图一致。

b. 管道应采用单线绘制。

c. 管道应标注标高。

d. 各种管道均应标注代号及规格，并宜用箭头表示介质流向。

e. 设备和需要特指的管路附件应编号，并应与设备和主要材料表相对应。

f. 应绘出管道放气装置和放水装置。

g. 管道支吊架可在图上用图形符号表示。

h. 可在管系图上绘出设备和管路上的就地仪表；绘制带控制点的管系图时，应符合自控专业的制图规定。

i. 宜注释管道代号和图形符号。

第二章

解读土石方工程工程量计算

第一节　土石方工程定额工作内容及相关规定

一、土石方工程定额工作内容

细节解读一：人工土石方定额工作内容

（1）人工挖土方的工作内容包括：挖土、抛土、修整底边、边坡。

注：1. 砾石含量在30％以上密实性土壤按四类土乘以系数1.43。

2. 挖土深度1.5m应计算人工垂直运输土方。超过部分工程量按垂直深度每1m折合成水平距离7m增加工日，深度按全高计算。

（2）人工挖沟、槽土方的工作内容包括：挖土、装土或抛土于沟、槽边1m以外堆放，修整底边、边坡。

注：一侧弃土时，乘以系数1.13。

（3）人工挖基坑土方的工作内容包括：挖土、装土或抛土于坑边1m以外堆放，修整底边、边坡。

（4）人工清理土堤基础的工作内容包括：挖除、检修土堤面废土层，清理场地，废土30m内运输。

（5）人工挖土堤台阶的工作内容包括：画线、挖土、将刨松土方抛至下方。

（6）人工铺草皮的工作内容包括：铺设拍紧、花格接槽、洒水、培土、场内运输。

（7）人工装、运土方的工作内容包括：装车、运土，卸土，清理道路，铺、拆走道路板。

（8）人工挖运淤泥、流砂的工作内容包括：挖淤泥、流砂，装、运、卸淤泥、流砂，1.5m内垂直运输。

注：人工挖沟槽、基坑内淤泥、流砂，按土石方工程定额执行，但挖土深度超过1.5m时，超过部分工程量按垂直深度每1m折合成水平距离7m增加工日，深度按全高计算。

（9）人工平整场地、填土夯实、原土夯实的工作内容包括：

① 场地平整：厚度30cm内的就地挖填，找平。

② 松填土：5m内的就地取土，铺平。

③ 填土夯实：填土、夯土、运水、洒水。

④ 原土夯实：打夯。

注：槽坑一侧填土时，乘以系数1.13。

（10）人工凿石的工作内容包括：凿石、基底检平、修理边坡，弃渣于3m以外，或槽边1m以外。

（11）人工打眼爆破石方的工作内容包括：布孔、打眼、封堵眼、封堵孔口；爆破材料检查领运、安放爆破线路；炮孔检查清理、装药、堵塞、警戒及放炮、处理暗炮、危石，余料退库。

（12）明挖石方运输的工作内容包括：清理道路，装、运、卸；推渣、集（弃）渣。

（1）推土机推土的工作内容包括：推土、弃土、平整、空回，修理边坡，工作面内排水。

（2）铲运机铲运土方的工作内容包括：

① 铲土、运土、卸土、空回。

② 推土机配合助铲、整平。

③ 修理边坡，工作面内排水。

（3）挖掘机挖土的工作内容包括：

① 挖土，将土堆放在一边或装车，清理机下余土。

② 工作面内排水，清理边坡。

（4）装载机装松散土的工作内容包括：铲土装车，修理边坡，清理机下余土。

（5）装载机装运土方的工作内容包括：

① 铲土、运土、卸土。

② 修理边坡。

③ 人力清理机下余土。

（6）自卸汽车运土的工作内容包括：运土、卸土、场内道路洒水。

（7）抓铲挖掘机挖土、淤泥、流砂的工作内容包括：挖土、淤泥、流砂，堆放在一边或装车，清理机下余土。

（8）机械平整场地、填土夯实、原土夯实的工作内容包括：

① 平整场地：厚度在±30cm内的就地挖、填、找平，工作面内排水。

② 原土碾压：平土、碾压，工作面内排水。

③ 填土碾压：回填、推平、碾压，工作面内排水。

④ 原土夯实：平土、夯土。

⑤ 填土夯实：摊铺、碎土、平土、夯土。

（9）机械打眼爆破石方的工作内容包括：布孔、打眼、封堵孔口；爆破材料检查领运、安放爆破线路；炮孔检查清理、装药、堵塞、警戒及放炮、处理暗炮、危石，余料退库。

（10）液压岩石破碎机破碎岩石、混凝土和钢筋混凝土的工作内容包括：装、拆合金钎头，破碎岩石，机械移动。

（11）推土机推石渣的工作内容包括：集渣、弃渣、平整。

（12）挖掘机挖石渣的工作内容包括：

① 集渣、挖渣、装车、弃渣、平整。

② 工作面内排水及场内道路维护。

（13）自卸汽车运石渣的工作内容包括：运渣、卸渣，场内行驶道路洒水养护。

二、土石方工程定额相关规定

（1）干、湿土的划分首先以地质勘察资料为准，含水率≥25%为湿土；或以地下常水位为准，常水位以上为干土，以下为湿土。挖湿土时，人工和机械乘以系数1.18，干、湿土工程量分别计算。采用井点降水的土方应按干土计算。

（2）人工夯实土堤、机械夯实土堤执行本章人工填土夯实平地、机械填土夯实平地子目。

（3）挖土机在垫板上作业，人工和机械乘以系数1.25，搭拆垫板的人工、材料和辅机摊销费另行计算。

（4）推土机推土或铲运机铲土的平均土层厚度小于30cm时，其推土机台班乘以系数1.25，铲运机台班乘以系数1.17。

（5）在支撑下挖土，按实挖体积，人工乘以系数1.43，机械乘以系数1.20。先开挖后支撑的不属支撑下挖土。

（6）挖密实的钢渣，按挖四类土人工乘以系数2.50，机械乘以系数1.50。

（7）0.2m³抓斗挖土机挖土、淤泥、流砂按0.5m³抓铲挖掘机挖土、淤泥、流砂定额消耗量乘以系数2.50计算。

（8）自卸汽车运土，如是反铲挖掘机装车，则自卸汽车运土台班数量乘以系数1.10；拉铲挖掘机装车，自卸汽车运土台班数量乘以系数1.20。

（9）石方爆破按炮眼法松动爆破和无地下渗水积水考虑，防水和覆盖材料未在定额内。采用火雷管可以换算，雷管数量不变，扣除胶质导线用量，增加导火索用量，导火索长度按每个雷管2.12m计算。抛掷和定向爆破另行处理。打眼爆破若要达到石料粒径要求，则增加的费用另计。

（10）定额不包括现场障碍物清理，障碍物清理费用另行计算。弃土、石方的场地占用费按当地规定处理。

（11）开挖冻土套拆除素混凝土障碍物子目乘以系数0.8。

（12）定额为满足环保要求而配备了洒水汽车在施工现场降尘，若实际施工中未采用洒水汽车降尘的，在结算中应扣除洒水汽车和水的费用。

细节解读二：关于人工土方

定额把劳动定额中的一类、二类土设一个子目，取一类土5%、二类土95%，将砂性淤泥和黏性淤泥综合设一个子目，取砂性淤泥10%、黏性淤泥90%。

（1）挖土方。定额用工数按劳动定额计算。

（2）沟槽土方。沟槽宽度按劳动定额综合，取底宽1.5m内50%，3m内45%，7m内5%，深度按劳动定额每米分层定额取算术平均值。

（3）基坑土方。基坑底面积按劳动定额综合，取5m²内30%，10m²内30%，20m²内15%，50m²内15%，100m²内10%。深度按劳动定额每米分层定额取算术平均值。

（4）开挖冻土按拆除混凝土障碍物子目乘0.8系数。

（5）人工运土。按劳动定额计算。

（6）平整场地、填土夯实。平整场地用工按劳动定额一类、二类土，三类土，四类土综合，各取1/3。填土夯实密实度综合比例为85%，90%，95%，各取1/3。

（7）土壤含水量超过25%以上时，由于土壤密度增加和对机具的黏附作用，挖运土方时，人工和机械乘以系数1.18，土方工程量按计算规则计算。

细节解读三：关于机械土方

（1）机械土石方项目划分主要是依据机械的作业性能划分。土方调运应按调运距离短、调运量少、调运费最低的原则编制施工组织设计。

机械台班预算定额数量的计算公式为

$$机械台班数量＝1000m³÷劳动定额台班产量×幅度差系数$$

（2）推土机、铲运机。55kW以内推土机推土距离到40m止，75kW以上的推土机推土、石推距到80m止。推距接近或超过最大推距，则工效降低、费用增加，应采取铲运机调运土方。拖式3m³铲运机调运土方，调运距离到500m止。拖式6～8m³铲运机调运土方距离调到800m止。拖式8～10m³，10～12m³铲运机调运土距离调到800m止。自行式铲运机调运土方距离调到1800m止。拖式及自行式铲运机，均按主机台班数的10%配推土机作辅机，以完成推开工作面、修整边坡等工作。

（3）挖掘机。

① 以挖掘机挖斗容量划分，并考虑正铲、反铲、拉铲挖掘形式，分装车和不装车编制定额项目。挖掘机挖土（石）的台班产量，按劳动定额中挖掘深（高）度综合计算台班产量，再换算为预算定额中机械台班数。

② 辅助机械以 75kW 推土机配备，并随主机的工作条件选定配置台班数如下：配合挖掘机挖土不装车按主机台班量的 10%配置；配合挖掘机挖土装车按主机台班量的 90%配置；配合挖掘机挖渣不装车按主机台班量的 100%配置；配合挖掘机挖渣装车按主机台班量的 1400%配置。

（4）装载机装运土方。定额中分轮胎式装载机装松散土（装车）和自装自运土方的项目。装载机在装松散土装车前，如系原状土，则应由推土机破土，编制预算时增加推土机推土一项。

（5）自卸汽车运土。定额中自卸汽车运土、适合配挖掘机。各种铲斗和装载机，也适合配人工装车。自卸汽车车型分为 4.5t，6.5t，8t，10t，12t，15t，运输距离分为 1km，3km，5km，7km，10km，13km，16km，20km，25km，30km。自卸汽车运输道路条件按一类、二类、三类道路各占 1/3 综合计算。自卸汽车运输中对路面清扫和降低装载量（防止满载时的泼洒）的因素，在施工时应结合当地情况按各市定额管理部门规定作适当调整。

（6）抓铲挖掘机挖土、淤泥、流砂。抓铲挖掘机挖土、淤泥、流砂按抓斗 $0.5m^3$，$1.0m^3$ 选配机型，若采用 $0.2m^3$ 的机型则按 $0.5m^3$ 定额台班量乘 2.5 系数计算，并考虑了装车、不装车因素按深 6m 以内、6m 以外编制。辅助工按 4 人/台班（协助抓土 3 人，卸土或装车 1 人）配备，挖淤泥、流砂的湿度系数为 1.25，难度系数为 1.5。

机械台班数量＝1000m³÷劳动定额台班产量×幅度差系数×湿度系数×难度系数

（7）有关辅助工工日的计算。机械土石方施工中，必不可缺少辅助人工，其工作内容为：工作面内排水，机械行走道路的养护，配合洒水汽车洒水，清除车、铲斗内积土，现场机械工作时的看护。根据《全国统一建筑工程基础定额》，推土、铲土、装载、挖填土方，按每 $1000m^3$ 配 6 个工日。

（8）洒水汽车及水量：为保障土石方工程施工人员的健康和保障施工质量及安全行车，根据《全国统一建筑工程基础定额》，综合考虑了洒水汽车台班及水量。

（9）机械幅度差系数。机械幅度差系数按建设部统一规定：土方 1.25，石方为 1.33，内容包括：

① 施工中工序之间间隔、机械转移、配套机械之间的相互影响。

② 施工初期与结束的工作条件，造成的工效差。

③ 工程质量、安全生产的检查产生的影响。

④ 正常条件下，施工机械排除故障的影响。

细节解读四：关于石方

岩石以普氏系数划分为松石、次坚石、普坚石和特坚石，以强度系数 f 表示。松石 f 为 1.5～4；次坚石 f 为 4～8；普坚石 f 为 8～12；特坚石 f 为 12～16。

定额中未考虑 $f16$ 以上的岩石开挖，若发生时需另行处理。

（1）人工凿石。人工凿石用工根据各省、市现行定额对比分析，各类岩石用工级差取定为 1.52，以松石为 1，则次坚石 1.52，普坚石 2.31，特坚石 3.51。

（2）人工打眼爆破。人工打眼爆破采用《全国统一建筑工程基础定额》的相应子目。

（3）机械打眼爆破。机械打眼爆破石方采用《全国统一建筑工程基础定额》的相应子目。

细节解读五：需说明的有关问题

（1）土方体积均以天然密实体积（自然方）计算，回填土按碾压后的体积（实方）计算。定额给出了土方体积换算表。有的地区存在大孔隙土，利用大孔隙土挖方作填方时，其挖方量的系数应增加，数值可由各地定额管理部门确定。

（2）定额中管道作业坑和沿线各种井室（包括沿线的检查井、雨水井、阀门井和雨水进水口等）所需增加开挖的土方量按有关规定如实计算。

（3）定额中所有填土（包括松填、夯填、碾压）均是按就近5m内取土考虑的，超过5m按以下办法计算：

① 就地取余松土或堆积土回填者，除按填方定额执行外，另按运土方定额计算土方费用。

② 外购土者，应按实计算土方费用。

（4）定额中的工料机消耗水平是按劳动定额、施工验收规范、合理的施工组织设计以及多数施工企业现有的施工机械装备水平，根据有关规定计算的，在执行中不得因工程的施工方法和工、料、机等用量与定额有出入而调整定额（定额中规定允许调整的除外）。

细节解读六：定额中有关数据的取定

（1）人工工日的计算

① 人工用量主要包括基本人工和其他用工，并结合市政工程特点，综合计算人工幅度差。

② 人工幅度差＝Σ（基本用工＋超运距用工）×人工幅度差率。人工幅度差率为10％，水平运距为150m。

③ 综合工日＝基本用工＋超运距用工＋人工幅度差＋辅助用工。

（2）机械

凡劳动定额已确定了台班产量的，一律以台班产量计算；劳动定额没有确定台班产量的，以合理的劳动组合按小组产量计算，个别的根据现行定额取定。根据建设部统一要求，取消了定额中的其他机械费和价值在2000元以下的机械台班费。

（3）周转材料的场外运输

因各地情况不同，定额中不包括周转材料的场外运输。周转材料的场外运输，可按各地规定处理。

第二节　土石方工程定额工程量计算规则

一、定额说明

（1）本章定额均适用于各类市政工程（除有关专业册说明了不适用本章定额外）。

（2）干、湿土的划分首先以地质勘察资料为准，含水率大于等于25％为湿土；或以地下常水位为准，常水位以上为干土，以下为湿土。挖湿土时，人工和机械乘以系数1.18，干、湿土工程量分别计算。采用井点降水的土方应按干土计算。

（3）人工夯实土堤、机械夯实土堤执行本章人工填土夯实平地、机械填土夯实平地子目。

（4）挖土机在垫板上作业，人工和机械乘以系数1.25，搭拆垫板的人工、材料和辅机摊销费另行计算。

（5）推土机推土或铲运机铲土的平均土层厚度小于30cm时，其推土机台班乘以系数1.25，铲运机台班乘以系数1.17。

（6）在支撑下挖土，按实挖体积，人工乘以系数1.43，机械乘以系数1.20。先开挖后支撑的不属支撑下挖土。

（7）挖密实的钢渣，按挖四类土人工乘以系数2.50，机械乘以系数1.50。

（8）0.2m抓斗挖土机挖土、淤泥、流砂按0.5m抓铲挖掘机挖土、淤泥、流砂定额消耗量乘以系数2.50计算。

（9）自卸汽车运土，如系反铲挖掘机装车，则自卸汽车运土台班数量乘以系数1.10；拉铲挖掘机装车，自卸汽车运土台班数量乘以系数1.20。

（10）石方爆破按炮眼法松动爆破和无地下渗水积水考虑，防水和覆盖材料未在定额内。采用火雷管可以换算，雷管数量不变，扣除胶质导线用量，增加导火索用量，导火索长度按每个雷管 2.12m 计算。抛掷和定向爆破另行处理。打眼爆破若要达到石料粒径要求，则增加的费用另计。

（11）本定额不包括现场障碍物清理，障碍物清理费用另行计算。弃土、石方的场地占用费按当地规定处理。

（12）开挖冻土套第五章拆除素混凝土障碍物子目乘以系数 0.8。

（13）本章定额中为满足环保要求而配备了洒水汽车在施工现场降尘，若实际施工中未采用洒水汽车降尘的，在结算中应扣除洒水汽车和水的费用。

二、土石方工程工程量计算规则与实例

细节解读一：计算规则

（1）本章定额的土、石方体积均以天然密实体积（自然方）计算，回填土按碾压后的体积（实方）计算。土方体积换算见表 2-1。

表 2-1　土方体积换算表　　　　　　　　　　　　　　　　单位：m³

虚方体积	天然密实体积	夯实后体积	松填体积
1.00	0.77	0.67	0.83
1.30	1.00	0.87	1.08
1.49	1.15	1.00	1.24
1.20	0.93	0.81	1.00

（2）土方工程量按图纸尺寸计算，修建机械上下坡的便道土方量并入土方工程量内。石方工程量按图纸尺寸加允许超挖量。开挖坡面每侧允许超挖量：松、次坚石 20cm，普、特坚石 15cm。

（3）夯实土堤按设计断面计算。清理土堤基础按设计规定以水平投影面积计算，清理厚度为 30cm 内，废土运距按 30m 计算。

（4）人工挖土堤台阶工程量，按挖前的堤坡斜面积计算，运土应另行计算。

（5）人工铺草皮工程量以实际铺设的面积计算，花格铺草皮中的空格部分不扣除。花格铺草皮，设计草皮面积与定额不符时可以调整草皮数量，人工按草皮增加比例增加，其余不调整。

（6）管道接口作业坑和沿线各种井室所需增加开挖的土石方工程量按有关规定如实计算。管沟回填土应扣除管径在 200mm 以上的管道、基础、垫层和各种构筑物所占的体积。

（7）挖土放坡和沟、槽底加宽应按图纸尺寸计算，如无明确规定，可按表 2-2、表 2-3 计算。

表 2-2　放坡系数

土壤类别	放坡起点/m	人工挖土	机械挖土	
			在坑作业	在坑外作业
一、二类土	1.20	0.50	0.33	0.75
三类土	1.50	0.33	0.25	0.67
四类土	2.00	0.25	0.10	0.33

表 2-3　管沟底部每侧工作面宽度

管道结构宽/cm	混凝土管道基础90°	混凝土管道基础＞90°	金属管道	构筑物	
				无防潮层	有防潮层
50 以内	40	40	30	40	50
100 以内	50	50	40		
250 以内	60	50	40		

挖土交接处产生的重复工程量不扣除。如在同一断面内遇有数类土壤，其放坡系数可按各类土占全部深度的百分比加权计算。

管道结构宽：无管座按管道外径计算，有管座按管道基础外缘计算，构筑物按基础外缘计

算，如设挡土板则每侧增加10cm。

（8）土石方运距应以挖土重心至填土重心或弃土重心最近距离计算，挖土重心、填土重心、弃土重心按施工组织设计确定。如遇下列情况应增加运距。

① 人力及人力车运土、石方上坡坡度在15%以上，推土机、铲运机重车上坡坡度大于5%，斜道运距按斜道长度乘以表2-4中系数。

表2-4 斜道运距系数

项 目	推土机、铲运机				人力及人力车
坡度/%	5～10	15以内	20以内	25以内	15以上
系数	1.73	2	2.25	2.5	5

② 采用人力垂直运输土、石方，垂直深度每米折合水平运距7m计算。

③ 拖式铲运机3m³加27m转向距离，其余型号铲运机加45m转向距离。

（9）沟槽、基坑、平整场地和一般土石方的划分：底宽7m以内，底长大于底宽3倍以上按沟槽计算；底长小于底宽3倍以内按基坑计算，其中基坑底面积在150m²以内执行基坑定额。厚度在30cm以内就地挖、填土按平整场地计算。超过上述范围的土、石方按土方和石方计算。

（10）机械挖土方中如需人工辅助开挖（包括切边、修整底边），机械挖土按实挖土方量计算，人工挖土土方量按实套相应定额乘以系数1.5。

（11）人工装土汽车运土时，汽车运土定额乘以系数1.1。

（12）土壤及岩石分类见土壤及岩石（普氏）分类表（表2-5）。

表2-5 土壤及岩石（普氏）分类表

土石分类	普氏分类	土壤及岩石名称	天然湿度下平均容量/(kg/m³)	极限压碎强度/(kgf/m²)	用轻钻孔机钻进1m耗时/min	开挖方法及工具	紧固系数 f
一、二类土壤	I	砂 砂壤土 腐殖土 泥炭	1500 1600 1200 600			用尖锹开挖	0.5～0.6
	II	轻壤和黄土类土 潮湿而松散的黄土，软的盐渍土和碱土 平均15mm以内的松散而软的砾石 含有草根的密实腐殖土 含有直径在30mm以内根类的泥炭和腐殖土 掺有卵石、碎石和石屑的砂和腐殖土 含有卵石或碎石杂质的胶结成块的填土 含有卵石、碎石和建筑料杂质的砂壤土	1600 1600 1700 1400 1100 1650 1750 1900			用锹开挖并少数用镐开挖	0.6～0.8
三类土壤	III	肥黏土其中包括石炭纪、侏罗纪的黏土和冰黏土 重壤土、粗砾石，粒径为15～40mm的碎石和卵石 干黄土和掺有碎石或卵石的自然含水量黄土 含有直径大于30mm根类的腐殖土或泥炭 掺有碎石或卵石和建筑碎料的土壤	1800 1750 1790 1400 1900			用尖锹并同时用镐开挖(30%)	0.8～1.0
四类土壤	IV	土含碎石重黏土其中包括侏罗纪和石英纪的硬黏土 含有碎石、卵石、建筑碎料和重达25kg的顽石(总体积10%以内)等杂质的肥黏土和重壤土 冰渍黏土，含有质量在50kg以内的巨砾，其含量为总体积10%以内泥板岩 不含或含有质量达10kg的顽石	1950 1950 2000 2000 1950			用尖锹并同时用镐和撬棍开挖(30%)	1.0～1.5
松石	V	含有质量在50kg以内的巨砾(占体积10%以上)的冰渍石 硅藻岩和软白垩岩 胶结力弱的砾岩 各种不坚实的片岩 石膏	2100 1800 1900 2600 2200	小于200	小于3.5	部分用手凿工具，部分用爆破开挖	1.5～2.0

土石分类	普氏分类	土壤及岩石名称	天然湿度下平均容量 /(kg/m³)	极限压碎强度 /(kgf/m²)	用轻钻孔机钻进1m耗时/min	开挖方法及工具	紧固系数 f
次坚石	VI	凝灰岩和浮石 松软多孔和裂隙严重的石灰岩和介质石灰岩 中等硬变的片岩 中等硬变的泥灰岩	1100 1200 2700 2300	200~400	3.5	用风镐和爆破法开挖	2~4
	VII	石灰石胶结的带有卵石和沉积岩的砾石 风化的和有大裂缝的黏土质砂岩 坚实的泥板岩 坚实的泥灰岩	2200 2000 2800 2500	400~600	6.0	用爆破方法开挖	4~6
	VIII	砾质花岗岩 泥灰质石灰岩 黏土质砂岩 砂质云母片岩 硬石膏	2300 2300 2200 2300 2900	600~800	8.5		6~8
普坚石	IX	严重风化的软弱的花岗岩、片麻岩和正长岩 滑石化的蛇纹岩 致密的石灰岩 含有卵石、沉积岩的渣质胶结的砾岩 砂岩 砂质石灰质片岩 菱镁矿	2500 2400 2500 2500 2500 2500 3000	800~1000	11.5		8~10
	X	白云石 坚固的石灰岩 大理石 石灰胶结的致密砾石 坚固砂质片岩	2700 2700 2700 2600 2600	1000~1200	15.0		10~12
	XI	粗花岗岩 非常坚硬的白云岩 蛇纹岩 石灰质胶结的含有火成岩之卵石的砾石 石英胶结的坚固砂岩 粗粒正长岩	2800 2900 2600 2800 2700 2700	1200~1400	18.5	用爆破方法开挖	12~14
	XII	具有风化痕迹的安山岩和玄武岩 片麻岩 非常坚固的石灰岩 硅质胶结的含有火成岩之卵石的砾岩 粗石岩	2700 2600 2900 2900 2600	1400~1600	22.0		14~16
	XIII	中粒花岗岩 坚固的片麻岩 辉绿岩 玢岩 坚固的粗面岩 中粒正长岩	3100 2800 2700 2500 2800 2800	1600~1800	27.5		16~18
	XIV	非常坚硬的细粒花岗岩 花岗岩麻岩 闪长岩 高硬度的石灰岩 坚固的玢岩	3300 2900 2900 3100 2700	1800~2000	32.5		18~20
	XV	安山岩、玄武岩、坚固的角页岩 高硬度的辉绿岩和闪长岩 坚固的辉长岩和石英岩	3100 2900 2800	2000~2500	46.0		20~25
	XVI	拉长玄武岩和橄榄玄武岩 特别坚固的辉长辉绿岩、石英石和玢岩	3300 3300	大于2500	大于60		大于25

细节解读二：计算实例

【例2-1】 某排水工程挖沟槽开挖，采用反铲挖掘机开挖（沿沟槽方向），人工清底。土壤类别为三类，原地面平均标高4.5m，设计槽坑底平均标高为1.9m，设计槽坑底宽（含工作面的宽度）为1.8m，沟槽全长为600m，机械挖土挖至基底标高以上20cm处，其余为人工开挖。分别计算该工程机械、人工土方数量。

解：土方开挖总深度为 4.5−1.9＝2.6（m）。土壤类别为三类需放坡，查表 2-2 得放坡系数是 0.67。

即：挖土方总量 $V_总 =(1.8+0.67×2.6)×2.6×600×1.025=5664$（m³）

其中人工清底土方量

$$V_人 =(1.8+0.67×0.2)×0.2×600×1.025=278（m³）$$

机械挖土方量

$$V_{机械} =V_总 -V_人 =5664-278=5386（m³）$$

第三节　土石方工程量清单计价

一、土石方工程工程量清单项目设置及工程量计算规则

细节解读一：挖土方（编码：040101）

挖土方工程工程量清单项目设置及工程量计算规则见表 2-6。

表 2-6　挖土方（编码：040101）

项目编码	项目名称	项目特征	计量单位	工程量计算规则	工程内容
040101001	挖一般土方			按设计图示开挖线以体积计算	
040101002	挖沟槽土方	1. 土壤类别 2. 挖土深度		原地面线以下按构筑物最大水平投影面积乘以挖土深度（原地面平均标高至槽坑底高度）以体积计算	1. 土方开挖 2. 围护、支撑 3. 场内运输 4. 平整、夯实
040101003	挖基坑土方		m³	原地面线以下按构筑物最大水平投影面积乘以挖土深度（原地面平均标高至坑底高度）以体积计算	
040101004	竖井挖土方			按设计图示尺寸以体积计算	1. 土方开挖 2. 围护、支撑 3. 场内运输
040101005	暗挖土方	土壤类别		按设计图示断面乘以长度以体积计算	1. 土方开挖 2. 围护、支撑 3. 洞内运输 4. 场内运输
040101006	挖淤泥	挖淤泥深度		按设计图示的位置及界限以体积计算	1. 挖淤泥 2. 场内运输

注：1. 挖土应按天然密实度体积计算。
2. 沟槽、基坑、一般土石方的划分应符合下列规定：
(1) 底长 7m 以内，底长大于底宽 3 倍以上应按沟槽计算；
(2) 底长小于底宽 3 倍以下，底面积在 150m² 以内应按基坑计算；
(3) 超过上述范围，应按一般土石方计算。

细节解读二：挖石方（编码：040102）

挖石方工程量清单项目设置及工程量计算规则见表 2-7。

表 2-7　挖石方（编码：040102）

项目编码	项目名称	项目特征	计量单位	工程量计算规则	工程内容
040102001	挖一般石方			按设计图示开挖线以体积计算	
040102002	挖沟槽石方	1. 岩石类别 2. 开凿深度	m³	原地面线以下按构筑物最大水平投影面积乘以挖石深度（原地面平均标高至槽底高度）以体积计算	1. 石方开凿 2. 围护、支撑 3. 场内运输 4. 修整底、边
040102003	挖基坑石方			按设计图示尺寸以体积计算	

注：沟槽、基坑、一般土石方的划分应符合下列规定：
1. 底宽 7m 以内，底长大于底宽 3 倍以上应按沟槽计算；
2. 底长小于底宽 3 倍以下，底面积在 150m² 以内应按基坑计算；
3. 超过上述范围，应按一般土石方计算。

细节解读三：填方及土石方运输（编码：040103）

填方及土石方运输工程量清单项目设置及工程量计算规则见表 2-8。

表 2-8　填方及土石方运输（编码：040103）

项目编码	项目名称	项目特征	计量单位	工程量计算规则	工程内容
040103001	填方	1. 填方材料品种 2. 密实度	m³	1. 按设计图示尺寸以体积计算 2. 按挖方清单项目工程量减基础、构筑物埋入体积加原地面线至设计要求标高间的体积计算	1. 填方 2. 压实
040103002	余方弃置	1. 废弃料品种 2. 运距		按挖方清单项目工程量减利用回填方体积（正数）计算	余方点装料运输至弃置点
040103003	缺方内运	1. 填方材料品种 2. 运距		按挖方清单项目工程量减利用回填方体积（负数）计算	取料点装料运输至缺方点

注：填方应按压实后体积计算。

二、土石方工程量清单计算说明

（1）填方以压实（夯实）后的体积计算，挖方以自然密实度体积计算。

（2）挖一般土石方的清单工程量按原地面线与开挖达到设计要求线间的体积计算。

（3）挖沟槽和基坑土石方的清单工程量，按原地面线以下构筑物最大水平投影面积乘以挖土深度（原地面平均标高至坑、槽底平均标高的高度）以体积计算，如图 2-1 所示。

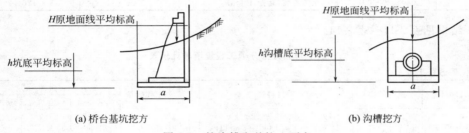

(a) 桥台基坑挖方　　　　　　(b) 沟槽挖方

图 2-1　挖沟槽和基坑土石方

a——桥台垫层宽；b——桥台垫层长

以 $a×b×(H-h)$ ＝管沟挖方工程量

（4）市政管网中各种井的井位挖方计算。因为管沟挖方的长度按管网铺设的管道中心线的长度计算，所以管网中的各种井的井位挖方清单工程量必须扣除与管沟重叠部分的方量，如图 2-2(a) 所示只计算斜线部分的土石方量。

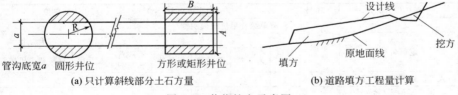

(a) 只计算斜线部分土石方量　　　　　　(b) 道路填方工程量计算

图 2-2　井位挖方示意图

（5）填方清单工程量计算。

① 道路填方按设计线与原地面线之间的体积计算，如图 2-2 所示。

② 沟槽及基坑填方按沟槽或基坑挖方清单工程量减埋入构筑物的体积计算，如有原地面以上填方则再加上这部体积即为填方量。

第四节　计 算 示 例

【例 2-2】　某道路修筑起点 0＋0.000，终点 0＋135，采用人工挖土，路面修长路宽为 10m，路肩各宽为 1m，土质为四类，余方运至 10km 处弃置点，填方要求密实度达到 95％，土方平衡部分场内运输考虑用手推车运土，余方弃置用人工装土，自卸汽车运输，路基填土压实用压路机碾压，碾压厚度每层不超过30cm，路床碾压为保证质量按路面宽度每边加宽30cm，路床碾压面积为（10＋0.6）×135m²＝1431m²。路肩整形碾压面积为2×135m²＝270m²，道路工程土方计算见表2-9和表2-10。

表2-9　道路工程土方量计算表

桩号	土方面积/m²		平均面积/m²		距离/m	土方量/m³	
	挖方	填方	挖方	填方		挖方	填方
0＋000	11.5	3.2					
0＋050	14.8		13.15	1.6	50	657.5	80
0＋090	8.2	6.1	11.5	3.05	40	460	122
0＋135	13.4		10.8	3.05	45	486	137.25
合计						1603.5	339.25

表2-10　分部分项工程量清单

工程名称：某道路工程　　　　　　　　　　　　　　　　　　　　　　　　　第　页　共　页

序　号	项目编码	项目名称	计量单位	工程数量
1	040101001001	挖一般土方（四类土）	m³	1603.5
2	040103001001	填方（密实度为9％）	m³	339.25
3	040103002001	余方弃置（运距10km）	m³	1264.25

解：结果见表2-11～表2-14。

表2-11　分部分项工程量清单计价表

工程名称：某道路工程　　　　　　　　　　　　　标段：

序号	项目编码	项目名称	项目特征	计量单位	工程数量	综合单价	合价	其中：暂估价
1	040101001001	挖一般土方（四类土）	1. 人工挖路槽土方（四类土） 2. 双轮斗车运土（运距50m以内） 3. 双轮斗车运土（增运距150m）	m³	1603.5	21.98	35244.93	
2	040103001001	填方（密实度95％）	1. 填土压路机碾压（密实度95％） 2. 路床碾压检验 3. 路肩整形碾压	m³	339.25	18.87	6401.65	
3	040103002001	余土弃置（运距5km）	1. 人工装汽车（土方） 2. 自卸汽车运土（运距10km）	m³	1264.25	18.97	23977.56	

注：根据原建设部、财政部发布的《建筑安装工程费用组成》（建标〔2003〕206号）的规定，为记取规费行装的使用，可以在表中增设"其中：直接费、人工费或人工费＋机械费"。

表2-12　工程量清单综合单价分析表（1）

项目编码	040101001001		项目名称		挖一般土方（四类土）			计量单位		m³	

清单综合单价组成明细

定额编号	定额名称	定额单位	数量	单价				合价			
				人工费	材料费	机械费	管理费和利润	人工费	材料费	机械费	管理费和利润
1-3	人工挖路槽土方（四类土）	m³	1	11.28			2.37	11.28			2.37
1-45	双轮斗车运土（运距50m以内）	m³	1	4.32			0.91	4.32			0.91
1-46	双轮斗车运土（运距增加150m）	m³	1	2.56			0.54	2.56			0.54
人工单价					小计			18.16			3.82
综合工日55元/工日					未计价材料费						
清单项目综合单价								21.98			

材料费明细	主要材料名称、规格、型号		单位	数量	单价/元	合价/元	暂估单价/元	暂估合价/元
	（略）							
	其他材料费					—		—
	材料费小计					—		—

表 2-13　工程量清单综合单价分析表（2）

项目编码	040101001001		项目名称		填方(密实度95%)			计量单位			m³

清单综合单价组成明细

定额编号	定额名称	定额单位	数量	单价				合价			
				人工费	材料费	机械费	管理费和利润	人工费	材料费	机械费	管理费和利润
1-361	填土压路机碾压(密实度95%)	1000m³	0.001	0.13	0.007	2.67	0.59	0.14	0.007	2.67	0.59
2-1	路床碾压检验	100m²	0.1	0.81		7.37	1.72	0.81		7.37	1.72
2-2	路肩整形碾压	100m²	0.1	3.87		0.79	0.91	3.87		0.79	0.91
人工单价				小计				4.82	0.007	10.83	3.22
综合工日 55 元/工日				未计价材料费							
清单项目综合单价								18.87			
材料费明细	主要材料名称、规格、型号				单位	数量	单价/元	合价/元	暂估单价/元	暂估合价/元	
	(略)										
	其他材料费						—	—	—	—	
	材料费小计						—	—	—	—	

表 2-14　工程量清单综合单价分析表（3）

项目编码	040103002001		项目名称		余土弃置(运距5km)			计量单位			m³

清单综合单价组成明细

定额编号	定额名称	定额单位	数量	单价				合价			
				人工费	材料费	机械费	管理费和利润	人工费	材料费	机械费	管理费和利润
1-49	人工装汽车(土方)	100m³	0.01	3.71			0.78	3.71			0.78
1-272	自卸汽车运土(运距10km)	1000m²	0.001		0.00054	11.79	2.48		0.00054	11.79	2.48
人工单价				小计				3.71	0.00054	11.79	3.26
综合工日 55 元/工日				未计价材料费							
清单项目综合单价								18.97			
材料费明细	主要材料名称、规格、型号				单位	数量	单价/元	合价/元	暂估单价/元	暂估合价/元	
	(略)										
	其他材料费						—	—	—	—	
	材料费小计						—	—	—	—	

第三章

解读道路工程工程量计算

第一节 道路工程定额工作内容及相关规定

一、道路工程定额工作内容

细节解读一：路床（槽）整形

路床（槽）整形是根据质量验收标准，考虑到整形碾压后路床（槽）除满足设计标高的要求外，为铺筑结构层，节约原材料所采用的工艺项目。其定额工作内容包括：路床（槽）整形，路基盲沟，弹软土基处理，砂底层和铺筑垫层料等共计39个子目。

（1）路床（槽）整形的工作内容包括：

① 路床、人行道整形碾压：放样、挖高填低、推土机整平、找平、碾平、检验、人工配合处理机械碾压不到之处。

② 边沟成形，综合考虑了边沟挖土的土类和边沟两侧边坡培整面积所需挖土、培土、修整边坡及余土抛出沟外的全过程所需人工。边沟成形包括：人工挖边沟土、培整边坡、整平沟底、余土弃运。

（2）混凝土滤管盲沟定额中不含滤管外滤层材料。路基盲沟的工作内容包括：放样、挖土、运料、填充夯实、弃土外运。

（3）弹软土基处理的工作内容包括：

① 掺石灰、改换炉渣、片石。

a. 人工操作：放样、挖土、掺料改换、整平、分层夯实、找平、清理杂物。

b. 机械操作：放样、机械挖土、掺料、推拌、分层排压、找平、碾压、清理杂物。

② 石灰砂桩：放样、挖孔、填料、夯实、清理余土至路边。

③ 塑板桩。

a. 带门架：轨道铺拆、定位、穿塑料排水板、安装桩靴、打拔钢管、剪断排水板、门架、桩机移位。

b. 不带门架：定位、穿塑料排水板、安装桩靴、打拔钢管、剪断排水板、起重机、桩机移位。

④ 粉喷桩：钻机就位、钻孔桩、加粉、喷粉、复搅。

⑤ 土工布：清理整平路基、挖填锚固沟、铺设土工布、缝合及锚固土工布。

⑥ 抛石挤淤：人工装石、机械运输、人工抛石。

⑦ 水泥稳定土、机械翻晒。

a. 放样、运料（水泥）、上料、人工摊铺土方（水泥）、拌和、找平、碾压、人工拌和处理碾压不到之处。

b. 放样、机械带铧犁翻拌晾晒、排压。

（4）砂底层的工作内容包括：放样、取（运）料、摊铺、洒水、找平、碾压。

（5）铺筑垫层料的工作内容包括：放样、取（运）料、摊铺、找平。

细节解读二：道路基层

道路基层包括各种级配的多合土基层共计195个子目。

（1）石灰土基层的工作内容包括：

① 人工拌和：放样、清理路床、人工运料、上料、铺石灰、焖水、配料拌和、找平、碾压、人工处理碾压不到之处、清理杂物。

② 拖拉机拌和（带犁耙）：放样、清理路床、运料、上料、机械整平土方、铺石灰、焖水、拌和、排压、找平、碾压、人工拌和处理碾压不到之处、清理杂物。

③ 拖拉机原槽拌和（带犁耙）：放样、清理路床、运料、上料、机械整平土方、铺石灰、拌和、排压、找平、碾压、人工拌和处理碾压不到之处、清理杂物。

④ 拌和机拌和：放样、清理路床、运料、上料、机械整平土方、铺石灰、焖水、拌和机拌和、排压、找平、碾压、人工拌和处理碾压不到之处、清理杂物。

⑤ 厂拌人铺：放样、清理路床、运料、上料、摊铺洒水、配合压路机碾压、初期养护。

（2）石灰、炉渣、土基层的工作内容包括：

① 人工拌和：放样、清理路床、运料、上料、铺石灰、焖水、配料拌和、找平、碾压、人工处理碾压不到之处、清除杂物。

② 拖拉机拌和（带犁耙）：施样、清理路床、运料、上料、机械整平土方、铺石灰、焖水、拌和、排压、找平、碾压、人工拌和处理碾压不到之处、清除杂物。

③ 拌和机拌和：放样、清理路床、运料、上料、机械整平土方、铺石灰、焖水、拌和机拌和、排压、找平、碾压、人工拌和处理碾压不到之处、清除杂物。

（3）石灰、粉煤灰、土基层的工作内容包括：

① 人工拌和：放样、清理路床、运料、上料、铺石灰、焖水、配料拌和、排压、找平、碾压、人工处理碾压不到之处、清除杂物。

② 拖拉机拌和（带犁耙）：放样、清理路床、运料、上料、机械整平土方（粉煤灰）、铺石灰、焖水、拌和、排压、找平、碾压、人工拌和处理碾压不到之处、清除杂物。

③ 拌和机拌和：放样、清理路床、运料、上料、机械、整平土方（粉煤灰）、铺石灰、焖水、拌和机拌和、排压、找平、碾压、人工拌和处理碾压不到之处、清除杂物。

④ 厂拌人铺：放线、清理路床、运料、上料、摊铺洒水、配合压路机碾压、初期养护。

（4）石灰、炉渣基层的工作内容包括：

① 人工拌和：放样、运料、上料、铺石灰、焖水、配料拌和、找平、碾压、人工处理碾压不到之处、清除杂物。

② 拖拉机拌和（带犁耙）：放样、运料、上料、机械整平土方（炉渣）、铺石灰、焖水、拌和、排压、找平、碾压、人工拌和处理碾压不到之处、清除杂物。

③ 拌和机拌和：放样、运料、上料、机械整平土方（炉渣）、铺石灰、焖水、拌和机拌和、排压、找平、碾压、人工拌和处理碾压不到之处、清除杂物。

（5）石灰、粉煤灰、碎石基层（拌和机拌和）：放线、运料、上料、铺石灰、焖水、拌和机拌和、找平、碾压、人工拌和处理碾压不到之处、清除杂物。

（6）石灰、粉煤灰、砂砾基层（拖拉机拌和带犁耙）：放线、运料、上料、铺石灰、焖水、拌和、找平、碾压、人工拌和处理碾压不到之处、清除杂物。

（7）石灰、土、碎石基层的工作内容包括：

① 机拌：放线、运料、上料、铺石灰、焖水、拌和机拌和、找平、碾压、人工拌和处理碾

压不到之处、清除杂物。

②厂拌：放线、运料、上料、配合压路机碾压、初级养护。

（8）砖拌粉煤灰三渣基层的工作内容包括：放线、运料、上料、摊铺、焖水、拌和机拌和、找平、碾压、二层铺筑时下层扎毛、养护、清理杂物。

（9）厂拌粉煤灰三渣基层的工作内容包括：放样、清理路床、运料、上料、摊铺、焖水、找平、碾压、二层铺筑时下层扎毛、养护。

（10）顶层多合土养护的工作内容包括：抽水、运水、安拆抽水机胶管、洒水养护。

（11）砂砾石底层（天然级配）的工作内容包括：放样、清理路床、取料、运料、上料、摊铺、找平、碾压。

（12）卵石底层、碎石底层、块石底层的工作内容包括：放样、清理路床、取料、运料、上料、摊铺、灌缝、找平、碾压。

（13）炉渣底层、矿渣底层、山皮石底层的工作内容包括：放线、清理路床、取料、运料、上料、摊铺、找平、洒水、碾压。·

（14）沥青稳定碎石的工作内容包括：放样、清扫路基、人工摊铺、洒水、喷洒机喷油、嵌缝、碾压、侧缘石保护、清理。

细节解读三：道路面层

道路面层包括简易路面，沥青表面处治、沥青混凝土路面及水泥混凝土路面等71个子目。

（1）简易路面（磨耗层）的工作内容包括：放样、运料、拌和、摊铺、找平、洒水、碾压。

（2）沥青表面处治的工作内容包括：清扫路基、运料、分层撒料、洒油、找平、接茬、收边。

（3）沥青贯入式路面的工作内容包括：清扫整理下承层、安拆熬油设备、熬油、运油、沥青喷洒机洒油、铺洒主层骨料及嵌缝料、整形、碾压、找补、初期养护。

（4）喷洒沥青油料的工作内容包括：清扫路基、运油、加热、洒布机喷油、移动挡板（或遮盖物）保护侧石。

（5）黑色碎石路面的工作内容包括：清扫路基、整修侧缘石、测温、摊铺、接茬、找平、点补、夯边、撒垫料、碾压、清理。

（6）粗粒式沥青混凝土路面、中粒式沥青混凝土路面、细粒式沥青混凝土路面的工作内容包括：清扫路基、整修侧缘石、测温、摊铺、接茬、找平、点补、撒垫料、清理。

（7）水泥混凝土路面的工作内容包括：放样、模板制作、安拆、模板刷油、混凝土纵缝涂沥青油、拌和、浇筑、捣固、抹光或拉毛。

（8）伸缩缝的工作内容包括：

①切缝：放样、缝板制作、备料、熬制沥青、浸泡木板、拌和、嵌缝、烫平缝面。

②PG道路嵌缝胶：清理缝道、嵌入泡沫背衬带、配制搅料PG胶、上料灌缝。

（9）水泥混凝土路面养护的工作内容包括：铺盖草袋、铺撒锯末、涂塑料液、铺塑料膜、养护。

（10）水泥混凝土路面钢筋的工作内容包括：钢筋除锈、安装传力杆，拉杆边缘钢筋、角隅加固钢筋、钢筋网。

细节解读四：人行道侧缘石及其他

人行道侧缘石及其他包括人行道板、侧石（立缘石）、花砖安砌等45个子目。

人行道侧缘石及其他所采用的人行道板、侧石（立缘石）、花砖等砌料及垫层如与设计不同时，材料量可按设计要求另计共用量，但人工不变。

（1）人行道板安砌的工作内容包括：放样、运料、配料拌和、找平、夯实、安砌、灌缝、扫缝。

（2）异型彩色花砖安砌的工作内容包括：放样、运料、配料拌和、扒平、夯实、安砌、灌缝、扫缝。

（3）侧缘石垫层的工作内容包括：运料、备料、拌和、摊铺、找平、洒水、夯实。

（4）侧缘石安砌的工作内容包括：放样、开槽、运料、调配砂、安砌、勾缝、养护、清理。

（5）侧平石安砌的工作内容包括：放样、开槽、运料、调配砂浆、安砌、勾缝、养护。

（6）砌筑树池的工作内容包括：放样、开槽、配料、运料、安砌、灌缝、找平、夯实、清理。

（7）消解石灰的工作内容包括：集中消解石灰、推土机配合、小堆沿线消解、人工闷翻。

二、道路工程定额相关规定

细节解读一：定额说明

（1）《全国统一市政工程预算定额》第二册"道路工程"（以下简称道路工程定额）。包括路床（槽）整形、道路基层、道路面层、人行道侧缘石及其他，共四章 350 个子目。

（2）道路工程定额适用于城镇基础设施中的新建和扩建工程。

（3）道路工程定额编制依据。

①《全国统一市政工程预算定额》道路分册及建设部关于定额的有关补充规定资料。

② 新编《全国统一建筑工程基础定额》、《全国统一安装工程基础定额》及《全国统一市政工程劳动定额》。

③ 现行的市政工程设计、施工验收规范、安全操作规程、质量评定标准等。

④ 现行的市政工程标准图集和具有代表性工程的设计图纸。

⑤ 各省、自治区、直辖市现行的市政工程单位估价表及基础资料。

⑥ 已被广泛采用的市政工程新技术、新结构、新材料、新设备和已被检验确定成熟的资料。

（4）道路工程中的排水项目，按第六册"排水工程"相应定额执行。

（5）定额中的工序、人工、机械、材料等均系综合取定。除另有规定者外，均不得调整。

（6）定额的多合土项目按现场拌和考虑，部分多合土项目考虑了厂拌，如采用厂拌集中拌和，所增加的费用可按各省、自治区、直辖市有关规定执行。

（7）定额凡使用石灰的子目，均不包括消解石灰的工作内容。编制预算中，应先计算出石灰总用量，然后套用消解石灰子目。

细节解读二：有关数据的取定

（1）人工。

① 定额中人工量以综合工日数表示，不分工种及技术等级。内容包括：基本用工和其他用工。其他用工包括：人工幅度差、超运距用工和辅助用工。

② 综合工日＝基本用工×（1＋人工幅度差）＋超运距用工＋辅助用工，人工幅度差综合取定10%。人工是随机械产量计算的，人工幅度差率按机械幅度差率计算。定额中基本运距为 50m，超运距综合取定为 100m。

（2）材料。

① 主要材料、辅助材料凡能计量的均应按品种、规格、数量，并按材料损耗率规定增加损耗量后列出。其他材料以占材料费的百分比表示，不再计入定额材料消耗量。其他材料费道路工程综合取定为 0.50%。

② 主要材料的压实干密度、松方干密度、压实系数详见表 3-1。

③ 各种材料消耗均按统一规定计算（材料损耗率及损耗系数详见表 3-2），另根据混合料配比不同，其用水量如下。

a. 弹软土基处理（人工、机械掺石灰、水泥稳定土壤）均按 15%水量计入材料消耗量，砂底层铺入垫层料均按 8%用水量计入材料消耗量。

b. 石灰土基、多合土基均按 15%用水量计入材料消耗量，其他类型基层均按 8%用水量计入材料消耗量。

c. 水泥混凝土路面均按 20%用水量计入材料消耗量，水泥混凝土路面层养护、简易路面按

5％用水量计入材料消耗量。

　　d. 人行道、侧缘石铺装均按 8％用水量计入材料消耗量。

　　(3) 机械。定额中所列机械，综合考虑了目前市政行业普遍使用的机型、规格，对原定额中道路基层、面层中的机械配置进行了调整，以满足目前高等级路面技术质量的要求及现场实际施工水平的需要。定额中在确定机械台班使用量时，均计入了机械幅度差。机械幅度差系数见表 3-3。

表 3-1　材料压实干密度、松方干密度、压实系数表

项　目	压实干密度/(t/m³)	压实系数	松方干密度/(t/m³)												
			生石灰	土	炉渣	砂	粉煤灰	碎石	砂砾	卵石	块石	混石	矿渣	山皮石	石屑	水泥
石灰土基	1.65	—	1.00	1.15	—	—	—	—	—	—	—	—	—	—	—	—
改换炉渣	1.65	—	—	—	1.40	—	—	—	—	—	—	—	—	—	—	—
改换片石	1.30	—	—	—	—	—	—	—	—	—	—	—	—	—	—	—
石灰炉渣土基	1.46	—	1.00	1.15	1.40	—	—	—	—	—	—	—	—	—	—	—
石灰炉(煤)渣	1.25	—	—	—	1.40	—	—	—	—	—	—	—	—	—	—	—
石灰、粉煤灰土基	1.43	—	1.00	1.15	—	—	0.75	—	—	—	—	—	—	—	—	—
石灰、粉煤灰碎石	1.92	—	1.00	—	—	—	0.75	1.45	—	—	—	—	—	—	—	—
石灰、粉煤灰砂砾	1.92	—	1.00	—	—	—	0.75	—	1.60	—	—	—	—	—	—	—
石灰、土、碎石	2.05	—	1.00	1.15	—	—	—	1.45	—	—	—	—	—	—	—	—
砂底(垫层)	—	1.25	—	—	—	1.43	—	—	—	—	—	—	—	—	—	—
砂砾底层	—	1.20	—	—	—	—	—	—	1.60	—	—	—	—	—	—	—
卵石底层	—	1.70	—	—	—	—	—	—	—	1.65	—	—	—	—	—	—
碎石底层	—	1.30	—	—	—	—	—	1.45	—	—	—	—	—	—	—	—
块石底层	—	1.30	—	—	—	—	—	—	—	—	1.60	—	—	—	—	—
混石底层	—	1.30	—	—	—	—	—	—	—	—	—	1.54	—	—	—	—
矿渣底层	—	1.30	—	—	—	—	—	—	—	—	—	—	1.40	—	—	—
炉渣底(垫)层	—	1.65	—	—	1.40	—	—	—	—	—	—	—	—	—	—	—
山皮石底层	—	1.30	—	—	—	—	—	—	—	—	—	—	—	1.54	—	—
石屑垫层	—	1.30	—	—	—	—	—	—	—	—	—	—	—	—	1.45	—
石屑土封面	—	1.90	—	1.10	—	—	—	—	—	—	—	—	—	—	—	—
碎石级配路面	2.20	—	—	—	—	—	—	1.45	—	—	—	—	—	—	—	—
厂拌粉煤灰三渣基	2.13	—	—	—	—	—	0.75	—	—	—	—	—	—	—	—	—
水泥稳定土	1.68	—	—	—	—	—	—	—	—	—	—	—	—	—	—	—
沥青砂加工	2.30	—	—	—	—	—	—	—	—	—	—	—	—	—	—	—
细粒式沥青混凝土	2.30	—	—	—	—	—	—	—	—	—	—	—	—	—	—	—
粗、中粒式沥青混凝土	2.37	—	—	—	—	—	—	—	—	—	—	—	—	—	—	—
黑色碎石	2.25	—	—	—	—	—	—	—	—	—	—	—	—	—	—	—

表 3-2　材料损耗率及损耗系数表

材料名称	损耗率/%	损耗系数	材料名称	损耗率/%	损耗系数	材料名称	损耗率/%	损耗系数
生石灰	3	1.031	混石	2	1.02	石质块	1	1.01
水泥	2	1.02	山皮土	2	1.02	结合油	4	1.042
土	4	1.042	沥青混凝土	1	1.01	透层油	4	1.042
粗、中砂	3	1.031	黑色碎石	2	1.02	滤管	5	1.053
炉(焦)渣	3	1.031	水泥混凝土	2	1.02	煤	8	1.087
煤渣	2	1.02	混凝土侧、缘石	1.5	1.015	木材	5	1.053
碎石	2	1.02	石质侧、缘石	1	1.01	柴油	5	1.053
水	5	1.053	各种厂拌沥青混合物	4	1.04	机砖	3	1.031
粉煤灰	3	1.031	矿渣	2	1.02	混凝土方砖	2	1.02
砂砾	2	1.02	石屑	3	1.031	块料人行道板	3	1.031
厂拌粉煤灰三渣	2	1.02	石粉	3	1.031	钢筋	2	1.02
水泥砂浆	2.5	1.025	石棉	2	1.02	条石块	2	1.02
混凝土块	1.5	1.015	石油沥青	3	1.031	草袋	4	1.042
铁件	1	1.01	乳化沥青	4	1.042	片石	2	1.02
卵石	2	1.02	石灰下脚	3	1.031	石灰膏	1	1.01
块石	2	1.02	混合砂浆	2.5	1.025	各种厂拌稳定土	2	1.02

表 3-3　机械幅度差

序号	机械名称	机械幅度差	序号	机械名称	机械幅度差	序号	机械名称	机械幅度差
1	推土机	1.33	7	平地机	1.33	13	加工机械	1.30
2	灰土拌和机	1.33	8	洒布机	1.33	14	焊接机械	1.30
3	沥青洒布机	1.33	9	沥青混凝土摊铺机	1.33	15	起重及垂直运输机械	1.30
4	手泵喷油机	1.33	10	混凝土及砂浆机械	1.33	16	打桩机械	1.33
5	机泵喷油机	1.33	11	履带式拖拉机	1.33	17	动力机械	1.25
6	压路机	1.33	12	水平运输机械	1.25	18	泵类机械	1.30

细节解读三：其他有关问题的说明

（1）定额均按照合理的施工组织设计，合理的劳动组织与机械配备以及正常的施工条件，根据现行和有关质量检验评定标准及操作规程编制的。

（2）定额中的工作内容以简明的方法，说明了主要施工工序，对次要工序未加叙述，但在编制预算定额时均已考虑。

（3）定额中施工用水均考虑以自来水为供水水源，如需采用其他水源时，其定额允许调整换算。

（4）半成品材料规格、重量不同时可以换算，但人工、机械消耗量不得进行调整。

（5）各种材料配合比不同时可调整换算，但人工、机械消耗量不得进行调整。

（6）定额中半成品材料均不包括其运费（拌和场至施工现场），在编制预算时，各地区可根据本地区的运输价格另行计算。

（7）由于各省市、地区情况不同，定额没有考虑商品混凝土。若各地区使用商品混凝土时，采用定额，应减除搅拌机台班数量和 90％的人工量。如实际中采用集中搅拌站拌和混凝土、搅拌车运输时，其运费应另行计算。

（8）定额中未编制混凝土搅拌站项目，各地区在施工中需设立搅拌站时可参考其他专业预算定额。

第二节　道路工程定额工程量计算规则与实例

一、道路工程工程量计算规则

细节解读一：路床（槽）整形工程

道路工程路床（槽）碾压宽度计算应按设计车行道宽度另计两侧加宽值，加宽值的宽度由各省自治区、直辖市自行确定，以利路基的压实。

细节解读二：道路基层工程

（1）道路工程路基应按设计车行道宽度另计两侧加宽值，加宽值的宽度由各省、自治区、直辖市自行确定。

（2）道路工程石灰土、多合土养护面积计算，按设计基层、顶层的面积计算。

（3）道路基层计算不扣除各种井位所占的面积。

（4）道路工程的侧缘（平）石、树池等项目以延米计算，包括各转弯处的弧形长度。

细节解读三：道路面层工程

（1）水泥混凝土路面以平口为准，如设计为企口时，其用工量按本定额相应项目乘以系数 1.01。木材摊销量按本定额相应项目摊销量乘以系数 1.051。

（2）道路工程沥青混凝土、水泥混凝土及其他类型路面工程量以设计长乘以设计宽计算（包括转弯面积），不扣除各类井所占面积。

（3）伸缩缝以面积为计量单位。此面积为缝的断面积，即设计宽×设计厚。

（4）道路面层按设计图所示面积（带平石的面层应扣除平石面积）以 m^2 计算。

细节解读四：人行道侧缘石及其他工程

人行道板、异型彩色花砖安砌面积计算按实铺面积计算。

二、道路工程预算定额计算实例

【例 3-1】 如图 3-1 和图 3-2 所示道路长为 200m。

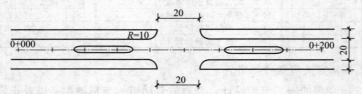

图 3-1　平面示意图（路口转角半径 $R=10$m，分隔带半径 $r=2$m）

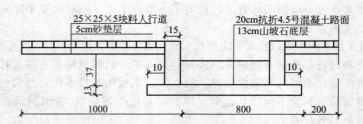

图 3-2　有分隔带段水泥混凝土路面结构（单位：厘米）

求：（1）侧石长度、基础面积；

（2）水泥混凝土路面面积；

（3）块件人行板面积（包括分隔带上铺筑面积）。

解：（1）侧石长度：$L=(200-40)\times2+3.14\times10\times2+(40-4)\times4+3.14\times2\times2\times2$

$$=551.92\ (\text{m})$$

基础面积：$S=551.92\times0.25=137.98\ (\text{m}^2)$

（2）水泥混凝土路面面积：

$S=200\times20-(36\times4+3.14\times2^2)\times2+20\times10\times2+0.2146\times10^2\times4=4172.72\ (\text{m}^2)$

（3）人行道板面积：

$S=(200-40)\times(10-0.15)\times2+3.14\times9.85^2+(40-4)\times3.7\times2+3.14\times1.85^2\times2$

$$=3744.54\ (\text{m}^2)$$

第三节　道路工程工程量清单计价

一、道路工程工程量清单项目设置及工程量计算规则

> **细节解读一：基层处理（编码：040201）**

基层处理工程量清单项目设置及工程量计算规则见表 3-4。

表 3-4　基层处理（编码：040201）

项目编码	项目名称	项目特征	计量单位	工程量计算规则	工程内容
040201001	强夯土方	密实度	m²	按设计图示尺寸以面积计算	土方强夯
040201002	掺石灰	含灰量			掺石灰
040201003	掺干土	1. 密实度 2. 掺土率	m³	按设计图示尺寸以体积计算	掺干土
040201004	掺石	1. 材料 2. 规格 3. 掺石率			掺石
040201005	抛石挤淤	规格			抛石挤淤

项目编码	项目名称	项目特征	计量单位	工程量计算规则	工程内容
040201006	袋装砂井	1. 直径 2. 填充料品种			成孔、装袋砂
040201007	塑料排水板	1. 材料 2. 规格			成孔、打塑料排水板
040201008	石灰砂桩	1. 材料配合比 2. 桩径	m		成孔、石灰、砂填充
040201009	碎石桩	1. 材料规格 2. 桩径		按设计图示以长度计算	1. 振冲器安装、拆除 2. 碎石填充、振实
040201010	喷粉桩	桩径			成孔、喷粉固化
040201011	深层搅拌桩	水泥含量			1. 成孔 2. 水泥浆制作 3. 压浆、搅拌
040201012	土工布	1. 材料品种 2. 规格	m²	按设计图示尺寸以面积计算	土工布铺设
040201013	排水沟、截水沟	1. 材料品种 2. 断面 3. 混凝土强度等级 4. 砂浆强度等级	m	按设计图示以长度计算	1. 垫层铺筑 2. 混凝土浇筑 3. 砌筑 4. 勾缝 5. 抹面 6. 盖板
040201014	盲沟	1. 材料品种 2. 断面 3. 材料规格			盲沟铺筑

细节解读二：道路基层（编码：040202）

道路基层工程量清单项目设置及工程量计算规则见表 3-5。

表 3-5　道路基层（编码：040202）

项目编码	项目名称	项目特征	计量单位	工程量计算规则	工程内容
040202001	垫层	1. 厚度 2. 材料品种 3. 材料规格			
040202002	石灰稳定土	1. 厚度 2. 含灰量			
040202003	水泥稳定土	1. 水泥含量 2. 厚度			
040202004	石灰、粉煤灰、土	1. 厚度 2. 配合比			
040202005	石灰、碎石、土	1. 厚度 2. 配合比 3. 碎石规格			
040202006	石灰、粉煤灰、碎（砾）石	1. 材料品种 2. 厚度 3. 碎（砾）石规格 4. 配合比	m²	按设计图示尺寸以面积计算，不扣除各种井所占面积	1. 拌和 2. 铺筑 3. 找平 4. 碾压 5. 养护
040202007	粉煤灰				
040202008	砂砾石				
040202009	卵石	厚度			
040202010	碎石				
040202011	块石				
040202012	炉渣				
040202013	粉煤灰三渣	1. 厚度 2. 配合比 3. 石料规格			
040202014	水泥稳定碎（砾）石	1. 厚度 2. 水泥含量 3. 石料规格			
040202015	沥青稳定碎石	1. 厚度 2. 沥青品种 3. 石料粒径			

道路面层工程量清单项目设置及工程量计算规则见表3-6。

表3-6　道路面层（编码：040203）

项目编码	项目名称	项目特征	计量单位	工程量计算规则	工程内容
040203001	沥青表面处治	1. 沥青品种 2. 层数	m²	按设计图示尺寸以面积计算，不扣除各种井所占面积	1. 洒油 2. 碾压
040203002	沥青贯入式	1. 沥青品种 2. 厚度			1. 洒铺底油 2. 铺筑 3. 碾压
040203003	黑色碎石	1. 沥青品种 2. 厚度 3. 石料最大粒径			
040203004	沥青混凝土	1. 沥青品种 2. 石料最大粒径 3. 厚度			
040203005	水泥混凝土	1. 混凝土强度等级、石料最大粒径 2. 厚度 3. 掺和料 4. 配合比			1. 传力杆及套筒制作、安装 2. 混凝土浇筑 3. 拉毛或压痕 4. 伸缝 5. 缩缝 6. 锯缝 7. 嵌缝 8. 路面养生
040203006	块料面层	1. 材质 2. 规格 3. 垫层厚度 4. 强度			1. 铺筑垫层 2. 铺砌块料 3. 嵌缝、勾缝
040203007	橡胶、塑料弹性面层	1. 材料名称 2. 厚度			1. 配料 2. 铺贴

人行道及其他工程量清单项目设置及工程量计算规则见表3-7。

表3-7　人行道及其他（编码：040204）

项目编码	项目名称	项目特征	计量单位	工程量计算规则	工程内容
040204001	人行道块料铺设	1. 材质 2. 尺寸 3. 垫层材料品种、厚度、强度 4. 图形	m²	按设计图示尺寸以面积计算，不扣除各种井所占面积	1. 整形碾压 2. 垫层、基础铺筑 3. 块料铺设
040204002	现浇混凝土人行道及进口坡	1. 混凝土强度等级、石料最大粒径 2. 厚度 3. 垫层、基础：材料品种、厚度、强度			1. 整形碾压 2. 垫层、基础铺筑 3. 混凝土浇筑 4. 养生
040204003	安砌侧（平、缘）石	1. 材料 2. 尺寸 3. 形状 4. 垫层、基础：材料品种、厚度、强度	m		1. 垫层、基础铺筑 2. 侧（平、缘）石安砌
040204004	现浇侧（平、缘）石	1. 材料品种 2. 尺寸 3. 形状 4. 混凝土强度等级、石料最大粒径 5. 垫层、基础：材料品种、厚度、强度		按设计图示中心线长度计算	1. 垫层铺筑 2. 混凝土浇筑 3. 养生
040204005	检查井升降	1. 材料品种 2. 规格 3. 平均升降高度	座	按设计图示路面标高与原有的检查井发生正负高差的检查井的数量计算	升降检查井
040204006	树池砌筑	1. 材料品种、规格 2. 树池尺寸 3. 树池盖材料品种	个	按设计图示数量计算	1. 树池砌筑 2. 树池盖制作、安装

交通管理设施工程量清单项目设置及工程量计算规则见表3-8。

表3-8　交通管理设施（编码：040205）

项目编码	项目名称	项目特征	计量单位	工程量计算规则	工程内容
040205001	接线工作井	1. 混凝土强度等级、石料最大粒径 2. 规格	座	按设计图示数量计算	浇筑
040205002	电缆保护管铺设	1. 材料品种 2. 规格 3. 基础材料品种、厚度、强度	m	按设计图示以长度计算	电缆保护管制作、安装
040205003	标杆		套		1. 基础浇捣 2. 标杆制作、安装
040205004	标志板		块		标志板制作、安装
040205005	视线诱导器	类型	只	按设计图示数量计算	安装
040205006	标线	1. 油漆品种 2. 工艺 3. 线型	km	按设计图示以长度计算	画线
040205007	标记	1. 油漆品种 2. 规格 3. 形式	个	按设计图示以数量计算	画线
040205008	横道线	形式			
040205009	清除标线	清除方法	m²	按设计图示尺寸以面积计算	清除
040205010	交通信号灯安装	型号	套	按设计图示数量计算	
040205011	环形检测线安装	1. 类型 2. 垫层、基础材料	m	按设计图示以长度计算	1. 基础浇捣 2. 安装
040205012	值警亭安装	品种、厚度、强度	座	按设计图示数量计算	
040205013	隔离护栏安装	1. 部位 2. 形式 3. 规格 4. 类型 5. 材料品种 6. 基础材料品种、强度	m	按设计图示以长度计算	1. 基础浇筑 2. 安装
040205014	立电杆	1. 类型 2. 规格 3. 基础材料品种、强度	根	按设计图示数量计算	1. 基础浇筑 2. 安装
040205015	信号灯架空走线	规格	km	按设计图示以长度计算	架线
040205016	信号机箱	1. 形式 2. 规格	只	按设计图示数量计算	1. 基础浇筑或砌筑 2. 安装 3. 系统调试
040205017	信号灯架	3. 基础材料品种、强度	组		
040205018	管内穿线	1. 规格 2. 型号	km	按设计图示以长度计算	穿线

二、道路工程工程量清单计算说明

（1）道路各层厚度均以压实后的厚度为准。

（2）道路的基层和面层的清单工程量均以设计图示尺寸以面积计算，不扣除各种井所占面积。

（3）道路基层和面层均按不同结构分别分层设立清单项目。

（4）路基处理、人行道及其他、交通管理设施等的不同项目分别按《建设工程工程量清单计价规范》规定的计量单位和计算规则计算清单工程量。

第四节　计算示例

【例3-2】　某道路0+0.000～0+100为沥青混凝土结构，0+100～0+135为混凝土结构，道路结构如图3-3所示，路面修筑宽度为10m，路肩各宽1m，为保证压实，每边各加30cm。路面两边铺设缘石，其施工方案如下：

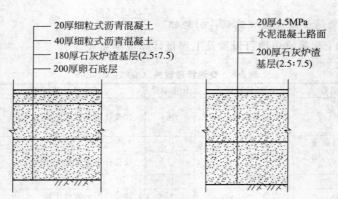

图 3-3　道路结构图

（1）卵石底层用人工铺装、压路机碾压。

（2）石灰炉渣基层用拖拉机拌和、机械铺装、压路机碾压，顶层用洒水车养生。

（3）机械摊铺沥青混凝土，粗粒式沥青混凝土用厂拌运到现场，运距 10km，运到现场价为 520 元/m³，细粒式沥青混凝土运到现场价为 625 元/m³。

（4）水泥混凝土采取现场机械拌和、人工筑铺，用草袋覆盖洒水养护，4.5MPa 水泥混凝土组成现场材料价为 170 元/m³。

（5）侧缘石长 50cm，每块 5.00 元。

（6）切缝机钢锯片，每片 25 元。

分部分项工程量清单见表 3-9。

表 3-9　分部分项工程量清单

工程名称：某道路工程　　　　　　　　　　　　　　　　　　　　　　　　　　　　第　页　共　页

序　号	项目编码	项　目　名　称	计量单位	工程数量
1	040202009001	卵石（厚 200mm）	m²	1000
2	040202006001	石灰炉渣（2.5：7.5 厚 200mm）	m²	350
3	040202006002	石灰炉渣（2.5：7.5 厚 180mm）	m²	1000
4	040203004001	沥青混凝土（厚 40mm，最大粒径 50mm，石油沥青）	m²	1000
5	040203004002	沥青混凝土（厚 20mm，最大粒径 30mm，石油沥青）	m²	1000
6	040203005001	水泥混凝土（4.5MPa 厚 22cm）	m²	350
7	040204003001	安砌侧（平缘）石	m	270

解：结果见表 3-10～表 3-17。

表 3-10　分部分项工程量清单计价表

工程名称：某道路工程　　　　　　　　　　　　　　　　　　　　　　　　　　　　第　页　共　页

序号	项目编码	项目名称	项目特征	计量单位	工程数量	综合单价	合价	其中：暂估价
						金额/元		
1	040202009001	卵石（厚 200mm）	卵石底层（厚 200mm）	m²	1060	18.37	19474.53	
2	040202006001	石灰炉渣（2.5：7.5 厚 200mm）	1. 石灰炉渣（2.5：7.5 厚 200mm） 2. 顶层多合土养护	m²	371	24.35	9033.85	
3	040202006002	石灰炉渣（2.5：7.5 厚 180mm）	1. 石灰炉渣（2.5：7.5 厚 180mm） 2. 石灰炉渣（2.5：7.5 厚 200mm，减 20mm） 3. 顶层多合土养护	m²	1060	25.45	26977	
4	040203004001	沥青混凝土（厚 40mm，最大粒径 50mm，石油沥青）	1. 粗粒式沥青混凝土路面（厚 40mm，机械摊铺） 2. 喷洒沥青油料（石油沥青） 3. 沥青混凝土	m²	1000	29.92	29926	

序号	项目编码	项目名称	项目特征	计量单位	工程数量	综合单价	合价	其中:暂估价
						金额/元		
5	040203004002	沥青混凝土(厚20mm,最大粒径30mm,石油沥青)	1. 细粒式沥青混凝土路面(厚20mm,石油沥青) 2. 细粒沥青混凝土	m²	1000	16.76	16765	
6	040203005001	水泥混凝土(4.5MPa 厚22cm)	1. 水泥混凝土路面(4.5MPa 厚22cm) 2. 伸缩缝(沥青玛蹄脂) 3. 锯缝机锯缝 4. 混凝土路面养护(草袋) 5. 混凝土 6. 钢锯片	m²	350	68.97	24139.5	
7	040204003001	安砌侧(平缘)石	1. 砂垫层 2. 混凝土缘石(长500mm一块) 3. 混凝土侧石	m	270	5.44	1468.8	
	本页小计						127784.68	

注: 根据原建设部、财政部发布的《建筑安装工程费用组成》(建标〔2003〕206 号)的规定,为记取规费行装的使用,可以在表中增设"其中: 直接费、人工费或人工费＋机械费"。

表 3-11 工程量清单综合单价分析表 (1)

项目编码	040202009001		项目名称	卵石(厚200mm)		计量单位		m²	
清单综合单价组成明细									
定额编号	定额名称	定额单位	数量	单价				合价	
				人工费	材料费	机械费	管理费和利润	人工费	材料费	机械费	管理费和利润
2-185	卵石底层(厚200mm)	100m²	0.01	2.73	11.72	0.63	3.17	2.73	11.72	0.63	3.17
	人工单价			小计				2.73	11.72	0.63	3.17
	综合工日 55 元/工日			未计价材料费							
	清单项目综合单价							18.37			

材料费明细	主要材料名称、规格、型号		单位	数量	单价/元	合价/元	暂估单价/元	暂估合价/元
	(略)							
	其他材料费					—		—
	材料费小计					—		—

表 3-12 工程量清单综合单价分析表 (2)

项目编码	040202006001		项目名称	石灰炉渣(2.5:7.5 厚200mm)		计量单位		m²	
清单综合单价组成明细									
定额编号	定额名称	定额单位	数量	单价				合价	
				人工费	材料费	机械费	管理费和利润	人工费	材料费	机械费	管理费和利润
2-151	石灰炉渣(2.5:7.5 厚200mm)	100m²	0.01	0.92	17.49	1.58	4.19	0.92	17.49	1.58	4.19
2-177	顶层多合土养护	100m²	0.01	0.02	0.01	0.11	0.03	0.02	0.01	0.11	0.03
	人工单价			小计				0.94	17.5	1.69	4.22
	综合工日 55 元/工日			未计价材料费							
	清单项目综合单价							24.35			

材料费明细	主要材料名称、规格、型号		单位	数量	单价/元	合价/元	暂估单价/元	暂估合价/元
	(略)							
	其他材料费					—	—	—	—
	材料费小计					—			

表 3-13　工程量清单综合单价分析表（3）

项目编码	040202006002		项目名称		石灰炉渣（2.5：7.5厚200mm）			计量单位			m²

清单综合单价组成明细

定额编号	定额名称	定额单位	数量	单价				合价			
				人工费	材料费	机械费	管理费和利润	人工费	材料费	机械费	管理费和利润
2-151	石灰炉渣（2.5：7.5 厚200mm）	100m²	0.01	0.92	17.49	1.58	4.19	0.92	17.49	1.58	4.19
2-152	石灰炉渣（2.5：7.5，厚200mm，减20mm）	100m²	0.01	0.03	0.87	0.01	0.19	0.03	0.87	0.01	0.19
2-177	顶层多合土养护	100m²	0.01	0.02	0.01	0.11	0.03	0.02	0.01	0.11	0.03
	人工单价					小计		0.97	18.37	1.7	4.41
	综合工日 55 元/工日					未计价材料费					
	清单项目综合单价								25.45		

材料费明细	主要材料名称、规格、型号				单位	数量	单价/元	合价/元	暂估单价/元	暂估合价/元
	（略）									
	其他材料费						—	—	—	—
	材料费小计						—	—	—	—

表 3-14　工程量清单综合单价分析表（4）

项目编码	040203004001		项目名称		沥青混凝土路面（厚40mm，石油沥青粗粒式）			计量单位			m²

清单综合单价组成明细

定额编号	定额名称	定额单位	数量	单价				合价			
				人工费	材料费	机械费	管理费和利润	人工费	材料费	机械费	管理费和利润
2-267	粗粒式沥青混凝土路面（厚40mm，机械摊铺）	100m²	0.01	0.49	0.12	1.47	0.44	0.49	0.12	1.47	0.44
2-152	喷洒沥青油料（石油沥青）	100m²	0.01	0.02	1.46	0.19	0.35	0.02	1.46	0.19	0.35
	沥青混凝土	m³	0.04		21.01		4.41		21.01		4.41
	人工单价					小计		0.51	22.59	1.62	5.2
	综合工日 55 元/工日					未计价材料费					
	清单项目综合单价								29.92		

材料费明细	主要材料名称、规格、型号				单位	数量	单价/元	合价/元	暂估单价/元	暂估合价/元
	（略）									
	其他材料费						—	—	—	—
	材料费小计						—	—	—	—

表 3-15　工程量清单综合单价分析表（5）

项目编码	040203004001		项目名称		沥青混凝土路面（厚20mm，石油沥青细粒式）			计量单位			m²

清单综合单价组成明细

定额编号	定额名称	定额单位	数量	单价				合价			
				人工费	材料费	机械费	管理费和利润	人工费	材料费	机械费	管理费和利润
2-184	细粒式沥青混凝土路面（厚20mm，石油沥青）	100m²	0.01	0.37	0.06	0.79	0.26	0.37	0.06	0.79	0.26
	细粒沥青混凝土	m³	0.02		12.63		2.65		12.63		2.65
	人工单价					小计		0.37	12.69	0.79	2.91
	综合工日 55 元/工日					未计价材料费					
	清单项目综合单价								16.76		

主要材料名称、规格、型号	单位	数量	单价/元	合价/元	暂估单价/元	暂估合价/元
(略)						
其他材料费			—	—	—	—
材料费小计			—	—	—	—

（材料费明细）

表 3-16　工程量清单综合单价分析表 (6)

项目编码	040203005001		项目名称	水泥混凝土路面(厚 220mm,4.5MPa)			计量单位			m²

清单综合单价组成明细

定额编号	定额名称	定额单位	数量	单价 人工费	单价 材料费	单价 机械费	单价 管理费和利润	合价 人工费	合价 材料费	合价 机械费	合价 管理费和利润
2-290	水泥混凝土路面(厚 220mm,4.5MPa)	100m²	0.01	8.15	1.39	0.93	2.2	8.15	1.39	0.93	2.2
2-294	伸缩缝(沥青玛蹄脂)	10m²	0.1	0.53	5.14		1.19	0.53	5.14		1.19
2-298	锯缝机锯缝	m	0.06	0.82		0.47	0.27	0.82		0.47	0.27
2-300	混凝土路面养护(草袋)	100m²	0.01	0.26	1.07		0.28	0.26	1.07		0.28
	混凝土	m³	0.22		38.15		8.01		38.15		8.01
	钢锯片	片	0.004		0.09		0.02		0.09		0.02
人工单价				小计				9.76	45.84	1.4	11.97
综合工日 55 元/工日				未计价材料费							
清单项目综合单价								68.97			

主要材料名称、规格、型号	单位	数量	单价/元	合价/元	暂估单价/元	暂估合价/元
(略)						
其他材料费			—	—	—	—
材料费小计			—	—	—	—

（材料费明细）

表 3-17　工程量清单综合单价分析表 (7)

项目编码	040204003001		项目名称	安砌侧缘石(混凝土,长 500mm)			计量单位			m

清单综合单价组成明细

定额编号	定额名称	定额单位	数量	单价 人工费	单价 材料费	单价 机械费	单价 管理费和利润	合价 人工费	合价 材料费	合价 机械费	合价 管理费和利润
2-331	砂垫层	100m²	0.007	0.09	0.37		0.1	0.09	0.37		0.1
2-334	安砌侧缘石(混凝土,长 500mm)	100m	0.01	1.15	0.34		0.32	1.15	0.34		0.32
	混凝土侧石	m	1		2.54		0.53		2.54		0.53
人工单价				小计				1.24	3.25		0.95
综合工日 55 元/工日				未计价材料费							
清单项目综合单价								5.44			

主要材料名称、规格、型号	单位	数量	单价/元	合价/元	暂估单价/元	暂估合价/元
(略)						
其他材料费			—	—	—	—
材料费小计			—	—	—	—

（材料费明细）

第四章

解读桥涵工程工程量计算

桥梁是道路跨越障碍的人工构造物。当道路路线遇到江河、湖泊、山谷、深沟以及其他线路（公路或铁路）等障碍时，为了保证道路上的车辆连续通行，充分发挥其正常的运输能力，同时也要保证桥下水的流泄、船只的通航或车辆的运行，就需要建造专门的人工构造物——桥梁来跨越障碍。

第一节　桥涵工程定额工作内容及相关规定

一、桥涵工程定额工作内容

细节解读一：打桩工程

打桩工程定额内容包括打木制桩，打钢筋混凝土桩，打钢管桩、送桩、接桩等项目共 12 节 107 个子目。

(1) 打基础圆木桩的工作内容包括：制桩、安桩箍；运桩；移动桩架；安拆桩帽；吊桩、定位、校正、打桩、送桩；打拔缆风桩、松紧缆风桩；锯桩顶等。

(2) 打木板桩的工作内容包括：木板桩制作；运桩；移动桩架；安拆桩帽；打拔导桩、安拆夹桩木；吊桩、定位、校正、打桩、送桩；打拔缆风桩、松紧缆风绳等。

(3) 打钢筋混凝土方桩的工作内容包括：准备工作；捆桩、吊桩、就位、打桩、校正；移动桩架；安置或更换衬垫；添加润滑油、燃料；测量、记录等。

(4) 打钢筋混凝土板桩的工作内容包括：准备工作；打拔导桩、安拆导向夹桩；移动桩架；捆桩、吊桩、就位、打桩、校正；安置或更换衬垫；添加润滑油、燃料；测量、记录等。

(5) 打钢筋混凝土管桩的工作内容包括：准备工作；安拆桩帽；捆桩、吊桩、就位、打桩、校正；移动桩架；安置或更换衬垫；添加润滑油、燃料；测量、记录等。

(6) 打钢管桩的工作内容包括：桩架场地平整；堆放；配合打桩；打桩。

注：1. 定额中不包括接桩费用，如发生接桩，按实际接头数量套用钢管桩接桩定额。

2. 打钢管桩送桩，按打桩定额人工、机械数量乘以 1.9 系数计算。

(7) 接桩的工作内容包括：

① 浆锚接桩：对接、校正；安装夹箍及拆除；熬制及灌注硫磺胶泥。

② 焊接桩：对接、校正；垫铁片；安角铁、焊接。

③ 法兰接桩：上下对接、校正；垫铁片；上螺栓、绞紧；焊接。

④ 钢管桩、钢筋混凝土管桩电焊接桩：准备工具；磨焊接头；上、下节桩对接；焊接。

(8) 送桩的工作内容包括：准备工作；安装、拆除送桩帽、送桩杆；打送桩；安置或更换衬垫；添加润滑油、燃料；测量、记录；移动桩架等。

（9）钢管桩内切割的工作内容包括：准备机具；测定标高；钢管桩内排水；内切割钢管；截除钢管、就地安放。

（10）钢管桩精割盖帽的工作内容包括：准备机具；测定标高画线、整圆；排水；精割；清泥；除锈；安放及焊接盖帽。

（11）钢管桩管内钻孔取土的工作内容包括：准备钻孔机具；钻机就位；钻孔取土；土方现场 150m 运输。

（12）钢管桩填心的工作内容包括：冲洗管桩内心；排水；混凝土填心。

细节解读二：钻孔灌注桩工程

钻孔灌注桩工程定额内容包括埋设护筒，人工挖孔、卷扬机带冲抓锤、冲击钻机、回旋钻机四种成孔方式及灌注混凝土等项目共 7 节 104 个子目。

（1）埋设钢护筒的工作内容包括：准备工作；挖土；吊装、就位、埋设、接护筒；定位下沉；还土、夯实；材料运输；拆除；清洗堆放等全部操作过程。

（2）人工挖桩孔的工作内容包括：人工挖土、装土、清理；小量排水；护壁安装；卷扬机吊运土等。

（3）回旋、冲击式钻机钻孔的工作内容包括：准备工作；装拆钻架、就位、移动；钻进、提钻、出渣、清孔；测量孔径、孔深等。

（4）卷扬机带冲抓锥冲孔的工作内容包括：装、拆、移钻架，安卷扬机，串钢丝绳；准备抓具、冲抓、提钻、出渣、清孔等。

（5）泥浆制作的工作内容包括：搭、拆溜槽和工作平台；拌和泥浆；倒运护壁泥浆等。

（6）灌注桩混凝土的工作内容包括：安装、拆除导管、漏斗；混凝土配、拌、浇捣；材料运输等全部操作过程。

细节解读三：砌筑工程

砌筑工程定额包括浆砌块石、料石、混凝土预制块和砖砌体等项目共 5 节 21 个子目。

（1）浆砌块（料）石的工作内容包括：放样；安拆样架、样桩；选修石料、预制块；冲洗石料；配拌砂浆；砌筑；湿治养护等。

（2）浆砌混凝土预制块：放样；安拆样架、样桩；选修预制块；配拌砂浆；砌筑；湿治养生等。

（3）砖砌体的工作内容包括：放样；安拆样架、样桩；浸砖；配拌砂浆；砌砖；湿治养护等。

（4）拱圈底模的工作内容包括：拱圈底模制作、安装、拆除。

细节解读四：钢筋工程

钢筋工程定额包括桥涵工程各种钢筋、高强钢丝、钢绞线、预埋铁件的制作安装等项目共 4 节 27 个子目。

（1）钢筋制作、安装的工作内容包括：钢筋解捆、除锈；调直、下料、弯曲；焊接、除渣；绑扎成型；运输入模。

（2）铁件、拉杆制作、安装的工作内容包括：

① 铁件：制作、除锈；钢板画线、切割；钢筋调直、下料、弯曲；安装、焊接、固定。

② 拉杆：下料、挑扣、焊接；除防锈漆；涂沥青；缠麻布；安装。

（3）预应力钢筋制作、安装的工作内容包括：

① 先张法：调直、下料；进入台座、按夹具；张拉、切断；整修等。

② 后张法：调直、切断；编束穿束；安装锚具、张拉、锚固；拆除、切割钢丝（束）、封锚。

（4）安装压浆管道和压浆的工作内容包括：

① 铁皮管、波纹管、三通管安装；定位固定。

② 胶管，管内塞钢筋或充气；安放定位；缠裹接头；抽拔；清洗胶管；清孔等。

③ 管道压浆；砂浆配、拌、运、压浆等。

细节解读五：现浇混凝土工程

现浇混凝土工程定额包括基础、墩、台、柱、梁、桥面、接缝等项目共14节76个子目。

（1）基础的工作内容包括：

① 碎石：按放流槽；碎石装运、找平。

② 混凝土：装、运、抛块石；混凝土配、拌、运输、浇筑、捣固、抹平、养护。

③ 模板：模板制作、安装、涂脱模剂；模板拆除、修理、整堆。

（2）承台，支撑梁与横梁，墩身、台身，拱桥，箱梁，板，板梁，板拱，挡墙，混凝土接头及灌缝，小型构件的工作内容包括：

① 混凝土：混凝土配、拌、运输、浇筑、捣固、抹平、养护。

② 模板：模板制作、安装、涂脱模剂；模板拆除、修理、整堆。

（3）桥面混凝土铺装的工作内容包括：

① 模板制作、安装、拆除。

② 混凝土配、拌、浇筑、捣固、湿治养护等。

（4）桥面防水层的工作内容包括：清理面层；熬、涂沥青；铺油毡或玻璃布；防水砂浆配拌、运料、抹平；涂黏结剂；橡胶裁剪、铺设等。

细节解读六：预制混凝土工程

预制混凝土工程定额包括预制桩、柱、板、梁及小型构件等项目共8节44个子目。

桩、立柱、板、梁、双曲拱构件、桁架拱构件、小型构件、板拱的工作内容包括：

（1）混凝土：混凝土配、拌、运输、浇筑、捣固、抹平、养护。

（2）模板：模板制作、安装、涂脱模剂；模板拆除、修理、整堆。

细节解读七：立交箱涵工程

立交箱涵工程定额包括箱涵制作、顶进、箱涵内挖土等项目共7节36个子目。

（1）透水管铺设的工作内容包括：

① 钢透水管：钢管钻孔；涂防锈漆；钢管埋设；碎石充填。

② 混凝土透水管：浇捣管道垫层；透水管铺设；接口坞砂浆；填砂。

（2）箱涵制作的工作内容包括：

① 混凝土：混凝土配、拌、运输、浇筑、捣固、抹平、养护。

② 模板：模板制作、安装、涂脱模剂；模板拆除、修理、整堆。

（3）箱涵外壁及滑板面处理的工作内容包括：

① 外壁面处理：外壁面清洗；拌制水泥砂浆，熬制沥青，配料；墙面涂刷。

② 滑板面处理：石蜡加热；涂刷；铺塑料薄膜层。

（4）气垫安装、拆除及使用的工作内容包括：设备及管路安装、拆除；气垫启动及使用。

（5）箱涵顶进的工作内容包括：安装顶进设备及横梁垫块；操作液压系统；安放顶铁，顶进，顶进完毕后设备拆除等。

（6）箱涵内挖土的工作内容包括：

① 人工挖土：安、拆挖土支架；铺钢轨，挖土，运土；机械配合吊土、出坑、堆放、清理。

② 机械挖土：操作机械挖土，人工配合修底边；吊土、出坑、堆放、清理。

（7）箱涵接缝处理的工作内容包括：混凝土表面处理；材料调制、涂刷；嵌缝。

细节解读八：安装工程

安装工程定额内容包括排架立柱、墩台管节、板、梁、小型构件，栏杆扶手、支座伸缩缝等项目共 13 节 90 个子目。

（1）安装排架立柱的工作内容包括：安拆地锚；竖、拆及移动扒杆；起吊设备就位；整修构件；吊装、定位、固定；配、拌、运、填细石混凝土。

（2）安装柱式墩、台管节的工作内容包括：安拆地锚；竖、拆及移动扒杆；起吊设备就位；冲洗管节，整修构件；吊装、定位、固定；砂浆及混凝土配、拌、运；勾缝、坐浆等。

（3）安装矩形板、安心板、微弯板的工作内容包括：安拆地锚；竖、拆及移动扒杆；起吊设备就位；整修构件；吊装、定位；铺浆、固定。

（4）安装梁的工作内容包括：安拆地锚；竖、拆及移动扒杆；搭、拆木垛；组装、拆卸船排；打、拔缆风桩；组装、拆卸万能杆件，装、卸，运，移动；安拆轨道、枕木、平车、卷扬机及索具；安装、就位，固定；调制环氧树脂等。

（5）安装双曲拱构件的工作内容包括：安拆地锚；竖、拆及移动扒杆；起吊设备就位；整修构件；起吊、拼装，定位；坐浆，固定；混凝土及砂浆配、拌、运料、填塞、捣固、抹缝、养护等。

（6）安装双桁架构件的工作内容包括：安、拆地锚；竖、拆及移动扒杆；整修构件；起吊，安装，就位，校正，固定；坐浆，填塞等。

（7）安装板拱的工作内容包括：安拆地锚；竖、拆及移动扒杆；起吊设备就位；整修构件；起吊，安装，就位，校正，固定；坐浆，填塞，养护等。

（8）安装小型构件的工作内容包括：起吊设备就位；整修构件；起吊，安装，就位，校正，固定；砂浆及混凝土配、拌、运、捣固；焊接等。

（9）钢管栏杆及扶手安装的工作内容包括：

① 钢管栏杆：选料，切口，挖孔，切割；安装、焊接、校正、固定等（不包括混凝土捣脚）。

② 钢管扶手：切割钢管，钢板；钢管挖眼，调直；安装，焊接等。

（10）安装支座的工作内容包括：安装、定位、固定、焊接等。

（11）安装泄水孔的工作内容包括：清孔、熬涂沥青、绑扎、安装等。

（12）安装伸缩缝的工作内容包括：焊接、安装；切割临时接头；熬涂拌沥青及油浸；混凝土配、拌、运；沥青玛碲脂嵌缝；铁皮加工；固定等。

注：梳型钢板、钢板、橡胶板及毛勒伸缩缝均按成品安装考虑，成品费用另计。

（13）安装沉降缝的工作内容包括：截、铺油毡或甘蔗板；熬涂沥青、安装整修等。

细节解读九：临时工程

临时工程定额内容包括桩基础支架平台、木垛、支架的搭拆，打桩机械、船排、万能杆件的组拆，挂篮的安拆和推移、贴地膜的筑拆交桩顶混凝土凿除等项目共 10 节 40 个子目。

（1）搭、拆桩基础支架平台的工作内容包括：竖拆桩架；制桩、打桩；装、拆桩箍；装钉支柱，盖木，斜撑，搁梁及铺板；拆除脚手板及拔桩；搬运材料，整理，堆放；组装，拆卸船排（水上）。

（2）搭、拆木垛的工作内容包括：平整场地，搭设，拆除等。

（3）拱、板涵拱盔支架的工作内容包括：选料、制作、安装、校正、拆除、机械移动、清场、整堆等。

（4）桥梁支架的工作内容包括：

① 木支架：支架制作、安装、拆除；桁架式包括踏步、工作平台的制作、搭设、拆除；地锚埋设、拆除；缆风架设、拆除等。

② 钢支架：平整场地；搭、拆钢管支架；材料堆放等。

③ 防撞墙悬挑支架：准备工作；焊接、固定；搭、拆支架，铺脚手板、安全网等。

注：满堂式钢管支架定额只有搭拆，使用费单价（t·d）由各省、自治区、直辖市自定，工程量按每立方米空间体积 50kg 计算（包括扣件等）。

（5）组装、拆卸船排的工作内容包括：选料、捆绑船排、就位、拆除、整理、堆放等。

（6）组装、拆卸柴油打桩机的工作内容包括：组装、拆除打桩机械及辅助机械，安拆地锚，打、拔缆风桩，试车，清场等。

（7）组装、拆卸万能杆件的工作内容包括：安装、拆除、整理、堆放等。

注：定额只含搭拆万能杆件摊销量，其使用费单价（t·d）由各省、自治区、直辖市自定，工程量按每立方米空间体积 125kg 计算。

（8）挂篮安装、拆除、推移的工作内容包括：

① 安装：定位、校正、焊接、固定（不包括制作）。

② 拆除：拆除、气割、整理。

③ 推移：推移、定位、校正、固定。

注：挂篮施工所需压重材料由各省、自治区、直辖市自定，费用另计。

（9）筑、拆胎、地模的工作内容包括：平整场地；模板制作、安装、拆除；混凝土配、拌、运；筑、浇、砌、堆；拆除等。

注：块石灰消解费用另计。

（10）凿除桩顶钢筋混凝土的工作内容包括：拆除、旧料运输。

细节解读十：装饰工程

装饰工程定额内容包括砂浆抹面、水刷石、剁斧石、拉毛、水磨石、镶贴面层，涂料，油漆等项目共 8 节 46 个子目。

（1）水泥砂浆抹面的工作内容包括：清理及修理基底，补表面；堵墙眼；湿治；砂浆配、拌、抹灰等。

（2）水刷石的工作内容包括：清理基底及修补表面；刮底；嵌条；起线；湿治；砂浆配、拌、抹面；刷石；清场等。

（3）剁斧石的工作内容包括：清理基底及修补表面；刮底；嵌条；湿治；砂浆配、拌、抹面；剁面；清场等。

（4）拉毛的工作内容包括：清理基底及修补表面；砂浆配、拌；打底抹面；分格嵌条；湿治；罩面；拉毛；清场等。

（5）水磨石的工作内容包括：清理基底及修补表面；刮底；砂浆配、拌、抹面；压光；磨平；清场等。

（6）镶贴面层的工作内容包括：清理及修补基层表面；刮底；砂浆配、拌、抹平；砍、打及磨光块料边缘；镶贴；修嵌缝隙；除污；打蜡擦光；材料运输及清场等。

（7）水质涂料的工作内容包括：清理基底；砂浆配、拌；打底抹面；抹腻子；涂刷；清场等。

（8）油漆的工作内容包括：除锈，清扫；抹腻子；刷油漆等。

二、桥涵工程定额相关规定

细节解读一：定额说明

《全国统一市政工程预算定额》第三册"桥涵工程"（以下简称桥涵工程定额），包括打桩工程、钻孔灌注桩工程、砌筑工程、钢筋工程、现浇混凝土工程、预制混凝土工程、立交箱涵工程、安装工程、临时工程及装饰工程，共 10 章 591 个子目。

（1）定额适用范围。

① 单跨 100m 以内的城镇桥梁工程。

② 单跨 5m 以内的各种板涵、拱涵工程（圆管涵套用第六册"排水工程"定额，其中管道铺设及基础项目人工、机械费乘以 1.25 系数）。

③ 穿越城市道路及铁路的立交箱涵工程。

（2）定额的编制依据。

① 现行的设计、施工及验收技术规范。

②《全国统一市政工程预算定额》（1988）第三册"桥涵工程"。

③《全国市政工程统一劳动定额》。

④《全国统一建筑工程基础定额》。

⑤《公路工程预算定额》。

⑥《上海市市政工程预算定额》。

（3）定额有关说明。

① 预制混凝土及钢筋混凝土构件均属现场预制，不适用于独立核算、执行产品出厂价格的构件厂所生产的构配件。

② 定额中提升高度按原地面标高至梁底标高 8m 为界，若超过 8m 时，超过部分可另行计算超高费；定额河道水深取定为 3m，若水深大于 3m 时，应另行计算。当超高以及水深大于 3m 时，超过部分增加费用的具体计算办法按各省、自治区、直辖市规定执行。

③ 定额中均未包括各类操作脚手架，发生时按第一册"通用项目"相应定额执行。

④ 定额未包括的预制构件场内、场外运输，可按各省、自治区、直辖市的有关规定计算。

细节解读二：适用范围

（1）单跨 100m 以内的城镇桥梁工程。

（2）单跨 5m 以内的各种板涵、拱涵工程。

（3）穿越城市道路及铁路的立交箱涵工程。

细节解读三：编制原则

（1）桥涵工程编制以大、中、小桥为主，适用于单跨 100m 以内钢筋混凝土及预应力钢筋混凝土桥梁。

（2）桥高取定 8m，跨径取定为 30m 以内，水中桥水深取定为 3m 以内，桥宽取定为 14m。

（3）桥梁施工范围分陆地桥、跨河桥。

（4）桥梁结构形式。

① 简支梁（含板式梁、T 形梁、箱梁、I 字梁、槽形梁）。

② 连续梁（支架上现浇、悬浇），预制拼装。

（5）现浇及预制混凝土定额中混凝土、钢筋、模板分别列开。

细节解读四：有关数据的取定

（1）人工。定额人工的工日不分工种、技术等级，一律以综合工日表示。内容包括基本用工、超运距用工、人工幅度差和辅助用工。

$$综合工日＝基本用工＋超运距用工＋人工幅度差＋辅助用工$$

① 基本用工：以《全国统一劳动定额》或《全国统一建筑工程基础定额》和《全国统一安装工程基础定额》为基础计算。

② 人工幅度差＝∑（基本用工＋超运距用工）×人工幅度差率，人工幅度差率取定 15%。

③ 以《全国统一劳动定额》为基础计算基本用工，可计人工幅度差。

④ 以交通部《公路预算定额》（1992 年）为基础，计算基本用工时，应先扣除 8%，再计人工幅度差。

⑤ 以《全国统一建筑工程基础定额》为基础计算基本用工以及根据实际需要采用估工增加的辅助用工，不再计人工幅度差。

（2）材料。材料消耗量是指直接消耗在定额工作内容中的使用量和规定的损耗量。

$$总消耗量＝净用量×（1＋损耗率）$$

桥梁工程各种材料损耗率见表 4-1。

① 钢筋。定额中钢筋按直径分为 $\phi10$ 以下、$\phi10$ 以上两种，比例按结构部位来确定。

② 钢材焊接与切割单位材料消耗用量见表 4-2～表 4-5。

③ 钢筋的搭接、接头用量计算见表 4-6。

表 4-1　材料损耗率表

序号	材料名称	说明、规格	计量单位	损耗率/%	序号	材料名称	说明、规格	计量单位	损耗率/%
1	钢筋	$\phi10$ 以内	t	2	28	枕木		m³	5
2		$\phi10$ 以外	t	4	29	木模板		m³	5
3	预应力钢筋	后张法	t	6	30	环氧树脂		kg	2
4	高强钢丝、钢绞线	后张法	t	4	31	氧气	工业用	m³	10
5	中厚钢板	4.5～15mm	t	6	32	油麻		kg	5
6		连接板	t	20	33	草袋		只	4
7	型钢		t	6	34	沥青伸缩缝		m	2
8	钢管		t	2	35	橡胶支座		cm³	2
9	钢板卷管	钢管桩	t	12	36	油毡		m²	2
10	镀锌铁线		kg	3	37	沥青		kg	2
11	圆钉		kg	2	38	煤		t	8
12	螺栓		kg	2	39	水		m³	5
13	钢丝绳		kg	2.5	40	水泥混凝土管		m³	2.5
14	铁件		kg	1	41	钢筋混凝土管		m³	1
15	钢钎		kg	20	42	混凝土小型预制构件		m³	1
16	焊条		kg	10	43	普通砂浆	勾缝	m³	4
17	水泥		t	2	44		砌筑	m³	2.5
18	水泥	接口	t	10	45		压浆	m³	5
19	黄砂		m³	3	46	水泥混凝土	现浇	m³	1.5
20	碎石		m³	2	47		预制	m³	1.5
21	预应力钢筋	先张法	t	11	48	预制桩	运输	m³	1.5
22	高强钢丝、钢绞线	先张法	t	14	49	预制梁	运输	m³	1.5
23	料石		m³	1	50	块石		m³	2
24	黏土		m³	4	51	橡胶止水带		m	1
25	机砖		千块	3	52	棕绳		kg	3
26	锯材		m³	5	53	钢模板、支撑管		kg	2
27	桩木		m³	5	54	卡具		kg	3

表 4-2　钢筋焊接焊条用量

项目	单位	钢筋直径/mm													
		12	14	16	18	19	20	22	24	25	26	28	30	32	36
拼接焊	m	0.28	0.33	0.38	0.42	0.44	0.46	0.52	0.59	0.62	0.66	0.75	0.85	0.94	1.14
搭接焊	m	0.28	0.33	0.38	0.44	0.47	0.50	0.61	0.74	0.81	0.88	1.03	1.19	1.36	1.67
与钢板搭接	焊缝	0.24	0.28	0.33	0.38	0.41	0.44	0.54	0.67	0.73	0.80	0.95	1.10	1.27	1.56
电弧焊对接	100 个接头	—	—	—	—	—	0.78	0.99	1.25	1.40	1.55	2.01	2.42	2.83	3.95
总焊	100 点														

表 4-3　钢板搭接焊焊条用量（每 1m 焊缝）

焊缝高/mm	4	6	8	10	12	13	14	15	16
焊条/kg	0.24	0.44	0.71	1.04	1.43	1.65	1.88	2.13	2.37

表 4-4　钢板对接焊焊条用量（每 1m 焊缝）

方式	不开坡口				开坡口							
钢板厚/mm	4	5	6	8	4	5	6	8	10	12	16	20
焊条/kg	0.30	0.35	0.40	0.67	0.45	0.58	0.73	1.04	1.46	2.00	3.28	4.80

表 4-5　钢板切割氧气和乙炔气用量（每 1m 割缝）

钢板焊/mm	3～4	5～6	7～8	9～10	11～12	13～14	15～16	17～18	19～20
氧气/m³	0.11	0.13	0.16	0.18	0.20	0.22	0.24	0.26	0.28
乙炔气/m³	0.048	0.057	0.070	0.078	0.087	0.096	0.104	0.113	0.122

表 4-6 每 1t 钢筋接头及焊接个数与长度

钢筋直径/mm	长度/m	阻焊接头/只	搭接焊缝/m	搭接焊每 1m 焊缝电焊条用量/kg
10	1620.7	202.6	20.3	—
12	1126.1	140.8	16.9	0.28
14	827.8	103.4	14.5	0.33
16	633.7	79.2	12.7	0.38
18	500.5	62.6	11.3	0.44
20	405.5	50.7	10.1	0.50
22	335.1	41.9	9.2	0.61
24	281.6	35.2	8.4	0.74
25	259.7	32.4	8.1	0.81
26	240.0	30.3	7.8	0.88
28	207.0	25.9	7.2	1.03
30	180.2	22.5	6.8	1.19
32	158.4	19.8	6.3	1.36
34	140.3	17.5	6.0	—
36	125.2	15.7	5.6	1.67

说明：1. 此表是根据《公路工程概算预算定额编制说明》一书换算。

2. 钢筋每根长度取定为 8m。

3. 计算公式：

(1) 长度 $=\dfrac{1t \text{钢筋质量}}{\text{每 1m 钢筋质量}}$（m）

(2) 阻焊接头 $=\dfrac{\text{钢筋总长度}}{\text{每 1 根钢筋（取定 8m）}}$（个）

(3) 搭接焊缝 $=$ 阻焊接头 $\times$ 10 倍钢筋直径（m）

搭接焊缝为单面焊缝。

④ 工程用水。

a. 冲洗搅拌机综合取定为 $2m^3/10m^3$ 混凝土。

b. 养护用水：

平面露面：$0.004m^3/m^2 \times 5$ 次/d$\times 7d = 0.14m^3/m^2$

垂直露面：$0.004m^3/m^2 \times 2$ 次/d$\times 7d = 0.06m^3/m^2$

c. 纯水泥浆的用水量按水泥重量的 35% 计算。

d. 浸砖用水量按使用砖的体积 50% 计算。

⑤ 周转材料。指不构成工程实体，在施工中必须发生，以周转次数摊销量形式表示的材料。平面模板以工具式钢模为主，异形模板以木模为主。

a. 工具钢模板。

ⓐ 钢模周转材料使用次数见表 4-7。

表 4-7 钢模周转材料使用次数表

项 目	钢 模		扣 件		钢管支撑
	现浇	预制	现浇	预制	
周转次数	50	150	20	40	75

ⓑ 工具式钢模板按质量取定。工具式钢模板由钢模板（包括平模、阴阳角膜、固定角模）、零星卡具（U 形卡、插销及其他扣件等）、支撑钢管和部分木模组成。定额按厚 2.5mm 钢模板计算，每平方米钢模板为 34kg，扣件为 5.43kg，钢支撑另行计算。

ⓒ 钢支撑。钢管支撑采用 $\phi48$，壁厚 3.5mm，每米单位质量 3.84kg，扣件每个质量 1.3kg（T 字型、回转型、加权平均）计算。

根据构筑物高度，确定钢模板接触混凝土面积，所需每平方米支撑用量如下：

1m 以内：$1\times 4+0.5\times 1.4 = 4.7$（m）

2m 以内：$1\times 4+1\times 1.4 = 5.4$（m）

3m 以内：$1\times 4+1.5\times 1.4 = 6.1$（m）

4m 以内：$1\times 4+2\times 1.4 = 6.8$（m）

5m 以内：$1 \times 4 + 5 \times 1.4 = 11.0$ （m）

6m 以内：$1 \times 4 + 7 \times 1.4 = 13.8$ （m）

7m 以内：$1 \times 4 + 8 \times 1.4 = 15.2$ （m）

8m 以内：$1 \times 4 + 9 \times 1.4 = 16.6$ （m）

9m 以内：$1 \times 4 + 10 \times 1.4 = 18.0$ （m）

10m 以内：$1 \times 4 + 11 \times 1.4 = 19.4$ （m）

11m 以内：$1 \times 4 + 12 \times 1.4 = 20.8$ （m）

12m 以内：$1 \times 4 + 13 \times 1.4 = 22.2$ （m）

ⓓ 扣件：用量根据各种高度综合考试，每米 217 个。

ⓔ 钢模支撑拉杆：用量按钢模接触混凝土面积每平方米一根，采用 $\phi 12$ 圆钢（每米单位质量 0.888kg），并配 2 只尼龙帽。

定额中钢木模比例取定为钢模 85%，木模 15%。

b. 木模板周转次数和一次补损率见表 4-8。

表 4-8　木模板周转次数和一次补损率

项目及材料		周转次数	一次补损率/%	木模回收折价率/%	周转使用系数 K_1	摊销量系数 K_2
现浇模板	模板	7	15	50	0.2714	0.2107
	支撑	12	15	50	0.2208	0.1854
预制模板	模板	15	15	50	0.2067	0.1784
	支撑	20	15	50	0.1925	0.1712
以钢模为主木模		5	15	50	0.3200	0.2400

ⓐ 木模材料取定。板厚取定为 2.5cm，支撑规格根据不同结构部位受力情况计算而定，不作统一规定。

ⓑ 木模板的计算方法：

$$摊销量 = 周转使用量 - 回收量 \times 回收折价率$$

$$周转使用量 = \frac{一次使用量 \times （周转次数 - 1） \times 损耗率}{周转次数}$$

$$回收量 = 一次使用量 \times \left(\frac{1 - 损耗率}{周转次数}\right)$$

$$K_1 = 周转使用系数 = \frac{1 + （周转次数 - 1） \times 损耗率}{周转次数}$$

则　　　　　　　　　　　$$周转使用量 = 一次使用量 \times K_1$$

故　　　$$摊销量 = 一次使用量 \times K_1 - 一次使用量 \times \frac{（1 - 损耗率） \times 回收折价率}{周转次数}$$

$$= 一次使用量 \times \left[K_1 - \frac{（1 - 损耗率） \times 回收折价率}{周转次数}\right]$$

$$K_2 = 摊销量系数 = \left[K_1 \frac{（1 - 损耗率） \times 回收折价率}{周转次数}\right]$$

$$摊销量 = 一次使用量 \times K_2$$

$$定额使用量 = 摊销量 \times （1 + 模板损耗率）$$

⑥ 铁钉用量计算。按配不同构件的模板，根据支模的质量标准来计算。

⑦ 设备材料用量计算。设备材料指机械台班中不包括的，如木扒杆、铁扒杆、地垅等材料。各种设备材料用量计算根据《全国统一市政定额桥涵》基本数据确定，用量按桥次摊销，每一个桥次为 315m³ 混凝土。

⑧ 草袋用量计算。

$$草袋摊销量 = \frac{混凝土露明面积 \times （1 + 草袋搭接损耗）}{草袋周转次数}$$

草袋损耗率 4%，草袋搭接损耗率 30% 考虑，草袋周转次数为 5 次。

$$草袋摊销系数=\frac{1+草袋搭接损耗}{草袋周转次数}=\frac{1+0.3}{5}=0.26$$

$$草袋摊销量（个）=\frac{混凝土露明面积\times0.26}{草袋有效使用面积按0.42m^2计}$$

$$草袋定额使用量=草袋摊销量\times(1+草袋损耗率)$$

⑨ 其他材料的取定。

a. 脱模油按每平方米模板接触混凝土面积 0.10kg 计。

b. 模板嵌缝料（绒布），每米按 20.05kg 计。

c. 尼龙帽按 5 次摊销。

d. 白棕绳按 2 桥次摊销。

（3）机械。机械台班耗用量指按照施工作业，取用合理的机械，完成单位产品耗用的机械台班消耗量。

① 属于按施工机械技术性能直接计取台班产量的机械，则直接按台班产量计算。

② 按劳动定额计算定额台班量：

$$定额台班量=\frac{1}{产量定额\times小组成员}\times定额单位量$$

分项工程量指单位定额中需要加工的分项工程量，产量定额指按劳动定额取定的每工日完成的产量。

③ 桥涵机械幅度差见表 4-9。

表 4-9　桥涵机械幅度差

序　号	机　械　名　称	幅　度　差	序　号	机　械　名　称	幅　度　差
1	单斗挖掘机	1.25	16	电焊机	1.50
2	装载机	1.33	17	点焊机	1.50
3	载重汽车	1.25	18	对焊机	1.50
4	自卸汽车	1.25	19	自动弧焊机	1.50
5	机动翻斗车	1.43	20	木工机械	1.50
6	轨道平车	2.20	21	空气压缩机	1.50
7	各式起重机	1.60	22	离心式水泵	1.30
8	卷扬机	1.60	23	多级离心泵	1.30
9	打桩机	1.33	24	泥浆泵	1.30
10	混凝土搅拌机	1.33	25	打夯机	1.33
11	灰浆搅拌机	1.33	26	钢筋加工机械	1.50
12	振动机	1.33	27	潜水设备	1.60
13	拉伸机	1.60	28	驳船	3.00
14	喷浆机	2.00	29	气焊设备	1.50
15	油压千斤顶	2.30	30	回旋钻机	1.60

细节解读五：需要说明的有关问题

（1）运输的取定。

① 预算定额运距的取定，除注明运距外，均按 150m 运距计。

② 超运距=150m 总运距－劳动定额基本运距。

③ 垂直运输 1m 按水平运输 7m 计。

a. 后台生料运输采用人力手推车，水泥、黄砂、石子运输数量参照 1992 年交通部公路工程预算定额混凝土配合比表。

b. 前台熟料运输采用 1t 机动翻斗车。

④ 构件安装（包括打桩）均不包括场内运输。

（2）一桥次的计算依据。按 3 孔、16m 的板梁、14m 宽的中型桥梁，混凝土量为 315m³。

（3）安装定额中，机械选用一般按构件质量的 3 倍配备机械。

（4）悬臂浇筑定额中所使用的挂篮及金属托架是按单位工程一次用量扣 25％的残值后一次摊销。

第二节　桥涵工程定额工程量计算规则与实例

一、桥涵工程预算定额计算规则

细节解读一：打桩工程

（1）打桩

① 钢筋混凝土方桩、板桩按桩长度（包括桩尖长度）乘以桩横断面面积计算。

② 钢筋混凝土管桩按桩长度（包括桩尖长度）乘以桩横断面面积，减去空心部分体积计算。

③ 钢管桩按成品桩考虑，以吨计算。

（2）焊接桩型钢用量可按实调整。

（3）送桩

① 陆上打桩时，以原地面平均增加 1m 为界线，界线以下至设计桩顶标高之间的打桩实体积为送桩工程量。

② 支架上打桩时，以当地施工期间的最高潮水位增加 0.5m 为界线，界线以下至设计桩顶标高之间的打桩实体积为送桩工程量。

③ 船上打桩时，以当地施工期间的平均水位增加 1m，界线以下至设计桩顶标高之间的打桩实体积为送桩工程量。

细节解读二：钻孔灌注桩工程

（1）灌注桩成孔工程量按设计入土深度计算。定额中的孔深指护筒顶至桩底的深度。成孔定额中间同一孔内的不同土质，不论其所在的深度如何，均执行总孔深定额。

（2）人工挖桩孔土方工程量按护壁外缘包围的面积乘以深度计算。

（3）灌注桩水下混凝土工程量按设计桩长增加 1.0m 乘以设计横断面面积计算。

（4）灌注桩工作平台按本册第九章有关项目计算。

（5）钻孔灌注钢筋笼按设计图纸计算，套用本册第四章钢筋工程有关项目。

（6）钻孔灌注桩需使用预埋铁件时，套用本册第四章钢筋工程有关项目。

细节解读三：砌筑工程

（1）砌筑工程量按设计砌体尺寸以立方米体积计算，嵌入砌体中的钢管、沉降缝、伸缩缝以及 0.3m³ 以内的预留孔所占体积不予扣除。

（2）拱圈底模工程量按模板接触砌体的面积计算。

细节解读四：钢筋工程

（1）钢筋按设计数量套用相应定额计算（损耗已包括在定额中）。设计未包括施工用筋的，经建设单位同意后可另计。

（2）T 形梁连接钢板项目按设计图纸，以 t 为单位计算。

（3）锚具工程按设计用量乘以下列系数计算：锥形锚为 1.05；OVM 锚为 1.05；墩头锚为 1.00。

（4）管道压浆不扣除钢筋体积。

细节解读五：现浇混凝土工程

（1）混凝土工程量按设计尺寸以实体积计算（不包括空心板、梁的空心体积），不扣除钢筋、铁丝、铁件、预留压浆孔道和螺栓所占的体积。

（2）模板工程量按模板接触混凝土的面积计算。

（3）现浇混凝土墙、板上单孔面积在 $0.3m^2$ 以内的孔洞体积不予扣除，洞侧壁模板面积亦不再计算；单面积在 $0.3m^2$ 以上时，应予扣除，洞侧壁模板面积并入墙模板工程量之内计算。

细节解读六：预制混凝土工程

（1）混凝土工程量计算。

① 预制桩工程量按桩长度（包括桩尖长度）乘以桩横断面面积计算。

② 预制空心构件按设计图尺寸扣除空心体积，以实体积计算。

③ 预制空心板梁，凡采用橡胶囊内模的，考虑其压缩变形因素，可增加混凝土数量，当梁长在 16m 以内时，可按设计计算体积增加 7%；若梁长大于 16m 时，则增加 9%。如设计图已注明考虑橡胶囊变形时，不得再增加计算。

④ 预应力混凝土构件的封锚混凝土数量并入构件混凝土工程量。

（2）模板工程量计算。

① 预制构件中预应力混凝土构件及 T 形梁、I 形梁、双曲拱、桁架拱等构件，均按模板接触混凝土的面积（包括侧模、底模）计算。

② 灯柱、端柱、栏杆等小型构件按平面积计算。

③ 预制构件中，非预应力构件按模板接触混凝土的面积计算，不包括胎、地模。

④ 空心板梁中空心部分，本定额均采用橡胶囊抽拔，其摊销量已包括定额中，不再计算空心部分模板工程量。

⑤ 空心板中空心部分，可按模板接触混凝土的面积计算工程量。

（3）预制构件中的钢筋混凝土桩、梁及小型构件，可按混凝土定额基价的 2% 计算其运输、堆放、安装损耗，但该部分不计材料用量。

细节解读七：立交箱涵工程

（1）箱涵滑板下的肋楞，其工程量并入滑板内计算。

（2）箱涵混凝土工程量，不扣除 $0.3m^3$ 以下的预制孔洞体积。

（3）顶柱、中继间护套及挖土支架均属专用周转性金属构件，定额中已按摊销量计列，不得重复计算。

（4）箱涵顶进定额分空顶、无中继实土顶和有中继间实土顶三类，其工程量计算如下。

① 空顶工程量按顶的单节箱涵质量乘以箱涵位移距离计算。

② 实土顶工程量按被顶箱涵的质量乘以箱涵位移距离，分段累计计算。

（5）气垫只考虑在预制箱涵底板上使用，按箱涵底面积计算。气垫的使用天数由施工组织设计确定，但采用气垫后在套用顶进定额时应乘以 0.7 系数。

细节解读八：安装工程

（1）本章定额安装预制构件以 m^3 计量单位，均按构件混凝土实体积（不包括空心部分）计算。

（2）驳船不包括进出场费，其吨天单价由各省、自治区、直辖市确定。

细节解读九：临时工程

（1）搭拆打桩工作平台面积计算

① 桥梁打桩：$F = N_1 F_1 + N_2 F_2$

每座桥台（桥墩）：$F_1 = (5.5 + A + 2.5) \times (6.5 + D)$

每条通道：$F_2 = 6.5 \times [L - (6.5 + D)]$

② 钻孔灌注桩：$F = N_1 F_1 + N_2 F_2$

每座桥台（桥墩）：$F_1 = (A + 6.5) \times (6.5 + D)$

每条通道：$F_2 = 6.5 \times [L - (6.5 + D)]$

式中　F——工作平台总面积单位；

F_1——每座桥台（桥墩）工作平台面积单位；

F_2——桥台至桥墩间桥墩间通道工作平台面积单位；

N_1——桥台和桥墩总数量单位；

N_2——通道总数量单位；

D——两排桩之间距离单位；

L——桥梁跨径或护岸的第一根桩中心至最后一根桩中心之间的距离，m；

A——桥台和（桥墩）每排桩的第一根桩中心至最后一根桩中心之间的距离，m。

（2）凡台与墩或墩与墩之间不能连续施工时（如，不能断航、断交通或拆迁工作不能配合），每个墩、台可计一次组装、拆卸柴油打桩架及设备运输费。

（3）桥涵拱盔、支架空间体积计算

① 桥涵拱盔体积按起拱线以上弓形侧面积乘以（桥宽＋2）计算。

② 桥涵支架体积为结构底至原地面（水上支架为水上支架平台顶面）平均标高乘以纵向距离，再乘以（桥宽＋2）计算。

细节解读十：装饰工程

本章定额除油漆以 t 计算外，其余项目均按装饰面积计算。

二、桥涵预算定额工程量计算实例

【实例 4-1】 某桥的草袋围堰工程，装草袋土的运距为 150m，手推车运输；围堰 2.5m；试确定该工程的预算定额值。

解： 当运距大于 50m 时，应按"人工挖运土方"的增运定额，增加运输用工。

人工：$51.9＋7.3×(150－50)÷10÷1000×88.4$（增列超距运输用工）＝58.35 工日

草袋：1498 个

土：88.4m³

增列的超运距用工，系按市政工程预算定额计算的。

第三节　桥涵工程工程量清单计价

一、桥涵工程工程量清单项目设置及工程量计算规则

细节解读一：桩基（编码：040301）

桩基工程量清单项目设置及工程量计算规则见表 4-10。

表 4-10　桩基（编码：040301）

项目编码	项目名称	项目特征	计量单位	工程量计算规则	工程内容
040301001	圆木桩	1. 材质 2. 尾径 3. 斜率	m	按设计图示以桩长（包括桩尖）计算	1. 工作平台搭拆 2. 桩机竖拆 3. 运桩 4. 桩靴安装 5. 沉桩 6. 截桩头 7. 废料弃置
040301002	钢筋混凝土板桩	1. 混凝土强度等级、石料最大粒径 2. 部位	m³	按设计图示桩长（包括桩尖）乘以桩的断面积以体积计算	1. 工作平台搭拆 2. 桩机竖拆 3. 场内外运桩 4. 沉桩 5. 送桩 6. 凿除桩头 7. 废料弃置 8. 混凝土浇筑 9. 废料弃置

项目编码	项目名称	项目特征	计量单位	工程量计算规则	工程内容
040301003	钢筋混凝土方桩(管桩)	1. 形式 2. 混凝土强度等级、石料最大粒径 3. 断面 4. 斜率 5. 部位			1. 工作平台搭拆 2. 桩机竖拆 3. 混凝土浇筑 4. 运桩 5. 沉桩 6. 接桩 7. 送桩 8. 凿除桩头 9. 桩芯混凝土充填 10. 废料弃置
040301004	钢管桩	1. 材质 2. 加工工艺 3. 管径、壁厚 4. 斜率 5. 强度		按设计图示桩长(包括桩尖)计算	1. 工作平台搭拆 2. 桩机竖拆 3. 钢管制作 4. 场内外运桩 5. 沉桩 6. 接桩 7. 送桩 8. 切割钢管 9. 精割盖帽 10. 管内取土 11. 余土弃置 12. 管内填心 13. 废料弃置
040301005	钢管成孔灌注桩	1. 桩径 2. 深度 3. 材料品种 4. 混凝土强度等级、石料最大粒径	m		1. 工作平台搭拆 2. 桩机竖拆 3. 沉桩及灌注、拔管 4. 凿除桩头 5. 废料弃置
040301006	挖孔灌注桩	1. 桩径 2. 深度 3. 岩土类别 4. 混凝土强度等级、石料最大粒径		按设计图示以长度计算	1. 挖桩成孔 2. 护壁制作、安装、浇捣 3. 土方运输 4. 灌注混凝土 5. 凿除桩头 6. 废料弃置 7. 余方弃置
040301007	机械成孔灌注桩				1. 工作平台搭拆 2. 成孔机械竖拆 3. 护筒埋设 4. 泥浆制作 5. 钻、冲成孔 6. 余方弃置 7. 灌注混凝土 8. 凿除桩头 9. 废料弃置

细节解读二：现浇混凝土(编码：040302)

现浇混凝土工程量清单项目设置及工程量计算规则见表4-11。

表 4-11　现浇混凝土（编码：040302）

项目编码	项目名称	项目特征	计量单位	工程量计算规则	工程内容
040302001	混凝土基础	1. 混凝土强度等级、石料最大粒径 2. 嵌料（毛石）比例 3. 垫层厚度、材料品种、强度			1. 垫层铺筑 2. 混凝土浇筑 3. 养护
040302002	混凝土承台				
040302003	墩（台）帽				
040302004	墩（台）身	1. 部位 2. 混凝土强度等级			
040302005	支撑梁及横梁	石料最大粒径			
040302006	墩（台）盖梁				
040302007	拱桥拱座	混凝土强度等级	m³	按设计图示尺寸以体积计算	
040302008	拱桥拱肋	石料最大粒径			
040302009	拱上构件	1. 部位 2. 混凝土强度等级			1. 混凝土浇筑 2. 养护
040302010	混凝土箱梁	石料最大粒径			
040302011	混凝土连续板	1. 部位 2. 强度 3. 形式			
040302012	混凝土板梁	1. 部位 2. 形式 3. 混凝土强度等级、石料最大粒径			
040302013	拱板	1. 部位 2. 混凝土强度等级、石料最大粒径			
040302014	混凝土楼梯	1. 形式 2. 混凝土强度等级、石料最大粒径	m³	按设计图示尺寸以体积计算	
040302015	混凝土防撞护栏	1. 断面 2. 混凝土强度等级、石料最大粒径	m	按设计图示尺寸以长度计算	1. 混凝土浇筑 2. 养护
040302016	混凝土小型构件	1. 部位 2. 混凝土强度等级、石料最大粒径	m³	按设计图示尺寸以体积计算	
040302017	桥面铺装	1. 部位 2. 混凝土强度等级、石料最大粒径 3. 沥青品种 4. 厚度 5. 配合比	m²	按设计图示尺寸以面积计算	1. 混凝土浇筑 2. 养护 3. 沥青混凝土铺装 4. 碾压
040302018	桥头搭板	混凝土强度等级、石料最大粒径		按设计图示尺寸以体积计算	1. 混凝土浇筑 2. 养护
040302019	桥塔身	1. 形状 2. 混凝土强度等级、石料最大粒径	m³	按设计图示尺寸以实体积计算	
040302020	连系梁				

细节解读三：预制混凝土（编码：040303）

预制混凝土工程量清单项目设置及工程量计算规则见表 4-12。

表 4-12　预制混凝土（编码：040303）

项目编码	项目名称	项目特征	计量单位	工程量计算规则	工程内容
040303001	预制混凝土立柱	1. 形状、尺寸 2. 混凝土强度等级、石料最大粒径 3. 预应力、非预应力 4. 张拉方式			1. 混凝土浇筑 2. 养护 3. 构件运输 4. 立柱安装 5. 构件连接
040303002	预制混凝土板		m³	按设计图示尺寸以体积计算	1. 混凝土浇筑 2. 养护 3. 构件运输 4. 安装 5. 构件连接
040303003	预制混凝土梁				
040303004	预制混凝土桁架拱构件	1. 部位 2. 混凝土强度等级、石料最大粒径			
040303005	预制混凝土小型构件				

砌筑工程量清单项目设置及工程量计算规则见表4-13。

表4-13　砌筑（编码：040304）

项目编码	项目名称	项目特征	计量单位	工程量计算规则	工程内容
040304001	干砌块料	1. 部位 2. 材料品种 3. 规格	m³	按设计图示尺寸以体积计算	1. 砌筑 2. 勾缝
040304002	浆砌块料	1. 部位 2. 材料品种 3. 规格 4. 砂浆强度等级			1. 砌筑 2. 砌体勾缝 3. 砌体抹面 4. 泄水孔制作、安装 5. 滤层铺设 6. 沉降缝
040304003	浆砌拱圈	1. 材料品种 2. 规格 3. 砂浆强度			1. 砌筑 2. 砌体勾缝 3. 砌体抹面
040304004	抛石	1. 要求 2. 品种规格			抛石

细节解读五：挡墙、护坡工程（编码：040305）

挡墙、护坡工程量清单项目设置及工程量计算规则见表4-14。

表4-14　挡墙、护坡（编码：040305）

项目编码	项目名称	项目特征	计量单位	工程量计算规则	工程内容
040305001	挡墙基础	1. 材料品种 2. 混凝土强度等级、石料最大粒径 3. 形式 4. 垫层厚度、材料品种、强度	m³	按设计图示尺寸以体积计算	1. 垫层铺筑 2. 混凝土浇筑
040305002	现浇混凝土挡墙墙身	1. 混凝土强度等级、石料最大粒径 2. 泄水孔材料品种、规格 3. 滤水层要求			1. 混凝土浇筑 2. 养护 3. 抹灰 4. 泄水孔制作、安装 5. 滤水层铺筑
040305003	预制混凝土挡墙墙身				1. 混凝土浇筑 2. 养护 3. 构件运输 4. 安装 5. 泄水孔制作、安装 6. 滤水层铺筑
040305004	挡墙混凝土压顶	混凝土强度等级、石料最大粒径			1. 混凝土浇筑 2. 养护
040305005	护坡	1. 材料品种 2. 结构形式 3. 厚度	m²	按设计图示尺寸以面积计算	1. 修整边坡 2. 砌筑

细节解读六：立交箱涵工程（编码：040306）

立交箱涵工程量清单项目设置及工程量计算规则见表4-15。

表4-15　立交箱涵（编码：040306）

项目编码	项目名称	项目特征	计量单位	工程量计算规则	工程内容
040306001	滑板	1. 透水管材料品种、规格 2. 垫层厚度、材料品种、强度 3. 混凝土强度等级、石料最大粒径	m³	按设计图示尺寸以体积计算	1. 透水管铺设 2. 垫层铺筑 3. 混凝土浇筑 4. 养护
040306002	箱涵底板	1. 透水管材料品种、规格 2. 垫层厚度、材料品种、强度 3. 混凝土强度等级、石料最大粒径 4. 石蜡层要求 5. 塑料薄膜品种、规格			1. 石蜡层 2. 塑料薄膜 3. 混凝土浇筑 4. 养护

项目编码	项目名称	项目特征	计量单位	工程量计算规则	工程内容
040306003	箱涵侧墙	1. 混凝土强度等级、石料最大粒径 2. 防水层工艺要求			1. 混凝土浇筑 2. 养护 3. 防水砂浆 4. 防水层铺涂
040306004	箱涵顶板				
040306005	箱涵顶进	1. 断面 2. 长度	kt·m	按设计图示尺寸以被顶箱涵的质量乘以箱涵的位移距离分节累计计算	1. 顶进设备安装、拆除 2. 气垫安装、拆除 3. 气垫使用 4. 钢刃角制作、安装、拆除 5. 挖土实顶 6. 场内外运输 7. 中继间安装、拆除
040306006	箱涵接缝	1. 材质 2. 工艺要求	m	按设计图示止水带长度计算	接缝

细节解读七：钢结构工程（编码：040307）

钢结构工程量清单项目设置及工程量计算规则见表4-16。

表4-16 钢结构（编码：040307）

项目编码	项目名称	项目特征	计量单位	工程量计算规则	工程内容
040307001	钢箱梁	1. 材质 2. 部位 3. 油漆品种、色彩、工艺要求	t	按设计图示尺寸以质量计算（不包括螺栓、焊缝质量）	1. 制作 2. 运输 3. 试拼 4. 安装 5. 连接 6. 除锈、油漆
040307002	钢板梁				
040307003	钢桁梁				
040307004	钢拱				
040307005	钢构件				
040307006	劲性钢结构				
040307007	钢结构叠合梁				
040307008	钢拉索	1. 材质 2. 直径 3. 防护方式		按设计图示尺寸以质量计算	1. 拉索安装 2. 张拉 3. 锚具 4. 防护壳制作、安装
040307009	钢拉杆				1. 连接、紧锁件安装 2. 钢拉杆安装 3. 钢拉杆防腐 4. 钢拉杆防护壳制作、安装

细节解读八：装饰工程（编码：040308）

装饰工程量清单项目设置及工程量计算规则见表4-17。

表4-17 装饰（编码：040308）

项目编码	项目名称	项目特征	计量单位	工程量计算规则	工程内容
040308001	水泥砂浆抹面	1. 砂浆配合比 2. 部位 3. 厚度	m²	按设计图示尺寸以面积计算	砂浆抹面
040308002	水刷石饰面	1. 材料 2. 部位 3. 砂浆配合比 4. 形式、厚度			饰面
040308003	剁斧石饰面	1. 材料 2. 部位 3. 形式 4. 厚度			
040308004	拉毛	1. 材料 2. 砂浆配合比 3. 部位 4. 厚度			砂浆、水泥浆拉毛

项目编码	项目名称	项目特征	计量单位	工程量计算规则	工程内容
040308005	水磨石饰面	1. 规格 2. 砂浆配合比 3. 材料品种 4. 部位			饰面
040308006	镶贴面层	1. 材质 2. 规格 3. 厚度 4. 部位	m²	按设计图示尺寸以面积计算	镶贴面层
040308007	水质涂料	1. 材料品种 2. 部位			涂料涂刷
040308008	油漆	1. 材料品种 2. 部位 3. 工艺要求			1. 除锈 2. 刷油漆

细节解读九：其他工程（编码：040309）

其他工程量清单项目设置及工程量计算规则见表4-18。

表 4-18　其他（编码：040309）

项目编码	项目名称	项目特征	计量单位	工程量计算规则	工程内容
040309001	金属栏杆	1. 材质 2. 规格 3. 油漆品种、工艺要求	t	按设计图示尺寸以质量计算	1. 制作、运输、安装 2. 除锈、刷油漆
040309002	橡胶支座	1. 材质 2. 规格			
040309003	钢支座	1. 材质 2. 规格 3. 形式	个	按设计图示数量计算	支座安装
040309004	盆式支座	1. 材质 2. 承载力			
040309005	油毛毡支座	1. 材质 2. 规格	m²	按设计图示尺寸以面积计算	制作、安装
040309006	桥梁伸缩装置	1. 材料品种 2. 规格	m	按设计图示尺寸以延长米计算	1. 制作、安装 2. 嵌缝
040309007	隔音屏障	1. 材料品种 2. 结构形式 3. 油漆品种、工艺要求	m²	按设计图示尺寸以面积计算	1. 制作、安装 2. 除锈、刷油漆
040309008	桥面泄水管	1. 材料 2. 管径 3. 滤层要求	m	按设计图示以长度计算	1. 进水口、泄水管制作、安装 2. 滤层铺设
040309009	防水层	1. 材料品种 2. 规格 3. 部位 4. 工艺要求	m²	按设计图示尺寸以面积计算	防水层铺涂
040309010	钢桥维修设备	按设计图要求	套	按设计图示数量计算	1. 制作 2. 运输 3. 安装 4. 除锈、刷油漆

二、桥涵工程工程量清单计算说明

（1）桩基包括了桥梁常用的桩种。清单工程量以设计桩长计算，只有混凝土板桩以体积计算。这与定额工程量计算是不同的，定额一般桩以体积计算，钢管桩以重量计算。清单工程内容包括了从搭拆工作平台起到竖拆桩机、制桩、运桩、打桩（沉桩）、接桩、送桩，直至截桩头、废料弃置等全部内容。

（2）现浇混凝土清单项目的工程内容包括混凝土制作、运输、浇筑、养护等全部内容。混凝土基础还包括垫层在内。

（3）预制混凝土清单项目的工程内容包括制作、运输、安装和构件连接等全部内容。

（4）砌筑、挡墙及护坡清单项目的工程内容均包括泄水孔、滤水层及勾缝在内。

（5）所有脚手架、支架、模板均划归措施项目。

第四节 计 算 示 例

【例 4-2】 某桥梁如图 4-1 所示。

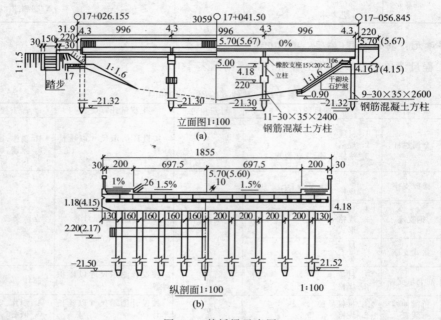

图 4-1 某桥梁示意图

按照《全国统一市政工程预算定额》中混凝土每立方米组成材料到工地现场价格取定如下：

C10	156.87 元
C15	162.24 元
C20	170.64 元
C25	181.62 元
C30	198.60 元

分部分项工程量清单见表 4-19，措施项目工程量清单见表 4-20。

表 4-19 分部分项工程量清单

工程名称：某桥梁　　　　　　　　　　　　　　　　　　　　　　　　　　　　　　　　　　第　页　共　页

序号	项目编码	项目名称	计量单位	工程数量
1	040101003001	挖基坑土方（三类土，2m 以内）	m³	36.00
2	040101006001	挖淤泥	m³	160.00
3	040103001001	填土（密实度 95%）	m³	1589.00
4	040103002001	余方弃置（淤泥运距 100m）	m³	160.00
5	040301003001	钢筋混凝土方桩（C30，墩、台基桩 30cm×35cm）	m	944.00
6	040302006001	墩（台）盖梁（台盖梁，C30）	m³	38.00
7	040302006002	墩（台）盖梁（墩盖梁，C30）	m³	25.00
8	040302002001	混凝土承台（墩承台，C30）	m³	17.40

序号	项目编码	项目名称	计量单位	工程数量
9	040302004001	墩(台)身(墩柱,C20)	m³	8.60
10	040302017001	桥面铺装(车行道厚145mmC25)	m²	61.9
11	040303003001	预制混凝土梁(C30非预应力空心板梁)	m³	165
12	040303005001	预制混凝土小型构件(人行道板,C25)	m³	6.40
13	040303005002	预制混凝土小型构件(栏杆,C30)	m³	4.60
14	040303005003	预制混凝土小型构件(端墙端柱,C30)	m³	6.81
15	040303005004	预制混凝土小型构件(侧缘石,C25)	m³	10.10
16	040304002001	浆砌块料石(踏步料石30cm×20cm×10cm,M10砂浆)	m³	12.00
17	040305005001	护坡(M10水泥砂浆砌块石护坡,厚400mm)	m²	60.00
18	040305005002	护坡(干砌块石护坡,厚400mm)	m²	320.00
19	040308001001	水泥砂浆抹面(人行道水泥砂浆抹面1:2,分格)	m²	120.00
20	040309002001	橡胶支座(板式,每个6.3×10⁵mm³)	个	216.00
21	040309006001	桥梁伸缩装置(橡胶伸缩缝)	m	39.86
22	040309006002	桥梁伸缩装置(沥青麻丝伸缩缝)	m	28.08

表 4-20　措施项目工程量清单

工程名称:某桥梁　　　　　　　　　　　　　　　　　　　　　　　　第　页　共　页

序　号	项　目　名　称	金额/元
4	市政工程	
4.1	围堰	
4.2	混凝土模板及支架	

解:计算结果见表4-21~表4-23。

表 4-21　分部分项工程量清单计价表

工程名称:某桥梁　　　　　　　　　　　　　　　　　　　　　　　　第　页　共　页

序号	项目编码	项目名称	项目特征	计量单位	工程数量	综合单价	合价	其中:暂估价
1	040101003001	挖基坑土方(三类土,2m以内)	1. 人工挖路槽土方(三类土) 2. 人工手推车运土(运距50m以内) 3. 人工手推车运土(增运距50m)	m³	36	22.40	806.23	
2	040101006001	挖淤泥	人工挖淤泥	m³	160	25.94	4150.60	
3	040103001001	填土(密实度95%)	1. 回填基坑(密实度95%) 2. 人工装土,机动翻斗车运土	m³	1589	22.20	35270.23	
4	040103002001	余土弃置(淤泥运距100m)	1. 人工运淤泥(运距20m以内) 2. 人工运淤泥(运距增加80m)	m³	160	11.91	1905.57	
5	040301003001	钢筋混凝土桩(C30,墩、台机桩,30cm×35cm)	1. 搭拆2.5t打桩支架 2. 预制混凝土方桩,30cm×25cm 3. 打预制混凝土方桩(24m以内) 4. 打预制混凝土方桩(28m以内) 5. 浆锚接桩 6. 送桩(8m以内) 7. 钢筋预制混凝土预制桩运输(运距150m以内) 8. 凿预制混凝土桩桩头	m³	944	206.60	195033.31	
6	040302006001	墩台盖梁(C30,台盖梁)	1. C30混凝土台盖梁 2. 桥台C15混凝土垫层 3. 桥台碎石垫层	m³	38	335.31	12741.62	
7	0403006002	墩台盖梁(C30,墩盖梁)	C30混凝土墩盖梁	m³	25	307.14	7678.39	
8	040302002001	混凝土承台(墩承台,C20)	C20混凝土墩盖梁	m³	17.4	264.28	4598.41	
9	040302004001	墩(台)身(墩柱,C20)	C20混凝土墩柱	m³	8.6	278.46	2394.73	
10	040302017001	桥面铺装(车行道厚145mm,C25)	桥面混凝土铺装,C25,车行道厚145mm	m³	61.9	321.17	19880.21	

序号	项目编码	项目名称	项目特征	计量单位	工程数量	金额/元		
						综合单价	合价	其中：暂估价
11	040303003001	预制混凝土梁（C30 非预应力空心板梁）	1. 预制混凝土梁，C30 非预应力空心板梁 2. 安装空心板梁 3. 梁板勾缝，51m 4. 非预应力空心板梁运输（运距150m 以内）	m³	165	426.94	70445.10	
12	040303005001	预制混凝土小型构件（人行道板，C25）	1. 预制 C25 混凝土人行道板 2. 安装人行道板 3. 预制人行道板运输（运距50m） 4. 预制人行道板运输（运距增加 100m）	m³	6.4	265.05	2336.34	
13	040303005002	预制混凝土小型构件（栏杆，C30）	1. 预制 C30 混凝土栏杆 2. 安装混凝土栏杆 3. 预制栏杆运输（运距 50m） 4. 预制栏杆运输（运距增加100m）	m³	4.6	498.61	2293.59	
14	040303005003	预制混凝土小型构件（端墙端柱，C30）	1. 预制 C30 端墙端柱 2. 安装端墙端柱 3. 预制端墙端柱运输（运距50m） 4. 预制端墙端柱运输（运距增加 100m）	m³	6.81	625.77	4261.51	
15	040303005004	预制混凝土小型构件（侧缘石，C25）	1. 预制 C25 侧缘石 2. 安装侧缘石 3. 预制侧缘石运输（运距 50m） 4. 预制侧缘石运输（运距增加100m）	m³	10.1	364.95	3686.00	
16	040304002001	浆砌块料（踏步料石 30cm×20cm×100cm，M10 砂浆）	踏步料石 30cm×20cm×100cm，M10 砂浆	m³	12	177.69	2132.30	
17	040305005001	护坡	1. M10 水泥砂浆砌块石护坡，厚 400mm 2. 水泥砂浆砌块石面勾缝	m³	60	56.13	3368.01	
18	040305005002	护坡	1. 干砌块石护坡，厚 400mm 2. 干砌块石面勾缝	m³	320	36.32	11623.65	
19	040308001001	水泥砂浆抹面	1：2 水泥砂浆抹面，分格	m³	120	7.90	948.06	
20	040309002001	橡胶支座（板式）	板式橡胶支座	个	216	879.91	190059.54	
21	040309006001	桥梁伸缩装置（橡胶伸缩缝）	橡胶伸缩缝	m	39.85	44.79	1785.02	
22	040309006002	桥梁伸缩缝（沥青麻丝伸缩缝）	沥青麻丝伸缩缝	m	28.08	7.01	196.91	
		本页小计					577595.33	

注：根据原建设部、财政部发布的《建筑安装工程费用组成》（建标［2003］206 号）的规定，为记取规费行装的使用，可以在表中增设"其中：直接费、人工费或人工费＋机械费"。

表 4-22　工程量清单综合单价分析表

项目编码	040303003001		项目名称	预制混凝土梁 （C30 非预应力空心板梁）		计量单位	m³	
清单综合单价组成明细								
定额编号	定额名称	定额单位	数量	单价				
				人工费	材料费	机械费	管理费和利润	
3-356	预制混凝土梁，C30 非预应力空心板梁	100m³	0.1	41.48	210.03	25.51	41.55	
3-431	安装空心板梁	10m³	0.1	4.54		27.29	4.77	

（合价：人工费 41.48　材料费 210.03　机械费 25.51　管理费和利润 41.55）
（合价：人工费 41.48　材料费 —　机械费 27.29　管理费和利润 4.77）

项目编码	040303003001		项目名称	预制混凝土梁 （C30非预应力空心板梁）		计量单位	m³

清单综合单价组成明细

定额编号	定额名称	定额单位	数量	单价				合价			
				人工费	材料费	机械费	管理费和利润	人工费	材料费	机械费	管理费和利润
3-323	梁板勾缝，51m	100m	0.51	1.60	0.06		0.03	1.60	0.06		0.03
补2	非预应力空心板梁运输（运距150m以内）	10m³	0.1	6.30	15.02	7.50	4.32	6.30	15.02	7.50	4.32
人工单价				小计				90.86	225.11	60.30	50.67
综合工日 55 元/工日				未计价材料费							
清单项目综合单价								426.94			

材料费明细	主要材料名称、规格、型号				单位	数量	单价/元	合价/元	暂估单价/元	暂估合价/元
	（略）									
	其他材料费						—	—	—	—
	材料费小计						—	—	—	—

表 4-23　措施项目清单计价表

工程名称：某桥梁　　　　　　　　　　　　　　　　　　　　　　　　第　页　共　页

序号	项目编码	项目名称	项目特征	计量单位	工程量	金额/元	
						综合单价	合价
1	1－510	围堰	草袋围堰	100m³	2.17	22476.22	
2	3－267	模板	承台模板	10m²	4.37	2535.27	
3	3－281	模板	墩柱模板	10m²	3.69	1750.91	
4	3－287	模板	墩盖架模板	10m²	7.58	2852.38	
5	3－373	模板	预制侧缘石模板	10m²	2.77	887.48	
6	3－375	模板	预制端墙、端柱模板	10m²	25.08	14609.91	
7	3－337	模板	预制方桩模板	10m²	66.54	12028.68	
8	3－357	模板	预制非预应力空心板梁模板	10m²	63.08	25245.72	
9	3－373	模板	预制人行道板模板	10m²	2.74	877.99	
10	3－375	模板	预制栏杆模板	10m²	16.94	9868.10	
11	3－541	模板	筑拆混凝土地模	100m²	6.00	58193.84	
			本页小计				151326.50
			合　计				151326.50

注：本表适用于以综合单价形式计价的措施项目。

第五章
解读隧道工程工程量计算

隧道是修建在岩石或土体内，供交通、水利、军事等使用的地下建筑物。隧道工程具有克服高程障碍，缩短线路长度、改善线路条件（平面、纵断面），提高运输效率，保证行车安全，避开特殊地质和地面建筑物等方面的作用。

第一节　隧道工程定额工作内容及相关规定

一、隧道工程定额工作内容

细节解读一：隧道开挖及出渣

（1）平硐、斜井、竖井全断面开挖，隧道内地沟开挖的工作内容包括：选孔位、钻孔、装药、放炮、安全处理、爆破材料的领退。

（2）隧道平硐出渣的工作内容包括：装（人装含 5m 以内；机装含边角扒渣）、运、卸（含扒平），汽车运，清理道路。

（3）隧道斜井、竖井出渣的工作内容包括：装、卷扬机提升、卸（含扒平）及人工推运（距井口 50m 内）。

细节解读二：临时工程

（1）硐内通风筒安、拆年摊销的工作内容包括：铺设管道、清扫污物、维修保养、拆除及材料运输。

（2）硐内风、水管道安、拆年摊销的工作内容包括：铺设管道、阀门、清扫污物、除锈、校正维修保养、拆除及材料运输。

（3）硐内电路架设、拆除年摊销的工作内容包括：线路沿壁架设、安装、随用、随移、安全检查、维修保养、拆除及材料运输。

（4）硐内、外轻便轨道铺、拆年摊销的工作内容包括：铺设枕木、轻轨、校平调顺、固定、拆除、材料运输及保养维修。

细节解读三：隧道内衬

（1）混凝土及钢筋混凝土衬砌平硐拱部的工作内容包括：钢拱架、钢模板安装、拆除、清理，砂石清洗、配料、混凝土搅拌、硐外运输、二次搅拌、浇捣养护，操作平台制作、安装、拆除等。

（2）混凝土及钢筋混凝土衬砌平硐边墙：钢模板安装、拆除、清理，砂石清洗、配料、混凝土搅拌、运输、浇捣及养护，操作平台制作、安装、拆除等。

（3）石料衬砌的工作内容包括：运料、拌浆、表面修凿、搭拆简易脚手架、养护等（拱部包括钢拱架制作、安装及拆除）。

(4) 喷射混凝土支护、砂浆锚杆、喷射平台的工作内容如下。

① 喷射混凝土支护：配料、投料、搅拌、混合料 200m 内运输、喷射机操作、喷射混凝土、清洗岩面。

② 砂浆锚杆：选眼孔位、打眼、洗眼、调制砂浆、灌浆、顶装锚杆。

③ 喷射平台：场内架料搬运、搭拆平台、材料清理、回库堆放。

(5) 硐内材料运输的工作内容包括：人工装、卸车、运走、堆码、空回。

(6) 钢筋制作、安装的工作内容包括：钢筋解捆、除锈、调直、制作、运输、绑扎或焊接成型等。

细节解读四：隧道沉井

隧道沉井预算定额包括沉井制作、沉井下沉、封底、钢封门安拆等共 13 节 45 个子目。

(1) 沉井基坑垫层的工作内容

① 砂垫层：平整基坑、运砂、分层铺平、浇水振实、抽水。

② 刃脚基础垫层：配模、立模、拆模；混凝土吊运、浇捣、养护。

(2) 沉井制作的工作内容

① 配模、立模、拆模。

② 钢筋制作、绑扎。

③ 商品混凝土泵送、浇、养护。

④ 施工缝处理、凿毛。

(3) 金属脚手架、砖封预留孔洞的工作内容

① 金属脚手架：材料搬运、搭拆脚手架、拆除材料分类堆放。

② 砖封预留孔洞：调制砂浆、砌筑、水泥砂浆抹面、沉井后拆除清理。

(4) 吊车挖土下沉的工作内容：吊车挖土、装车、卸土；人工挖刃脚及地梁下土体；纠偏控制沉井标高；清底修平、排水。

(5) 水力机械冲吸泥下沉的工作内容：安装、拆除水力机械和管路；搭拆施工钢平台；水枪压力控制；水力机械冲吸泥下沉、纠偏等。

(6) 不排水潜水员吸泥下沉的工作内容

① 安装、拆除吸泥起重设备。

② 升、降移动吸泥管。

③ 吸泥下沉纠偏。

④ 控制标高。

⑤ 排泥管、进水管装拆。

(7) 钻吸法出土下沉的工作内容

① 管路敷设、取水、机械移位。

② 破碎土体、冲吸泥浆、排泥。

③ 测量检查。

④ 下沉纠偏。

⑤ 纠偏控制标高。

⑥ 管路及泵维修。

⑦ 清泥平整等。

(8) 触变泥浆制作和输送、环氧沥青防水层的工作内容

① 触变泥浆制作和输送：沉井泥浆管路预埋、泥浆池至井壁管路敷设、触变泥浆制作、输送、泥浆性能指标测试。

② 环氧沥青防水层：清洗混凝土表面、调制涂料、涂刷、搭拆简易脚手架。

（9）砂石料填心（排水下沉）的工作内容：装运砂石料、吊入井底、依次铺石料、黄砂、整平、工作面排水。

（10）砂石料填心（不排水下沉）的工作内容：装运石料、吊入井底、潜水员铺平石料。

（11）混凝土封底的工作内容

① 商品混凝土干封底：混凝土输送、浇捣、养护。

② 水下混凝土封底：搭拆浇捣平台、导管及送料架；混凝土输送、浇捣；测量平整；抽水；凿除凸面混凝土；废混凝土块吊出井口。

（12）钢封门安装的工作内容：铁件焊接定位、钢封门吊装、横扁担梁定位、焊接、缝隙封堵。

（13）钢封门拆除的工作内容：切割、吊装定位钢梁及连接铁件、钢封门吊装堆放。

细节解读五：盾构法掘进

盾构法掘进定额包括盾构掘进、衬砌拼装、压浆。管片制作、防水涂料、柔性接缝环，施工管线路拆除以及负环管片拆除等共33节139个子目。

（1）盾构吊装的工作内容：起吊机械设备及盾构载运车就位、盾构吊入井底基座、盾构安装。

（2）盾构吊拆的工作内容：拆除盾构与车架连杆、起吊机械及附属设备就位、盾构整体吊出井口、上托架装车。

（3）车架安装、拆除的工作内容

① 安装：车架吊入井底、井下组装就位与盾构连接、车架上设备安装、电水气管安装。

② 拆除：车架及附属设备拆除、吊出井口，装车安放。

（4）干式出土盾构掘进的工作内容：操作盾构掘进机；切割土体，干式出土；管片拼装；螺栓紧固、装拉杆；施工管路铺设；照明、运输、供气通风；贯通测量、通信；井口土方装车；一般故障排除。

（5）水力出土盾构掘进的工作内容：操作盾构掘进机；高压供水、水力出土；管片拼装；连接螺栓紧固、装拉杆；施工管路铺设；照明、运输、供气通风；贯通测量、通信；排泥水输出井口；一般故障排除。

（6）刀盘式土压平衡盾构掘进的工作内容：操作盾构掘进机；干式（水力）出土；管片拼装；螺栓紧固；施工管路铺设；照明、运输、供气通风；贯通测量、通信；井口土方装车。

（7）刀盘式泥水平衡盾构掘进的工作内容：操作值构掘进机；水力出土；管片拼装；螺栓紧固；施工管路铺设；照相、运输、供气通风；贯通测量通信；排泥水输出井口。

（8）衬砌压浆的工作内容：制浆、运浆；盾尾同步压浆；补压浆；封堵、清洗。

（9）柔性接缝环（施工阶段）的工作内容

① 临时防水环板：盾构出洞后接缝处淤泥清理、钢板环圈定位、焊接、预留压浆孔。

② 临时止水缝：洞口安装止水带及防水圈、环板安装后堵压，防水材料封堵。

（10）柔性接缝环（正式阶段）的工作内容：

① 拆除临时钢环板：钢板环圈切割、吊拆堆放。

② 拆除洞口环管片：拆卸连接螺栓、吊车配合拆除管片、凿除涂料、壁面清洗。

③ 安装钢环板：钢环板分块吊装、焊接固定。

④ 柔性接缝环：壁内刷涂料、安放内外壁止水带、压乳胶水泥。

（11）洞口混凝土环圈的工作内容：配模、立模、拆模；钢筋制作、绑扎；洞口环圈混凝土浇捣、养护。

（12）预制钢筋混凝土管片的工作内容

① 钢模安装、拆卸清理、刷油。

② 钢筋制作、焊接、预埋件安放、钢筋骨架入模。

③ 测量检验。

④ 混凝土拌制。

⑤ 吊运浇捣。

⑥ 入养护池蒸养。

⑦ 出槽堆放、抗渗质检。

（13）预制管片成环水平拼装的工作内容：钢制台座，校准；管片场内运输；吊拼装、拆除；管片成环量测检验及数据记录。

（14）管片短驳运输的工作内容：从堆放起吊，行车配合、装车、驳运到场中转场地；垫道木、吊车配合按类堆放。

（15）管片设置密封条的工作内容：管片吊运堆放；编号、表面清理、涂刷黏结剂；粘贴泡沫挡土衬垫及防水橡胶条；管片边角嵌贴丁基腻子胶。

（16）管片嵌缝的工作内容：管片嵌缝槽表面处理、配料嵌缝。

（17）负环管片拆除的工作内容：拆除后盾钢支撑；清除管片内污垢杂物；拆除井内轨道；清除井内污泥；凿除后靠混凝土；切割连接螺栓；管片吊出井口；装车。

（18）隧道内管线路拆除的工作内容：贯通后隧道内水管、风管、走道板、拉杆、钢轨、轨枕、各种施工支架拆除、吊运出井口、装车或堆放、隧道内淤泥清除。

细节解读六：垂直顶升

垂直顶升预算定额包括顶升管节，复合管片制作，垂直顶升设备安拆，管节垂直顶升，阴极保护安装及滩地揭盖等共 6 节 21 个子目。适用于管节外壁断面小于 4m²，每座顶升高度 10m 的不出土垂直顶升。

（1）顶升管节、复合管片制作的工作内容

① 顶升管节制作：钢模板制作、装拆、清扫、刷油、骨架入模；混凝土拌制；吊运、浇捣、蒸养；法兰打孔。

② 复合管片制作：安放钢壳；钢模安拆、清理刷油；钢筋制作、焊接；混凝土拌制；吊运、浇捣、蒸养。

③ 管节试拼装：吊车配合；管节试拼、编号对螺孔、检验校正；搭平台、场地平整。

（2）垂直顶升设备安装、拆除的工作内容

① 顶升车架安装：清理修正轨道，车架组装、固定。

② 顶升车架拆除：吊拆、运输、堆放、工作面清理。

③ 顶升设备安装：制作基座、设备吊运、就位。

④ 顶升车架拆除：油路、电路拆除，基座拆除、设备吊运、堆放。

（3）管节垂直顶升的工作内容

① 首节顶升：车架就位、转向法兰安装；管节吊运；拆除纵环向螺栓；安装闷头、盘根、压条、压板等操作设备；顶升到位等。

② 中间节顶升：管节吊运；穿螺栓、粘贴橡胶板；填木、抹平、填孔、放顶块；顶升到位。

③ 尾节顶升：管节吊运；穿螺栓、粘贴橡胶板；填木、抹平、填孔、放顶块；顶升到位；到位后安装压板；撑筋焊接并与管片连接。

（4）止水框、连系梁安装的工作内容

① 止水框安装：吊运、安装就位；校正；搭拆脚手架。

② 连系梁安装：吊运、安装就位；焊接、校正；搭拆脚手架。

（5）阴极保护安装的工作内容

① 恒电位仪安装：恒电位仪检查、安装；电器连接调试；接电缆。

② 电极安装：支架制作、电极体安装、接通电缆、封环氧。

③ 隧道内电缆铺设：安装护套管、支架、电缆敷设、固定、接头、封口、挂牌等。

④ 过渡箱制作安装：箱体制作、安装就位、电缆接线。

（6）滩地揭顶盖的工作内容：安装卷扬机、搬运、清除杂物；拆除螺栓、揭去顶盖；安装取水头。

细节解读七：地下连续墙

地下连续墙预算定额包括导墙、挖土成槽、钢筋笼制作吊装、锁口管吊拔、浇捣连续墙混凝土、大型支撑基坑土方及大型支撑安装、拆除等共7节29个子目。

（1）导墙的工作内容：

① 导墙开挖：放样、机械挖土、装车、人工整修；浇捣混凝土基座；沟槽排水。

② 现浇导墙：配模单边立模；钢筋制作；设置分隔板；浇捣混凝土、养护；拆模、清理堆放。

（2）挖土成槽的工作内容：机具定位；安放跑板吊轨；制浆、输送、循环分离泥浆；钻孔、挖土成槽、护壁整修测量；场内运输；堆土。

（3）钢筋笼制作包括台模摊销费，定额中预埋件用量与实际用量有差异时允许调整。钢筋笼制作、吊运就位的工作内容：

① 钢筋笼制作：切断、成型、绑扎、点焊、安装；预埋铁件及泡沫塑料板；钢筋笼试拼装。

② 钢筋笼吊运就位：钢筋笼驳运吊入槽；钢筋校正对接；安装护铁、就位、固定。

（4）锁口管吊拔的工作内容包括：锁口管对接组装、入槽就位、浇捣混凝土工程中上下移动、拔除、拆卸、冲洗堆放。

（5）浇捣混凝土连续墙的工作内容：

① 清底置换：地下墙接缝清刷、空压机吹气搅拌吸泥，清底置换。

② 浇筑混凝土：浇捣架就位、导管安拆、商品混凝土浇筑、吸泥浆入池。

（6）大型支撑基坑土方的工作内容包括：操作机械引斗挖土、装车；人工推铲、扣挖支撑下土体；挖引水沟、机械排水；人工整修底面。

（7）大型支撑安装、拆除的工作内容：

① 安装：吊车配合、围令、支撑驳运卸车；定位放样；槽壁面凿出预埋件；钢牛腿焊接；支撑拼接、焊接安全栏杆、安装定位；活络接头固定。

② 拆除：切割、吊出支撑分段、装车及堆放。

细节解读八：地下混凝土结构

地下混凝土结构预算定额包括护坡、地梁、底板、墙、柱、梁、平台、顶板、楼梯、电缆沟、侧石、弓形底板、支承墙、内衬侧墙及顶内衬、行车道槽形板以及隧道内车道等地下混凝土结构共11节58个子目。

（1）基坑垫层的工作内容：

① 砂垫层：砂石料吊车吊运、摊铺平整分层浇水振实。

② 混凝土垫层：配模、立模、拆模；商品混凝土浇捣、养护。

（2）钢丝网水泥护坡的工作内容：

① 混凝土护坡：修整边坡、铺设钢丝网片、混凝土浇捣抹平养护。

② 砂浆护坡：修整边坡、铺设钢丝网片、砂浆配、拌、运、浇铺抹平养护。

（3）钢筋混凝土地梁、底板的工作内容：

① 地梁：水泥砂浆砌砖；钢筋制作、绑扎；混凝土浇捣养护。

② 底板：配模、立模、拆模；钢筋制作、绑扎；混凝土浇捣养护。

（4）钢筋混凝土墙的工作内容：

① 墙：配模、立模、拆模；钢筋制作、绑扎；混凝土浇捣养护、混凝土表面处理。

② 衬墙：地下墙封面凿毛、清洗；配模、立模、拆模；钢筋制作、绑扎；混凝土浇捣养护、

表面处理。

（5）钢筋混凝土柱、梁、平台、顶板、楼梯、电缆沟、侧石的工作内容：配模、立模、拆模、钢筋制作、绑扎；混凝土浇捣养护；混凝土表面处理。

（6）钢筋混凝土内衬弓形底板、支承墙的工作内容：隧道内冲洗、配模、立模、拆模、钢筋制作、绑扎；混凝土浇捣养护。

（7）隧道内衬侧墙及顶内衬、行车道槽形板安装的工作内容：

① 顶内衬：牵引内衬滑盾及操作平台；定位、上油、校正、脱卸清洗；混凝土泵送或集料斗电瓶车运至工作面浇捣养护；混凝土表面处理。

② 槽形板：槽形板吊入隧道内驳运；行车安装；混凝土充填；焊接固定；槽形板下支撑搭拆。

（8）隧道内车道的工作内容：配模、立模、拆模；钢筋制作、绑扎；混凝土浇捣、制缝、扫面；湿治、沥青灌缝。

（9）钢筋调整的工作内容：钢筋除锈；钢筋调直制作、绑扎或焊接成型；运输等。

细节解读九：地基加固、监测

地基加固、监测定额分为地基加固和监测两部分共 7 节 59 个子目。地基加固包括分层注浆、压密注浆、双重管和三重管高压旋喷；监测包括地表和地下监测孔布置、监控测试等。

（1）分层注浆的工作内容：定位、钻孔、注护壁泥浆；放置注浆阀管；配置浆液、插入注浆芯管；分层劈裂注浆；检测施工效果等。

（2）压密注浆的工作内容：定位、钻孔；泥浆护壁；配置浆液、安插注浆管；分段压密注浆；检测注浆效果等。

（3）双重管、三重管高压旋喷的工作内容：泥浆槽开挖；定位、钻孔；配置浆液；接管旋喷、提升成桩；泥浆沉淀处理；检测施工效果等。

（4）地表监测孔布置的工作内容：

① 土体分层沉降：测点布置、仪表标定、钻孔、导向管加工、预埋件加工埋设、安装导向管磁环、浇灌水泥浆、做保护圈盖、测读初读数。

② 土体水平位移：测点布置、仪表标定，钻孔、测斜管加工焊接、埋设测斜管、浇灌水泥浆、做保护圈盖、测读初读数。

③ 孔隙水压力：测点布置、密封检查、钻孔、接线、预埋件加工、埋设、接线、埋设泥球形成止水隔离层、回填黄砂及原状土、做保护圈盖、测读初读数。

④ 地表桩：测点布置、预埋标志点、做保护圈盖、测读初读数。

⑤ 混凝土构件变形：测点布置、测点表面处理、粘贴应变片、密封、接线、测读初读数。

⑥ 建筑物侧斜：测点布置、手枪钻打孔、安装倾斜预埋件、测读初读数。

⑦ 建筑物振动：测点布置、仪器标定、预埋传感器、测读初读数。

⑧ 地下管线沉降位移：测点布置、开挖暴露管线、埋设抱箍标志头、回填、测读初读数。

⑨ 混凝土构件钢筋应力：测点布置、钢笼上安装钢筋计、排线固定、保护圈盖、测读初读数。

⑩ 混凝土构件混凝土应变：测点布置、钢笼上安装混凝土应变计、排线固定、保护圈盖、测读初读数。

⑪ 钢支撑轴力：测点布置、仪器标定、安装预埋件、安装轴力计、排线、加预应力读初读数。

⑫ 混凝土水化热：测点布置、仪器标定、安装埋设、做保护装置、测读初读数。

⑬ 混凝土构件界面土压力（孔隙水压计）：测点布置、预埋件加工、预埋件埋设、拆除预埋件、安装土压计（孔隙水压计）、测读初读数。

⑭ 墙体位移：测点布置；仪器标定；钢笼安装测斜管；浇捣混凝土，定测斜管倾斜方向；

测读初读数。

⑮ 超声波：测点布置；仪器标定；钢笼安装φ50钢管；测读深度；测试；做测试报告。

（5）地下监测孔布置的工作内容：

① 基坑回弹：测点布置；仪器标定；钻孔；埋设；水泥灌浆；做保护圈盖；测读初读数。

② 混凝土支撑轴力、隧道纵向沉降及位移、隧道直径变形（收敛）、隧道环缝纵缝变化、衬砌表面应弯计：测点布置、仪器标定、埋设、测读初读数。

（6）监控测试的工作内容：测试及数据采集、监测日报表、阶段处理报告、最终报告、资料立案归档。

> **细节解读十：金属构件制作**

金属构件制作定额包括顶升管片钢壳、钢管片、顶升止水框、连系梁、车架、走道板、钢跑板、盾构基座、钢围令、钢闸墙、钢轨枕、钢支架、钢扶梯、钢栏杆、钢支撑、钢封门等金属构件的制作共 8 节 26 个子目。

（1）顶升管节钢壳的工作内容：画线、号料、切割、金加工、校正、焊接、钢筋成型、法兰与钢筋焊接成型等。

（2）钢管片的工作内容：画线、号料、切割、校正、滚圆弧、刨边、刨槽；上模具焊接成型、焊预埋件；钻孔；吊运油漆等。

（3）顶升止水框、连系梁、车架的工作内容：画线、号料、切割、校正、焊接成型、钻孔、吊运油漆等。

（4）走道板、钢跑板的工作内容：画线、号料、切割、折方、拼装、校正、焊接成型、油漆、堆放。

（5）盾构基座、钢围令、钢闸墙的工作内容：画线、号料、切割、拼装、校正；焊接成型；油漆、堆放。

（6）钢轨枕、钢支架的工作内容：画线、号料、切割、校正、焊接成型、油漆、编号、堆放。

（7）钢扶梯、钢栏杆的工作内容：画线、切割、煨弯、分段组合、焊接、油漆。

（8）钢支撑、钢封门的工作内容：放样、落料、卷筒找圆、油漆、堆放。

二、隧道工程定额相关规定

> **细节解读：定额说明**

1. 隧道开挖与出渣工程

（1）平硐全断面开挖 4m² 以内和斜井、竖井全断面开挖 5m² 以内的最小断面不得小于 2m²；如果实际施工中，断面小于 2m² 和平硐全断面开挖的断面大于 100m²，斜井全断面开挖的断面大于 20m²，竖井全断面开挖断面大于 25m² 时，各省、自治区、直辖市可另编补充定额。

（2）平硐全断面开挖的坡度在 5°以内；斜井全断面开挖的坡度在 15°～30°范围内。平硐开挖与出渣定额，适用于独头开挖和出渣长度在 500 内的隧道。斜井和竖井开挖与出渣定额，适用于长度在 50m 内的隧道。硐内地沟开挖定额，只适用于硐内独立开挖的地沟，非独立开挖地沟不得执行定额。

（3）开挖定额均按光面爆破制定，如采用一般爆破开挖时，其开挖定额应乘以系数 0.935。

（4）平硐各断面开挖的施工方法，斜井的上行和下行开挖，竖井的正井和反井开挖，均已综合考虑，施工方法不同时，不得换算。

（5）爆破材料仓库的选址由公安部门确定，2km 内爆破材料的领退运输用工已包括在定额内，超过 2km 时，其运输费用另行计算。

（6）出渣定额中，岩石类别已综合取定，石质不同时不予调整。

（7）平硐出渣"人力、机械装渣，轻轨斗车运输"子目中，重车上坡，坡度在 2.5% 以内的工效降低因素已综合在定额内，实际在 2.5% 以内的不同坡度，定额不得换算。

（8）斜井出渣定额，是按向上出渣制定的，若采用向下出渣时，可执行定额，若从斜井底通过平硐出渣时，其平硐段的运输应执行相应的平硐出渣定额。

（9）斜井和竖井出渣定额，均包括硐口外 50m 内的人工推斗车运输，若出硐口后运距超过 50m，运输方式也与本运输方式相同时，超过部分可执行平硐出渣、轻轨斗车运输，每增加 50m 运距的定额，若出硐后，改变了运输方式，应执行相应的运输定额。

（10）定额是按无地下水制定的（不含施工湿式作业积水），如果施工出现地下水时，积水的排水费和施工的防水措施费，另行计算。

（11）隧道施工中出现塌方和溶洞时，由于塌方和溶洞造成的损失（含停工、窝工）及处理塌方和溶洞发生的费用，另行计算。

（12）隧道工程硐口的明槽开挖执行全统市政定额第一册"通用项目"土石方工程的相应开挖定额。

（13）各开挖子目，是按电力起爆编制的，若采用火雷管导火索起爆时，可按如下规定换算：电雷管换为火雷管，数量不变，将子目中的两种胶质线扣除，换为导火索，导火索的长度按每个雷管 2.12m 计算。

2. 临时工程

（1）定额适用于隧道硐内施工所用的通风、供水、压风、照明、动力管线以及轻便轨道线路的临时性工程。

（2）定额中按年摊销量计算，一年内不足一年按一年计算，超过一年按每增一季定额增加，不足一季（3 个月）按一季计算（不分月）。

3. 隧道沉井工程

（1）隧道沉井工程预算定额包括沉井制作、沉井下沉、封底、钢封门安拆等共 13 节 45 个子目。

（2）定额适用于软土隧道工程中采用沉井方法施工的盾构工作井及暗埋段连续沉井。

（3）沉井定额按矩形和圆形综合取定，无论采用何种形状的沉井，定额不做调整。

（4）定额中列有几种沉井下沉方法，套用何种沉井下沉定额由批准的施工组织设计确定。挖土下沉不包括土方外运费，水力出土不包括砌筑集水坑及排泥水处理。

（5）水力机械出土下沉及钻吸法吸泥下沉等子目均包括井内、外管路及附属设备的费用。

4. 隧道内衬工程

（1）现浇混凝土及钢筋混凝土边墙，拱部均考虑了施工操作平台，竖井采用的脚手架，已综合考虑在定额内，不另计算。喷射混凝土定额中未考虑喷射操作平台费用，如施工中需搭设操作平台时，执行喷射平台定额。

（2）混凝土及钢筋混凝土边墙、拱部衬砌，已综合了先拱后墙、先墙后拱的衬砌比例，因素不同时，不另计算。边墙如为弧形时，其弧形段每 $10m^3$ 衬砌体积按相应定额增加人工 1.3 工日。

（3）定额中的模板是以钢拱架、钢模板计算的，如实际施工的拱架及模板不同时，可按各地区规定执行。

（4）定额中的钢筋是以机制手绑、机制电焊综合考虑的（包括钢筋除锈），实际施工不同时，不做调整。

（5）料石砌拱部，不分拱跨大小和拱体厚度均执行定额。

（6）隧道内衬施工中，凡处理地震、涌水、流砂、坍塌等特殊情况所采取的必要措施，必须做好签证和隐蔽验收手续，所增加的人工、材料、机械等费用，另行计算。

（7）定额中，采用混凝土输送泵浇筑混凝土或商品混凝土时，按各地区的规定执行。

5. 盾构法掘进工程

（1）盾构法掘进工程定额包括盾构掘进、衬砌拼装、压浆、管片制作、防水涂料、柔性接缝环、施工管线路拆除以及负环管片拆除等共 33 节 139 个子目。

（2）定额适用于采用国产盾构掘进机，在地面沉降达到中等程度（盾构在砖砌建筑物下穿越时允许发生结构裂缝）的软土地区隧道施工。

（3）盾构及车架安装是指现场吊装及试运行，适用于 φ7000 以内的隧道施工，拆除是指拆卸装车。φ7000 以上盾构及车架安拆按实计算。盾构及车架场外运输费按实另计。

（4）盾构掘进机选型，应根据地质报告，隧道复土层厚度、地表沉降量要求及掘进机技术性能等条件，由批准的施工组织设计确定。

（5）盾构掘进在穿越不同区域土层时，根据地质报告确定的盾构正掘面含砂性土的比例，按表 5-1 系数调整该区域的人工、机械费（不含盾构的折旧及大修理费）。

表 5-1　盾构掘进在穿越不同区域土层的人工、机械费调整系数

序号	盾构正掘面土质	隧道横截面含砂性土比例	调整系数
1	一般软黏土	≤25%	1.0
2	黏土夹层砂	25%～50%	1.2
3	砂性土(干式出土盾构掘进)	＞50%	1.5
4	砂性土(水力出土盾构掘进)	＞50%	1.3

（6）盾构掘进在穿越密集建筑群、古文物建筑或提防、重要管线时，对地表升降有特殊要求者，按表 5-2 系数调整该区域的掘进人工、机械费（不含盾构的折旧及大修理费）。

表 5-2　盾构掘进在穿越对地表升降有特殊要求时的人工、机械费调整系数

序号	盾构直径/mm	允许地表升降量/mm			
		±250	±200	±150	±100
1	φ≥7000	1.0	1.1	1.2	
2	φ<7000			1.0	1.2

注：1. 允许地表升降量是指复土层厚度大于 1 倍盾构直径处的轴线上方地表升降量。
2. 如上述第（5）、（6）条所列两种情况同时发生时，调整系数相加减 1 计算。

（7）采用干式出土掘进，其土方以吊出井口装车止。采用水力出土掘进，其排放的泥浆水以送至沉淀池止，水力出土所需的地面部分取水、排水的土建及土方外运费用另计。水力出土掘进用水按取用自然水源考虑，不计水费，若采用其他水源需计算水费时可另计。

（8）盾构掘进定额中已综合考虑了管片的宽度和成环块数等因素，执行定额时不得调整。

（9）盾构掘进定额中含贯通测量费用，不包括设置平面控制网、高程控制网、过江水准及方向、高程传递等测量，如发生时费用另计。

（10）预制混凝土管片采用高精度钢模和高强度等级混凝土，定额中已含钢模摊销费，管片预制场地费另计，管片场外运输费另计。

6. 垂直顶升工程

（1）垂直顶升工程预算定额包括顶升管节、复合管片制作、垂直顶升设备安拆、管节垂直顶升、阴极保护安装及滩地揭顶盖等共 6 节 21 个子目。

（2）定额适用于管节外壁断面小于 4m²、每座顶升高度小于 10m 的不出土垂直顶升。

（3）预制管节制作混凝土已包括内模摊销费及管节制成后的外壁涂料。管节中的钢筋已归入顶升钢壳制作的子目中。

（4）阴极保护安装不包括恒电位仪、阳极、参比电极的原值。

（5）滩地揭顶盖只适用于滩地水深不超过 0.5m 的区域，本定额未包括进出水口的围护工程，发生时可套用相应定额计算。

7. 地下连续墙工程

（1）地下连续墙工程预算定额包括导墙、挖土成槽、钢筋笼制作吊装、锁口管吊拔、浇捣连

续墙混凝土、大型支撑基坑土方及大型支撑安装、拆除等共 7 节 29 个子目。

（2）预算定额适用于在黏土、砂土及冲填土等软土层地下连续墙工程，以及采用大型支撑围护的基坑土方工程。

（3）地下连续墙成槽的护壁泥浆采用相对密度为 1.055 的普通泥浆。若需取用重晶石泥浆可按不同比重泥浆单价进行调整。护壁泥浆使用后的废浆处理另行计算。

（4）钢筋笼制作包括台模摊销费，定额中预埋件用量与实际用量有差异时允许调整。

（5）大型支撑基坑开挖定额适用于地下连续墙、混凝土板桩、钢板桩等作围护的跨度大于 8m 的深基坑开挖。定额中已包括湿土排水，若需采用井点降水或支撑安拆需打拔中心稳定桩等，其费用另行计算。

（6）大型支撑基坑开挖由于场地狭小只能单面施工时，挖土机械按表 5-3 调整。

表 5-3　单面施工时挖土机械的调整

序号	宽度	两边停机施工	单边停机施工
1	基坑宽 15m 内	15t	25t
2	基坑宽 15m 外	25t	40t

8. 地下混凝土结构工程

（1）地下混凝土结构工程预算定额包括护坡、地梁、底板、墙、柱、梁、平台、顶板、楼梯、电缆沟、侧石、弓形底板、支承墙、内衬侧墙及顶内衬、行车道槽形板以及隧道内车道等地下混凝土结构共 11 节 58 个子目。

（2）预算定额适用于地下铁道车站、隧道暗埋段、引道段沉井内部结构、隧道内路面及现浇内衬混凝土工程。

（3）定额中混凝土浇捣未含脚手架费用。

（4）圆形隧道路面以大型槽形板作底模，如采用其他形式时定额允许调整。

（5）隧道内衬施工未包括各种滑模、台车及操作平台费用，可另行计算。

9. 地基加固、监测工程

（1）地基加固、监测工程定额分为地基加固和监测两部分共 7 节 59 个子目，地基加固包括分层注浆、压密注浆、双重管和三重管高压旋喷，监测包括地表和地下监测孔布置、监控测试等。

（2）定额按软土地层建筑地下构筑物时采用的地基加固方法和监测手段进行编制。地基加固是控制地表沉降，提高土体承载力，降低土体渗透系数的一个手段。适用于深基坑底部稳定、隧道暗挖法施工和其他建筑物基础加固等。监测是地下构筑物建造时，反映施工对周围建筑群影响程度的测试手段。定额适用于建设单位确认需要监测的工程项目，包括监测点布置和监测两部分，监测单位需及时向建设单位提供可靠的测试数据，工程结束后监测数据立案成册。

（3）分层注浆加固的扩散半径为 0.8m，压密注浆加固半径为 0.75m，双重管、三重管高压旋喷的固结半径分别为 0.4m、0.6m。浆体材料（水泥、粉煤灰、外加剂等）用量按设计含量计算，若设计未提供含量要求时，按批准的施工组织设计计算。检测手段只提供注浆前后 N 值之变化。

（4）定额不包括泥浆处理和微型桩的钢筋费用，为配合土体快速排水需打砂井的费用另计。

10. 金属构件制作工程

（1）金属构件制作工程定额包括顶升管片钢壳、钢管片、顶升止水框、连系梁、车架、走道板、钢跑板、盾构基座、钢围令、钢闸墙、钢轨枕、钢支架、钢扶梯、钢栏杆、钢支撑、钢封门等金属构件的制作共 8 节 26 个子目。

（2）定额适用于软土层隧道施工中的钢管片、复合管片钢壳及盾构工作井布置、隧道内施工用的金属支架、安全通道、钢闸墙、垂直顶升的金属构件以及隧道明挖法施工中大型支撑等加工制作。

（3）预算价格仅适用于施工单位加工制作，需外加工者则按实结算。

（4）定额钢支撑按 $\phi600$ 考虑，采用 12mm 钢板卷管焊接而成，若采用成品钢管时定额不做调整。

（5）钢管片制作已包括台座摊销费，侧面环板燕尾槽加工不包括在内。

（6）复合管片钢壳包括台模摊销费，钢筋在复合管片混凝土浇捣子目内。

第二节　隧道工程定额工程量计算规则

一、隧道开挖与出渣工程

（1）隧道的平硐、斜井和竖井开挖与出渣工程量，按设计图开挖断面尺寸，另加允许超挖量以 m³ 计算。定额中光面爆破允许超挖量：拱部为 15cm，边墙为 10cm，若采用一般爆破，其允许超挖量：拱部为 20cm，边墙为 15cm。

（2）隧道内地沟的开挖和出渣工程量，按设计断面尺寸，以 m³ 计算，不得另行计算允许超挖量。

（3）平硐出渣的运距，按装渣重心至卸渣重心的直线距离计算，若平硐的轴线为曲线时，硐内段的运距按相应的轴线长度计算。

（4）斜井出渣的运距，按装渣重心至斜井口摘钩点的斜距离计算。

（5）竖井的提升运距，按装渣重心至井口吊斗摘钩点的垂直距离计算。

二、临时工程

（1）粘胶布通风筒及铁风筒按每一硐口施工长度减 30m 计算。

（2）风、水钢管按硐长加 100m 计算。

（3）照明线路按硐长计算，如施工组织设计规定需要安双排照明时，应按实际双线部分增加。

（4）动力线路按硐长加 50m 计算。

（5）轻便轨道以施工组织设计所布置的起、止点为准，定额为单线，如实际为双线应加倍计算，对所设置的道岔，每处按相应轨道折合 30m 计算。

（6）硐长＝主硐＋支硐（均以硐口断面为起止点，不含明槽）。

三、隧道工程

（1）沉井工程的井点布置及工程量，按批准的施工组织设计计算，执行全统市政定额第一册"通用项目"相应定额。

（2）基坑开挖的底部尺寸，按沉井外壁每侧加宽 2.0m 计算，执行全统市政定额第一册"通用项目"中的基坑挖土定额。

（3）沉井基坑砂垫层及刃脚基础垫层工程量按批准的施工组织设计计算。

（4）刃脚的计算高度，从刃脚踏面至井壁外凸口计算，如沉井井壁没有外凸口时，则从刃脚踏面至底板顶面为准。底板下的地梁并入底板计算。框架梁的工程量包括切入井壁部分的体积。井壁、隔墙或底板混凝土中，不扣除单孔面积 0.3m³ 以内的孔洞所占体积。

（5）沉井制作的脚手架安、拆，不论分几次下沉，其工程量均按井壁中心线周长与隔墙长度之和乘以井高计算。

（6）沉井下沉的土方工程量，按沉井外壁所围的面积乘以下沉深度（预制时刃脚底面至下沉后设计刃脚底面的高度），并分别乘以土方回淤系数计算。回淤系数：排水下沉深度大于 10m 为 1.05；不排水下沉深度大于 15m 为 1.02。

（7）沉井触变泥浆的工程量，按刃脚外凸口的水平面积乘以高度计算。

（8）沉井砂石料填心、混凝土封底的工程量，按设计图纸或批准的施工组织设计计算。

（9）钢封门安、拆工程量，按施工图用量计算。钢封门制作费另计，拆除后应回收 70% 的主材原值。

四、隧道内衬工程

（1）隧道内衬现浇混凝土和石料衬砌的工程量，按施工图所示尺寸加允许超挖量（拱部为 15cm，边墙为 10cm）以 m^3 计算，混凝土部分不扣除 $0.3m^2$ 以内孔洞所占体积。

（2）隧道衬砌边墙与拱部连接时，以拱部起拱点的连线为分界线，以下为边墙，以上为拱部。边墙底部的扩大部分工程量（含附壁水沟），应并入相应厚度边墙体积内计算。拱部两端支座，先拱后墙的扩大部分工程量，应并入拱部体积内计算。

（3）喷射混凝土数量及厚度按设计图计算，不另增加超挖、填平补齐的数量。

（4）喷射混凝土定额配合比，按各地区规定的配合比执行。

（5）混凝土初喷 5cm 为基本层，每增 5cm 按增加定额计算，不足 5cm 按 5cm 计算，若做临时支护可按一个基本层计算。

（6）喷射混凝土定额已包括混合料 200m 运输，超过 200m 时，材料运费另计。运输吨位按初喷 5cm 拱部 $26t/100m^2$，边墙 $23t/100m^2$；每增厚 5cm 拱部 $16t/100m^2$，边墙 $14t/100m^2$。

（7）锚杆按 $\phi22$ 计算，若实际不同时，定额人工、机械应按表 5-4 中所列系数调整，锚杆按净重计算不加损耗。

表 5-4　人工机械系数调整

锚杆直径	$\phi28$	$\phi25$	$\phi22$	$\phi20$	$\phi18$	$\phi26$
调整系数	0.62	0.78	1	1.21	1.40	1.89

（8）钢筋工程量按图示尺寸以 t 计算。现浇混凝土中固定钢筋位置的支撑钢筋、双层钢筋用的架立筋（铁马），伸出构件的锚固钢筋均按钢筋计算，并入钢筋工程量内。钢筋的搭接用量：设计图纸已注明的钢筋接头，按图纸规定计算；设计图纸未注明的通长钢筋接头，$\phi25$ 以内的，每 8m 计算 1 个接头，$\phi25$ 以上的，每 6m 计算 1 个接头，搭接长度按规范计算。

（9）模板工程量按模板与混凝土的接触面积以 m^2 计算。

（10）喷射平台工程量，按实际搭设平台的最外立杆（或最外平杆）之间的水平投影面积以 m^2 计算。

五、盾构法掘进工程

（1）掘进过程中的施工阶段划分：

① 负环段掘进：从拼装后靠管片起至盾尾离开出洞井内壁止。

② 出洞段掘进：从盾尾离开出洞井内壁至盾尾离开出洞井内壁 40m 止。

③ 正常段掘进：从出洞段掘进结束至进洞段掘进开始的全段掘进。

④ 进洞段掘进：按盾构切口距进洞洞门外壁 5 倍盾构直径的长度计算。

（2）掘进定额中盾构机按摊销考虑，若遇下列情况时，可将定额中盾构掘进机台班内的折旧费和大修理费扣除，保留其他费用作为盾构使用费台班进入定额，盾构掘进机费用按不同情况另行计算。

① 顶端封闭采用垂直顶升方法施工的给排水隧道；

② 单位工程掘进长度小于等于 800m 的隧道；

③ 采用进口或其他类型盾构机掘进的隧道；

④ 由建设单位提供盾构机掘进的隧道。

（3）衬砌压浆量根据盾尾间隙，由施工组织设计确定。

（4）柔性接缝环适合于盾构工作井洞门与圆隧道接缝处理，长度按管片中心圆周长计算。

（5）预制混凝土管片工程量按实体积加 1‰ 损耗计算，管片试拼装以每 100 环管片拼装 1 组（3 环）计算。

六、垂直顶升工程

（1）复合管片不分直径，管节不分大小，均执行定额。

（2）顶升车架及顶升设备的安拆，以每顶升一组出口为安拆一次计算。顶升车架制作费按顶升一组摊销50％计算。

（3）顶升管节外壁如需压浆时，则套用分块压浆定额计算。

（4）垂直顶升管节试拼装工程量按所需顶升的管节数计算。

七、地下连续墙工程

（1）地下连续墙成槽土方量按连续墙设计长度、宽度和槽深（加超深0.5m）计算。混凝土浇筑量同连续墙成槽土方量。

（2）锁口管及清底置换以段为单位（段指槽壁单元槽段），锁口管吊拔按连续墙段数加1段计算，定额中已包括锁口管的摊销费用。

八、地下混凝土结构工程

（1）现浇混凝土工程量按施工图计算，不扣除单孔面积0.3m³以内的孔洞所占体积。

（2）有梁板的柱高，自柱基础顶面至梁、板顶面计算，梁高以设计高度为准。梁与柱交接，梁长算至柱侧面（即柱间净长）。

（3）结构定额中未列预埋件费用，可另行计算。

（4）隧道路面沉降缝、变形缝按全统市政定额第二册"道路工程"相应定额执行，其人工、机械乘以1.1系数。

九、地基加固监测工程

（1）地基注浆加固以孔为单位的子目，定额按全区域加固编制，若加固深度与定额不同时可内插计算；若采取局部区域加固，则人工和钻机台班不变，材料（注浆阀管除外）和其他机械台班按加固深度与定额深度同比例调减。

（2）地基注浆加固以m³为单位的子目，已按各种深度综合取定，工程量按加固土体的体积计算。

（3）监测点布置分为地表和地下两部分，其中地表测孔深度与定额不同时可内插计算。工程量由施工组织设计确定。

（4）监控测试以一个施工区域内监控3项或6项测定内容划分步距，以组日为计量单位，监测时间由施工组织设计确定。

十、金属构件工程

（1）金属构件的工程量按设计图纸的主材（型钢，钢板，方、圆钢等）的质量以t计算，不扣除孔眼、缺角、切肢、切边的质量。圆形和多边形的钢板按作方计算。

（2）支撑由活络头、固定头和本体组成，本体按固定头单价计算。

第三节　隧道工程工程量清单计价

一、隧道工程工程量清单项目设置及工程量计算规则

细节解读一：隧道岩石开挖（编码：040401）

隧道岩石开挖工程量清单项目设置及工程量计算规则见表5-5。

表 5-5　隧道岩石开挖（编码：040401）

项目编码	项目名称	项目特征	计量单位	工程量计算规则	工程内容
040401001	平硐开挖				1. 爆破或机械开挖 2. 临时支护 3. 施工排水 4. 弃碴运输 5. 弃碴外运
040401002	斜硐开挖	1. 岩石类别 2. 开挖断面 3. 爆破要求	m³	按设计图示结构断面尺寸乘以长度以体积计算	1. 爆破或机械开挖 2. 临时支护 3. 施工排水 4. 洞内石方运输 5. 弃碴外运
040401003	竖井开挖				1. 爆破或机械开挖 2. 施工排水 3. 弃碴运输 4. 弃碴外运
040401004	地沟开挖	1. 断面尺寸 2. 岩石类别 3. 爆破要求			1. 爆破或机械开挖 2. 弃碴运输 3. 施工排水 4. 弃碴外运

细节解读二：岩石隧道衬砌（编码：040402）

岩石隧道衬砌工程量清单项目设置及工程量计算规则见表 5-6。

表 5-6　岩石隧道衬砌（编码：040402）

项目编码	项目名称	项目特征	计量单位	工程量计算规则	工程内容
040402001	混凝土拱部衬砌				
040402002	混凝土边墙衬砌	1. 断面尺寸 2. 混凝土强度等级、石料最大粒径	m³	按设计图示尺寸以体积计算	1. 混凝土浇筑 2. 养生
040402003	混凝土竖井衬砌				
040402004	混凝土沟道				
040402005	拱部喷射混凝土	1. 厚度 2. 混凝土强度等级、石料最大粒径	m²	按设计图示尺寸以面积计算	1. 清洗岩石 2. 喷射混凝土
040402006	边墙喷射混凝土				
040402007	拱圈砌筑	1. 断面尺寸 2. 材料品种 3. 规格 4. 砂浆强度等级			
040402008	边墙砌筑	1. 厚度 2. 材料品种 3. 规格 4. 砂浆强度等级	m³	按设计图示尺寸以体积计算	1. 砌筑 2. 勾缝 3. 抹灰
040402009	砌筑沟道	1. 断面尺寸 2. 材料品种 3. 规格 4. 砂浆强度			
040402010	洞门砌筑	1. 形状 2. 材料 3. 规格 4. 砂浆强度等级			
040402011	锚杆	1. 直径 2. 长度 3. 类型	t	按设计图示尺寸以质量计算	1. 钻孔 2. 锚杆制作、安装 3. 压浆
040402012	充填压浆	1. 部位 2. 浆液成分强度		按设计图示尺寸以体积计算	1. 打孔、安管 2. 压浆
040402013	浆砌块石	1. 部位 2. 材料 3. 规格 4. 砂浆强度等级	m³	按设计图示回填尺寸以体积计算	1. 调制砂浆 2. 砌筑 3. 勾缝
040402014	干砌块石				1. 砌筑 2. 勾缝
040402015	柔性防水层	1. 材料 2. 规格	m²	按设计图示尺寸以面积计算	防水层铺设

盾构掘进工程量清单项目设置及工程量计算规则见表5-7。

表 5-7　盾构掘进（编码：040403）

项目编码	项目名称	项目特征	计量单位	工程量计算规则	工程内容
040403001	盾构吊装、吊拆	1. 直径 2. 规格、型号	台次	按设计图示数量计算	1. 整体吊装 2. 分体吊装 3. 车架安装
040403002	隧道盾构掘进	1. 直径 2. 规格 3. 形式	m	按设计图示以掘进长度计算	1. 负环段掘进 2. 出洞段掘进 3. 进洞段掘进 4. 正常段掘进 5. 负环管片拆除 6. 隧道内管线路拆除 7. 土方外运
040403003	衬砌压浆	1. 材料品种 2. 配合比 3. 砂浆强度等级 4. 石料最大粒径	m³	按管片外径和盾构壳体外径所形成的充填体积计算	1. 同步压浆 2. 分块压浆
040403004	预制钢筋混凝土管片	1. 直径 2. 厚度 3. 宽度 4. 混凝土强度等级、石料最大粒径	m³	按设计图示尺寸以体积计算	1. 钢筋混凝土管片制作 2. 管片成环试拼（每100环试拼一组） 3. 管片安装 4. 管片场内外运输
040403005	钢管片	材质	t	按设计图示以质量计算	1. 钢管片制作 2. 钢管片安装 3. 管片场内外运输
040403006	钢混凝土复合管片	1. 材质 2. 混凝土强度等级、石料最大粒径	m³	按设计图示尺寸以体积计算	1. 复合管片钢壳制作 2. 复合管片混凝土浇筑 3. 养生 4. 复合管片安装 5. 管片场内外运输
040403007	管片设置密封条	1. 直径 2. 材料 3. 规格	环	按设计图示数量计算	密封条安装
040403008	隧道洞口柔性接缝环	1. 材料 2. 规格	m.	按设计图示以隧道管片外径周长计算	1. 拆临时防水环板 2. 安装、拆除临时止水带 3. 拆除洞口环管片 4. 安装钢环板 5. 柔性接缝环 6. 洞口混凝土环圈
040403009	管片嵌缝	1. 直径 2. 材料 3. 规格	环	按设计图示以数量计算	1. 管片嵌缝 2. 管片手孔封堵

管节顶升、旁通道工程量清单项目设置及工程量计算规则见表5-8。

表 5-8　管节顶升、旁通道（编码：040404）

项目编码	项目名称	项目特征	计量单位	工程量计算规则	工程内容
040404001	管节垂直顶升	1. 断面 2. 强度 3. 材质	m	按设计图示以顶升长度计算	1. 钢壳制作 2. 混凝土浇筑 3. 管节试拼装 4. 管节顶升
040404002	安装止水框、连系梁	材质	t	按设计图示尺寸以质量计算	1. 止水框制作、安装 2. 连系梁制作、安装
040404003	阴极保护装置	1. 型号 2. 规格	组	按设计图示数量计算	1. 恒电位仪安装 2. 阳极安装 3. 阴极安装 4. 参变电极安装 5. 电缆敷设 6. 接线盒安装
040404004	安装取排水头	1. 部位(水中、陆上) 2. 尺寸	个		1. 顶升口揭顶盖 2. 取排水头部安装

项目编码	项目名称	项目特征	计量单位	工程量计算规则	工程内容
040404005	隧道内旁通道开挖	土壤类别	m³	按设计图示尺寸以体积计算	1. 地基加固 2. 管片拆除 3. 支护 4. 土方暗挖 5. 土方运输
040404006	旁通道结构混凝土	1. 断面 2. 混凝土强度等级、石料最大粒径			1. 混凝土浇筑 2. 洞门接口防水
040404007	隧道内集水井	1. 部位 2. 材料 3. 形式	座	按设计图示数量计算	1. 拆除管片建集水井 2. 不拆除管片建集水井
040404008	防爆门	1. 形式 2. 断面	扇		1. 防爆门制作 2. 防爆门安装

细节解读五：隧道沉井（编码：040405）

隧道沉井工程量清单项目设置及工程量计算规则见表 5-9。

表 5-9　隧道沉井（编码：040405）

项目编码	项目名称	项目特征	计量单位	工程量计算规则	工程内容
040405001	沉井井壁混凝土	1. 形状 2. 混凝土强度等级、石料最大粒径		按设计尺寸以井筒混凝土体积计算	1. 沉井砂垫层 2. 刃脚混凝土垫层 3. 混凝土浇筑 4. 养生
040405002	沉井下沉	深度	m³	按设计图示井壁外围面积乘以下沉深度以体积计算	1. 排水挖土下沉 2. 不排水下沉 3. 土方场外运输
040405003	沉井混凝土封底	混凝土强度等级、石料最大粒径		按设计图示尺寸以体积计算	1. 混凝土干封底 2. 混凝土水下封底 3. 混凝土浇筑 4. 养生
040405004	沉井混凝土底板				
040405005	沉井填心	材料品种			1. 排水沉井填心 2. 不排水沉井填心
040405006	钢封门	1. 材质 2. 尺寸	t	按设计图示尺寸以质量计算	1. 钢封门安装 2. 钢封门拆除

细节解读六：地下连续墙（编码：040406）

地下连续墙工程量清单项目设置及工程量计算规则见表 5-10。

表 5-10　地下连续墙（编码：040406）

项目编码	项目名称	项目特征	计量单位	工程量计算规则	工程内容
040406001	地下连续墙	1. 深度 2. 宽度 3. 混凝土强度等级、石料最大粒径		按设计图示长度乘以宽度乘以深度以体积计算	1. 导墙制作、拆除 2. 挖土成槽 3. 锁口管吊拔 4. 混凝土浇筑 5. 养生 6. 土石方场外运输
040406002	深层搅拌桩成墙	1. 深度 2. 孔径 3. 水泥掺量 4. 型钢材质 5. 型钢规格	m³	按设计图示尺寸以体积计算	1. 深层搅拌桩空搅 2. 深层搅拌桩二喷四搅 3. 型钢制作 4. 插拔型钢
040406003	桩顶混凝土圈梁	混凝土强度等级、石料最大粒径			1. 混凝土浇筑 2. 养生 3. 圈梁拆除
040406004	基坑挖土	1. 土质 2. 深度 3. 宽度		按设计图示地下连续墙或围护桩围成的面积乘以基坑的深度以体积计算	1. 基坑挖土 2. 基坑排水

细节解读七：混凝土结构（编码：040407）

混凝土结构工程量清单项目设置及工程量计算规则见表 5-11。

表 5-11　混凝土结构（编码：040407）

项目编码	项目名称	项目特征	计量单位	工程量计算规则	工程内容
040407001	混凝土地梁钢筋混凝土	1. 垫层厚度、材料品种、强度 2. 混凝土强度等级			1. 垫层铺设 2. 混凝土浇筑 3. 养生
040407002	底板	石料最大粒径			
040407003	钢筋混凝土墙	混凝土强度等级、石料最大粒径			
040407004	混凝土衬墙		m³	按设计图示尺寸以体积计算	
040407005	混凝土柱				
040407006	混凝土梁	1. 部位 2. 混凝土强度等级、石料最大粒径			1. 混凝土浇筑 2. 养生
040407007	混凝土平台、顶板				
040407008	隧道内衬弓形底板	1. 混凝土强度等级 2. 石料最大粒径			
040407009	隧道内衬侧墙				
040407010	隧道内衬顶板	1. 形式 2. 规格	m²	按设计图示尺寸以面积计算	1. 龙骨制作、安装 2. 顶板安装
040407011	隧道内支承墙	1. 强度 2. 石料最大粒径	m³	按设计图示尺寸以体积计算	
040407012	隧道内混凝土路面	1. 厚度 2. 强度等级 3. 石料最大粒径	m²	按设计图示尺寸以面积计算	1. 混凝土浇筑 2. 养生
040407013	圆隧道内架空路面				
040407014	隧道内附属结构混凝土	1. 不同项目名称，如楼梯、电缆沟、车道侧石等 2. 混凝土强度等级、石料最大粒径	m³	按设计图示尺寸以体积计算	

细节解读八：沉管隧道（编码：040408）

沉管隧道工程量清单项目设置及工程量计算规则见表 5-12。

表 5-12　沉管隧道（编码：040408）

项目编码	项目名称	项目特征	计量单位	工程量计算规则	工程内容
040408001	预制沉管底垫层	1. 规格 2. 材料 3. 厚度	m³	按设计图示尺寸以沉管底面积乘以厚度以体积计算	1. 场地平整 2. 垫层铺设
040408002	预制沉管钢底板	1. 材质 2. 厚度	t	按设计图示尺寸以质量计算	钢底板制作、铺设
040408003	预制沉管混凝土板底				1. 混凝土浇筑 2. 养生 3. 底板预埋注浆管
040408004	预制沉管混凝土侧墙	混凝土强度等级、石料最大粒径	m³	按设计图示尺寸以体积计算	1. 混凝土浇筑 2. 养生
040408005	预制沉管混凝土顶板				
040408006	沉管外壁防锚层	1. 材质品种 2. 规格	m²	按设计图示尺寸以面积计算	铺设沉管外壁防锚层
040408007	鼻托垂直剪力键	材质			1. 钢剪力键制作 2. 剪力键安装
040408008	端头钢壳	1. 材质、规格 2. 强度 3. 石料最大粒径	t	按设计图示尺寸以质量计算	1. 端头钢壳制作 2. 端头钢壳安装 3. 混凝土浇筑
040408009	端头钢封门	1. 材质 2. 尺寸			1. 端头钢封门制作 2. 端头钢封门安装 3. 端头钢封门拆除

项目编码	项目名称	项目特征	计量单位	工程量计算规则	工程内容
040408010	沉管管段浮运临时供电系统	规格	套	按设计图示管段数量计算	1. 发电机安装、拆除 2. 配电箱安装、拆除 3. 电缆安装、拆除 4. 灯具安装、拆除
040408011	沉管管段浮运临时供排水系统				1. 泵阀安装、拆除 2. 管路安装、拆除
040408012	沉管管段浮运临时通风系统				1. 进排风机安装、拆除 2. 风管路安装、拆除
040408013	航道疏浚	1. 河床土质 2. 工况等级 3. 疏浚深度		按河床原断面与管段浮运时设计断面之差以体积计算	1. 挖泥船开收工 2. 航道疏浚挖泥 3. 土方驳运、卸泥
040408014	沉管河床基槽开挖	1. 河床土质 2. 工况等级 3. 挖土深度		按河床原断面与槽设计断面之差以体积计算	1. 挖泥船开收工 2. 沉管基槽挖泥 3. 沉管基槽清淤 4. 土方驳运、卸泥
040408015	钢筋混凝土块沉石	1. 工况等级 2. 沉石深度	m³	按设计图示尺寸以体积计算	1. 预制钢筋混凝土块 2. 装船、驳运、定位沉石 3. 水下铺平石块
040408016	基槽抛铺碎石	1. 工况等级 2. 石料厚度 3. 铺石深度			1. 石料装运 2. 定位抛石 3. 水下铺平石料
040408017	沉管管节浮运	1. 单节管段质量 2. 管段浮运距离	kt·m	按设计图示尺寸和要求以沉管管段质量和浮运距离的复合单位计算	1. 干坞放水 2. 管段起浮定位 3. 管段浮运 4. 加载水箱制作、安装、拆除 5. 系缆柱制作、安装、拆除
040408018	管段沉放连接	1. 单节管段质量 2. 管段下沉深度	节	按设计图示数量计算	1. 管段定位 2. 管段压水下沉 3. 管段端面对接 4. 管节拉合
040408019	砂肋软体排覆盖	1. 材料品种 2. 规格	m²	按设计图示尺寸以沉管顶面积加侧面外表面积计算	水下覆盖软体排
040408020	沉管水下压石		m³	按设计图示尺寸以顶、侧压石的体积计算	1. 装石船开收工 2. 定位抛石、卸石 3. 水下铺石
040408021	沉管接缝处理	1. 接缝连接形式 2. 接缝长度	条	按设计图示数量计算	1. 接缝拉合 2. 安装止水带 3. 安装止水钢板 4. 混凝土浇筑
040408022	沉管底部压浆固封充填	1. 压浆材料 2. 压浆要求	m³	按设计图示尺寸以体积计算	1. 制浆 2. 管底压浆 3. 封孔

二、隧道工程工程量清单计算说明

（1）岩石隧道开挖分为平硐、斜硐、竖井和地沟开挖。平硐指隧道轴线与水平线之间的夹角在5°以内的；斜硐指隧道轴线与水平线之间的夹角在5°～30°；竖井指隧道轴线与水平线垂直的；地沟指隧道内地沟的开挖部分。隧道开挖的工程内容包括：开挖、临时支护、施工排水、弃渣的洞内运输外运弃置等全部内容。清单工程量按设计图示尺寸以体积计算，超挖部分由投标者自行考虑在组价内。是采用光面爆破还是一般爆破，除招标文件另有规定外，均由投标者自行决定。

（2）岩石隧道衬砌包括混凝土衬砌和块料衬砌，按拱部、边墙、竖井、沟道分别列项。清单工程量按设计图示尺寸计算，如设计要求超挖回填部分要以与衬砌同质混凝土来回填的，则这部分回填量由投标者在组价中考虑。如超挖回填设计用浆砌块石和干砌块石回填的，则按设计要求另列清单项目，其清单工程量按设计的回填量以体积计算。

（3）隧道沉井的井壁清单工程量按设计尺寸以体积计算。工程内容包括制作沉井的砂垫层、刃脚混凝土垫层、刃脚混凝土浇筑、井壁混凝土浇筑、框架混凝土浇筑、养护等全部内容。

（4）地下连续墙的清单工程量按设计的长度乘厚度乘深度以体积计算。工程内容包括导墙制作拆除、挖方成槽、锁口管吊拔、混凝土浇筑、养护、土石方场外运输等全部内容。

（5）沉管隧道是新增加的项目，其实体部分包括沉管的预制、河床基槽开挖、航道疏浚、浮运、沉管、下沉连接、压石稳管等，且均设立了相应的清单项目。但预制沉管的预制场地没有列清单项目，沉管预制场地一般有用干坞（相当于船厂的船坞）或船台来作为预制场地；这是属于施工手段和方法部分，这部分可列为措施项目。

第四节　计算示例

【例 5-1】　某道路隧道长 150m，洞口桩号为 3＋400 和 3＋550，其中 3＋430～3＋480 段岩石为普坚土，此段隧道的设计断面如图 5-1 所示，设计开挖断面面积为 68.50m²，拱部衬砌断面面积为 10.17m²，边墙厚为 600mm，混凝土强度等级为 C20，边墙断面面积 3.638m²，采用光面爆破，全断面开挖，开挖出的废渣运至距洞口 900m 处弃场弃置，运输时用挖掘机装渣，自卸汽车运输，模板采用钢模板，钢模架。

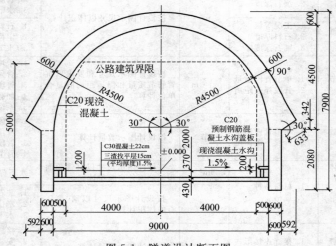

图 5-1　隧道设计断面图

解：计算结果见表 5-13～表 5-18。

表 5-13　分部分项工程量清单

工程名称：某隧道工程　　　　0＋430～0＋480 段开挖及衬砌　　　　　　　　　　第　页　共　页

序号	项目编码	项目名称	计量单位	工程数量
1	040401001001	平硐开挖普坚石，设计断面 68.50m²，光面爆破	m³	3425.00
2	040402001001	混凝土拱部衬砌拱顶厚 600mm×C20 混凝土	m³	508.5
3	040402002001	混凝土边墙衬砌厚 600mm×C20 混凝土	m³	168.00

表 5-14　分部分项工程量清单计价表

工程名称：某隧道工程　　　　　　　　　　　　　　　　　　　　　　　　　　　第　页　共　页

序号	项目编码	项目名称	项目特征	计量单位	工程数量	综合单价	合价	其中：暂估价
						金额/元		
1	040401001001	平硐开挖普坚石	1. 全断面开挖，光面爆破 2. 平硐出渣，机械装自卸汽车运输，运距 1000m 之内	m³	3496.50	66.22	229750.29	
2	040402001001	混凝土拱部衬砌	1. 拱部衬砌混凝土（拱顶厚 600mm，C20） 2. C20 混凝土	m³	637.50	399.65	254776.88	

序号	项目编码	项目名称	项目特征	计量单位	工程数量	金额/元		
						综合单价	合价	其中:暂估价
3	040402002001	混凝土边墙衬砌	1. 平硐边墙衬砌混凝土（拱顶厚 600mm，C20） 2. C20 混凝土	m³	202.00	374.79	75707.58	
	本页小计						560234.75	

注：根据原建设部、财政部发布的《建筑安装工程费用组成》（建标［2003］206 号）的规定，为记取规费行装的使用，可以在表中增设"其中：直接费、人工费或人工费＋机械费"。

表 5-15　工程量清单综合单价分析表（1）

项目编码	040401001001		项目名称	平硐开挖普坚石		计量单位		m³

清单综合单价组成明细

定额编号	定额名称	定额单位	数量	单价				合价			
				人工费	材料费	机械费	管理费和利润	人工费	材料费	机械费	管理费和利润
4-20	平硐全断面开挖（普坚石，设计断面尺寸66.67m²），光面爆破	100m³	0.01	10.00	6.70	19.74	7.65	10.00	6.70	19.74	7.65
4-54	平硐出渣（机械装自卸汽车运输，运距1000m 以内）	10m³	0.01	0.25		18.05	3.84	0.25		18.04	3.84
人工单价					小计			10.25	6.70	37.78	11.49
综合工日 55 元/工日					未计价材料费						
清单项目综合单价								66.22			

材料费明细	主要材料名称、规格、型号		单位	数量	单价/元	合价/元	暂估单价/元	暂估合价/元
	（略）							
	其他材料费					—		—
	材料费小计					—		—

表 5-16　工程量清单综合单价分析表（2）

项目编码	040402001001		项目名称	混凝土拱部衬砌		计量单位		m³

清单综合单价组成明细

定额编号	定额名称	定额单位	数量	单价				合价			
				人工费	材料费	机械费	管理费和利润	人工费	材料费	机械费	管理费和利润
4-91	拱部衬砌混凝土（拱顶厚 600mm，C20）	10m³	0.1	70.92	1.04	13.71	17.99	70.92	1.04	13.71	17.99
	C20 混凝土	10m³	0.1		244.62		51.37		244.62		51.37
人工单价					小计			70.92	245.66	13.71	69.36
综合工日 55 元/工日					未计价材料费						
清单项目综合单价								399.65			

材料费明细	主要材料名称、规格、型号		单位	数量	单价/元	合价/元	暂估单价/元	暂估合价/元
	（略）							
	其他材料费					—		—
	材料费小计					—		—

表 5-17　工程量清单综合单价分析表（3）

项目编码	040402002001		项目名称			混凝土边墙衬砌			计量单位		m³

清单综合单价组成明细

定额编号	定额名称	定额单位	数量	单价				合价			
				人工费	材料费	机械费	管理费和利润	人工费	材料费	机械费	管理费和利润
4-109	平硐边墙衬砌混凝土（拱顶厚 600mm，C20）	10m³	0.1	53.59	0.92	10.61	13.68	53.59	0.92	10.61	13.68
	C20 混凝土	10m³	0.1		244.62		51.37		244.62		51.37
	人工单价				小计			53.59	245.54	10.61	65.05
	综合工日 55 元/工日				未计价材料费						
	清单项目综合单价								374.79		

材料费明细	主要材料名称、规格、型号			单位	数量	单价/元	合价/元	暂估单价/元	暂估合价/元
	（略）								
	其他材料费						—		—
	材料费小计						—		—

表 5-18　措施项目清单计价表

工程名称：某隧道工程　　　　　　　　　　　　　　　　　　　　　　　　　第　页　共　页

序号	项目编码	项目名称	项目特征	计量单位	工程量	金额/元	
						综合单价	合价
		洞内施工的通风、供水、供气、供电、照明及通信设施					
1	4-64	洞内施工的通风、供水、供气、供电、照明及通信设施	洞内通风管安拆年摊销	m	90.00	3827.61	
2	4-70	洞内施工的通风、供水、供气、供电、照明及通信设施	洞内水管安拆年摊销	m	250.00	6101.95	
3	4-76	洞内施工的通风、供水、供气、供电、照明及通信设施	洞内水管安拆年摊销	m	250.00	14391.15	
4	4-78	洞内施工的通风、供水、供气、供电、照明及通信设施	洞内照明电路架设、拆除年摊销	m	300.00	22985.85	
5	4-80	洞内施工的通风、供水、供气、供电、照明及通信设施	洞内动力电路架设、拆除年摊销	m	250.00	17319.25	
		模板					
6	4-93	模板	拱部衬砌模板（钢模板）	m²	706.50	45338.62	
7	4-111	模板	边墙衬砌模板（钢模板）	m²	280.00	11926.78	
		本页小计				121891.21	
		合计				121891.21	

注：本表适用于以综合单价形式计价的措施项目。

第六章

解读市政管网工程工程量计算

第一节 市政管网工程定额工作内容及相关规定

一、市政管网工程定额工作内容

细节解读一：给水工程

1. 管道安装

管道安装定额内容包括铸铁管、混凝土管、塑料管安装、铸铁管及钢管新旧管连接，管道试压，消毒冲洗。

（1）承插铸铁管安装（青铅接口）的工作内容：检查及清扫管材、切管、管道安装、化铅、打麻、打铅口。

（2）承插铸铁管安装（石棉水泥接口、膨胀水泥接口）的工作内容：检查及清扫管材、切管、管道安装、调制接口材料、接口、养护。

（3）承插、球墨铸铁管安装（胶圈接口）的工作内容：检查及清扫管材、切管、管道安装、上胶圈。

（4）预应力（自应力）混凝土管安装（胶圈接口）的工作内容：检查及清扫管材、管道安装、上胶圈、对口、调直、牵引。

（5）塑料管安装（粘接）的工作内容：检查及清扫管材、管道安装、对口、调直。

（6）塑料管安装（胶圈接口）的工作内容：检查及清扫管材、管道安装、上胶圈、对口、调直。

（7）铸铁管新旧管连接（青铅接口）的工作内容：定位、断管、临时加固、安装管件、化铅、塞麻、打口、通水试验。

（8）铸铁管新旧管连接（石棉水泥接口、膨胀水泥接口）的工作内容：定位、断管、安装管件、接口、临时加固、通水试验。

（9）钢管新旧管连接（焊接）的工作内容：定位、断管、安装管件、临时加固、通水试验。

（10）管道试压的工作内容：制堵盲板、安拆打压设备、灌水加压、清理现场。

（11）管道消毒冲洗的工作内容：溶解漂白粉、灌水消毒、冲洗。

2. 管道内防腐

管道内防腐定额内容包括铸铁管、钢管的地面离心机械内涂防腐人工内涂防腐。

（1）铸铁管（钢管）地面离心机械内涂的工作内容：刮管、冲洗、内涂、搭拆工作台。

（2）铸铁管（钢管）地面人工内涂的工作内容：清理管腔、搅拌砂浆、抹灰、成品堆放。

3. 管件安装

管件安装定额内容包括铸铁管件、承插式预应力混凝土转换件、塑料管件、分水栓、马鞍卡子、二合三通、铸铁穿墙管、水表安装。

（1）铸铁管件安装（青铅接口）的工作内容：切管、管口处理、管件安装、化铅、接口。

（2）铸铁管件安装（石棉水泥接口、膨胀水泥接口）的工作内容：切管、管口处理、管件安装、调制接口材料、接口、养护。

（3）铸铁管件安装（胶圈接口）的工作内容：选胶圈、清洗管口、上胶圈。

（4）承插式预应力混凝土转换件安装（石棉水泥接口）的工作内容：管件安装、接口、养护。

（5）塑料管件安装的工作内容

① 黏结：切管、坡口、清理工作面、管件安装。

② 胶圈：切管、坡口、清理工作面、管件安装、上胶圈。

（6）分水栓安装的工作内容：定位、开关阀门、开孔、接驳、通水试验。

（7）马鞍卡子安装的工作内容：定位、安装、钻孔、通水试验。

（8）二合三通安装的工作内容：管口处理、定位、安装、钻孔、接口、通水试验。

（9）铸铁穿墙管安装的工作内容：切管、管件安装、接口、养护。

（10）法兰式水表组成与安装（有旁通管有止回阀）的工作内容：清洗检查、焊接、制垫加垫、水表、阀门安装、上螺栓。

4. 管道附属构筑物

管道附属构筑物定额内容包括砖砌圆形阀门井、砖砌矩形卧式阀门井、砖砌矩形水表井、消火栓井、圆形排泥湿井、管道支墩工程。

（1）砖砌圆形阀门井的工作内容：混凝土搅拌、浇捣、养护、砌砖、勾缝、安装井盖。

（2）砖砌矩形卧式阀门井、矩形水表井的工作内容：混凝土搅拌、浇捣、养护、砌砖、抹水泥砂浆、勾缝、安装盖板、安装井盖。

（3）消火栓井的工作内容：混凝土搅拌、浇捣、养护、砌砖、勾缝、安装井盖。

（4）圆形排泥湿井的工作内容：混凝土搅拌、浇捣、养护、砌砖、抹水泥砂浆、勾缝、安装井盖。

（5）管道支墩（挡墩）的工作内容：混凝土搅拌、浇捣、养护。

5. 取水工程

取水工程定额内容包括大口井内套管安装、辐射井管安装、钢筋混凝土渗渠管制作安装、渗渠滤料填充。

（1）大口井内套管安装的工作内容：套管、盲板安装、接口、封闭。

（2）辐射井管安装的工作内容：钻孔、井内辐射管安装、焊接、顶进。

（3）钢筋混凝土渗渠管制作安装的工作内容：混凝土搅拌、浇捣、养护、渗渠安装、连接找平。

（4）渗渠滤料填充的工作内容：筛选滤料、填充、整平。

细节解读二：排水工程

1. 定型混凝土管道基础及铺设

定型混凝土管道基础及铺设定额包括混凝土管道基础、管道铺设、管道接口、闭水试验、管道出水口，是依《给水排水标准图集》（1996）合订本 32 计算的。适用于市政工程雨水、污水及合流混凝土排水管道工程。

（1）定型混凝土管道基础的工作内容：配料、搅拌混凝土、捣固、养护、材料场内运输。

（2）混凝土管道铺设的工作内容：排管、下管、调直、找平、槽上搬运。

（3）排水管道接口的工作内容

① 排水管道平（企）接口、预制混凝土外套环接口、现浇混凝土套环接口：清理管口、调运砂浆、填缝、抹带、压实、养护。

② 变形缝：清理管口、搅捣混凝土、筛砂、调制砂浆、熬制沥青、调配沥青麻丝、填塞、安放止水带、内外抹口、压实、养护。

③ 承插接口：清理管口、调运砂浆、填缝、抹带、压实、养护。

④ 陶土管水泥砂浆接口：清理管口、调运砂浆、抹带、压实、养生、填缝。

（4）管道闭水试验的工作内容：调制砂浆、砌堵、抹灰、注水、排水、拆堵、清理现场等。

（5）排水管道出水口的工作内容

① 砖砌：清底、铺装垫层、混凝土搅拌、浇筑、养护、调制砂浆、砌砖、抹灰、勾缝、材料运输。

② 石砌：清底、铺装垫层、混凝土搅拌、浇筑、养护、调制砂浆、砌石、抹灰、勾缝、材料运输。

2. 定型井

定型井包括各种定型的砖砌检查井、收水井，适用于 D700～D2400 间混凝土雨水、污水及合流管道所设的检查井和收水井。

定型井的工作内容：混凝土搅拌、捣固、抹平、养护、调制砂浆、砌筑、抹灰、勾缝，井盖、井座、爬梯安装，材料场内运输等。

3. 非定型井、渠、管道基础及砌筑

定额包括非定型井、渠、管道及构筑物垫层、基础，砌筑，抹灰，混凝土构件的制作、安装，检查井筒砌筑等。适用于本册定额各章节非定型的工程项目。

（1）非定型井垫层的工作内容

① 砂石垫层：清基、挂线、拌料、摊铺、找平、夯实、检查标高、材料运输等。

② 混凝土垫层：清基、挂线、配料、搅拌、捣固、抹平、养护、材料运输。

（2）非定型井砌筑及抹灰的工作内容

① 砌筑：清理现场、配料、混凝土搅拌、养护、预制构件安装、材料运输。

② 勾缝及抹灰：清理墙面、筛砂、调制砂浆、勾缝、抹灰、清扫落地灰、材料运输等。

③ 井壁（墙）凿洞：凿洞、拌制砂浆、接管口、补齐管口、抹平墙面、清理场地。

（3）非定型井井盖（算）制作、安装的工作内容包括：配料、混凝土搅拌、捣固、抹面、养护、材料场内运输等。

（4）非定型渠（管）道垫层及基础的工作内容

① 垫层：配料、混凝土搅拌、捣固、抹面、养护、材料场内运输等。

② 渠（管）道基础。

a. 平基、负拱基础：清底、挂线、调制砂浆、选砌砖石、抹平、夯实、混凝土搅拌、捣固、养护、材料运输、清理场地等。

b. 混凝土枕基、管座：清理现场、配料混凝土搅捣、养护、预制构件安装、材料运输。

（5）非定型渠道砌筑的工作内容

① 墙身、拱盖：清理基底、调制砂浆、筛砂、挂线砌筑，清整墙面、材料运输、清整场地。

② 现浇混凝土方沟：混凝土搅拌、捣固、养护、材料运输。

③ 砌筑墙帽：调制拌和砂浆、砌筑、清整场地、混凝土搅捣、养护、材料运输、清理场地。

（6）非定型渠道抹灰与勾缝的工作内容

① 抹灰：润湿墙面、调拌砂浆、抹灰、材料运输、清理场地。

② 勾缝：清理墙面、调拌砂浆、砌堵脚手孔、勾缝、材料运输、清理场地。

（7）渠道沉降缝的工作内容

① 二毡三油、二布三油：熬制、裁料、涂刷底油、配料、拌制、铺贴安装、材料运输、清

理场地。

② 油浸麻丝、建筑油膏、预埋橡胶止水带、预埋塑料止水带：熬制沥青、调配沥青麻丝、填塞、裁料、涂刷底油、铺贴安装、材料运输、清理场地。

（8）钢筋混凝土盖板、过梁的预制安装的工作内容

① 预制：配料、混凝土搅拌、运输、捣固、抹面、养护。

② 安装：构件提升、就位、固定、铺底灰、调配砂浆、勾抹缝隙。

（9）混凝土管截断的工作内容：清扫管内杂物、画线、凿管、切断等操作过程。

（10）检查井筒砌筑的工作内容：调制砂浆、盖板以上的井筒砌筑、勾缝、爬梯、井盖、井座安装、场内材料运输等。

（11）方沟闭水试验的工作内容：调制砂浆、砌砖堵、抹面、接（拆）水管、拆堵、材（废）料运输。

4. 顶管工程

顶管工程包括工作坑土方、人工挖土顶管、挤压顶管，混凝土方（拱）管涵顶进，不同材质不同管径的顶管接口等项目，适用于雨、污水管（涵）以及外套管的不开槽顶管工程项目。

（1）工作坑、交汇坑土方及支撑安拆的工作内容

① 人工挖工作坑、交汇坑土方：人工挖土、少先吊配合吊土、卸土，场地清理。

② 工作坑支撑设备安拆、接收坑支撑安拆：备料、场内运输、支撑安拆、整理、指定地点堆放。

（2）顶进后座及坑内平台安拆的工作内容

① 枋木后座：安拆顶进后座、安拆人工操作平台及千斤顶平台、清理现场。

② 钢筋混凝土后座：模板制、安、拆，钢筋除锈、制作、安装，混凝土拌和、浇捣、养护，安拆钢板后靠，搭拆人工操作平台及千斤顶平台，拆除混凝土后座，清理现场。

（3）泥水切削机械及附属设施安拆的工作内容：安拆工具管、千斤顶、顶铁、油泵、配电设备、进水泵、出泥泵、仪表操作台、油管闸阀、压力表、进水管、出泥管及铁梯等全部工序。

（4）中继间安拆的工作内容：安装、吊卸中继间，装油泵、油管，接缝防水，拆除中继间内的全部设备，吊出井口。

（5）顶进触变泥浆减阻的工作内容：安拆操作机械，取料、拌浆、压浆、清理。

（6）封闭式顶进的工作内容：卸管、接拆进水管、出泥浆管、照明设备，掘进、测量纠偏，泥浆出坑，场内运输等。

（7）混凝土管顶进的工作内容：下管、固定胀圈，安、拆、换顶铁，挖、运、吊土，顶进，纠偏。

（8）钢管顶进的工作内容：修整工作坑、安拆顶管设备，下管、切口、焊口，安、拆、换顶铁，挖、运、吊土，顶进，纠偏。

（9）挤压顶进的工作内容：修整工作坑、安拆顶管设备，下管、接口，安、拆、换顶铁，挖、运、吊土，顶进，纠偏。

（10）方（拱）涵顶进的工作内容

① 顶进：修整工作坑、安拆顶管设备，下方（拱）涵，安、拆、换顶铁，挖、运、吊土，顶进，纠偏。

② 接口：熬制沥青玛碲脂、裁油毡，制填石棉水泥，抹口。

（11）混凝土管顶管平口管接口的工作内容：配制沥青麻丝，拌和砂浆，填、打（打）管口，材料运输。

（12）混凝土管顶管企口管接口的工作内容

① 沥青麻丝膨胀水泥接口、沥青麻丝石棉水泥接口：配制沥青麻丝，拌和砂浆，填、打（打）管口，材料运输。

② 橡胶垫板膨胀水泥接口、橡胶垫板石棉水泥接口：清理管口，调配嵌缝及黏结材料，制粘垫板，打（抹）内管口，材料运输。

（13）顶管接口外套环的工作内容：清理接口，安放"O"形橡胶圈、安放钢制外套环，刷环氧沥青漆。

（14）顶管接口内套环的工作内容：配制沥青麻丝、拌和砂浆、安装内套环填抹（打）管口、材料运输。

（15）顶管钢板套环制作的工作内容：画线、下料、坡口、压头、卷圆、找圆、组对、点焊、焊接、除锈、刷油、场内运输等。

5. 给排水构筑物

关于给排水构筑物的说明。定额包括沉井、现浇钢筋混凝土池、预制混凝土构件、折（壁）板、滤料铺设、防水工程、施工缝、井池渗漏试验等项目。

（1）沉井的工作内容

① 沉井垫木、灌砂。

a. 垫木：人工挖槽弃土，铺砂、洒水、夯实、铺设和抽除垫木，回填砂。

b. 灌砂：人工装、运、卸砂，人工灌、捣砂。

c. 砂垫层：平整基坑、运砂、分层铺平、浇水、振实。

d. 混凝土垫层：配料、搅捣、养护、凿除混凝土垫层。

② 沉井制作：混凝土搅拌、浇捣、抹平、养护、场内材料运输。

③ 沉井下沉：搭拆平台及起吊设备、挖土、吊土、装车。

（2）现浇钢筋混凝土池的工作内容

① 池底、池壁、柱梁、池盖、板、池槽、设备基础：混凝土搅拌、浇捣、养护、场内材料运输。

② 导流壁、筒：调制砂浆、砌砖、场内材料运输。

③ 其他现浇钢筋混凝土构件：混凝土搅拌、运输、浇捣、养护、场内材料运输。

（3）预制混凝土构件的工作内容

① 构件制作：混凝土搅拌、运输、浇捣、养护、场内材料运输。

② 构件安装：安装就位、找正、找平、清理、场内材料运输。

（4）折板、壁板制作安装的工作内容

① 折板安装：找平、找正、安装、固定、场内材料运输。

② 壁板制作安装。

a. 木制壁板制作安装：木壁板制作，刨光企口，接装及各种铁件安装。

b. 塑料壁板制作安装：画线、下料、拼装及各种铁件安装等。

（5）滤料铺设的工作内容包括：筛、运、洗砂石，清底层，挂线，铺设砂石，整形找平等。

（6）防水工程的工作内容包括：清扫及烘干基层，配料，熬油，清扫油毡，砂子筛洗；调制砂浆，抹灰找平，压光压实，场内材料运输。

（7）施工缝的工作内容

① 熬制沥青、玛碲脂，调配沥青麻丝、浸木丝板、拌和沥青砂浆，填塞、嵌缝、灌缝，材料场内运输等。

② 氯丁橡胶片止水带、预埋式紫铜板止水片、聚氯乙烯胶泥、预埋式止水带橡胶、预埋式止水带塑料、铁皮盖缝平面、铁皮盖缝立面；清缝、隔纸、剪裁、焊接成型、涂胶、铺砂、熬灌胶泥等；止水带制作，接头安装。

（8）井、池渗漏试验的工作内容包括：准备工具、灌水、检查、排水、现场清理等。

6. 给排水机械设备安装

给排水机械设备安装适用于给水厂、排水泵站及污水处理厂新建、扩建建设项目的专用设备安装。通用机械设备安装应套用《全国统一安装工程预算定额》有关专业册的相应项目。

（1）拦污及提水设备的工作内容

① 格栅的制作安装：放样、下料、调直、打孔、机加工、组对、点焊、成品校正、除锈刷油。

② 格栅除污机、滤网清污机、螺旋泵：开箱点件、基础画线、场内运输、设备吊装就位、一次灌浆、精平、组装，附件组装、清洗、检查、加油，无负荷试运转。

（2）投药、消毒处理设备的工作内容

① 加氯机：开箱点件、基础画线、场内运输、固定、安装。

② 水射器：开箱点件、场内运输、制垫、安装、找平、加垫、紧固螺栓。

③ 管式混合器：外观检查、点件、安装、找平、制垫、加垫、紧固螺栓、水压试验。

④ 搅拌机械：开箱点件、基础画线、场内运输、设备吊装就位、一次灌浆、精平、组装，附件组装、清洗、检查、加油，无负荷试运转。

（3）水处理设备的工作内容

① 曝气器：外观检查、场内运输、设备吊装就位、安装、固定、找平、找正调试。

② 布气管安装：切管、坡口、调直、对口、挖眼接管、管道制作安装、盲板制作安装、水压试验、场内运输。

③ 曝气机、生物转盘：开箱点件、基础画线、场内运输、设备吊装就位、一次灌浆、精平、组装，附件组装、清洗、检查、加油，无负荷试运转。

（4）排泥、撇渣和除砂机械的工作内容

① 行车式吸泥机、行车式提板刮泥撇渣机：开箱点件、场内运输、枕木堆搭设，主梁组对、吊装，组件安装，无负荷试运转。

② 链条牵引式刮泥机：开箱点件、基础画线、场内运输、设备吊装就位、精平、组装，附件组装、清洗、检查、加油，无负荷试运转。

③ 悬挂式中心传动刮泥机：开箱点件、基础画线、场内运输、枕木堆搭设，主梁组对、主梁吊装就位，精平组装，附件组装、清洗、检查、加油，无负荷试运转。

④ 垂架式中心传动刮、吸泥机，周边传动吸泥机：开箱点件、基础画线、场内运输、8t 汽车吊进出池子，枕木堆搭设，脚手架搭设，设备组装，附件组装、清洗、检查、加油，无负荷试运转。

⑤ 澄清池机械搅拌刮泥机：开箱点件、基础画线、场内运输、设备吊装、一次灌浆、精平组装，附件组装、清洗、检查、加油，无负荷试运转。

⑥ 钟罩吸泥机：开箱点件、基础画线、场内运输、设备吊装，精平组装，附件组装、清洗、检查、加油，无负荷试运转。

（5）污泥脱水机械的工作内容：开箱点件、基础画线、场内运输、设备吊装、一次灌浆、精平组装，附件组装、清洗、检查、加油，无负荷试运转。

（6）闸门及驱动装置的工作内容：开箱点件、基础画线、场内运输、闸门安装，找平、找正，试漏，试运转。

（7）其他工作内容

① 集水槽。

a. 集水槽制作：放样、下料、折边、铣孔、法兰制作、组对、焊接、酸洗、材料场内运输等。

b. 集水槽安装：清基、放线、安装、固定、场内运输等。

② 堰板。

a. 齿型堰板制作：放样、下料、钻孔、清理、调直、酸洗、场内运输等。

b. 齿型堰板安装：清基、放线、安装就位、固定、焊接或黏结、场内运输等。

③ 穿孔管钻孔：切管、画线、钻孔、场内材料运输等。

④ 斜板、斜管安装：斜板、斜管铺装，固定，场内材料运输等。

⑤ 地脚螺栓孔灌浆：清扫、冲洗地脚螺栓孔、筛洗砂石、人工搅拌、捣固、找平、养护。

⑥ 设备底座与基础间灌浆：清扫、冲洗设备底座基础、制作和安装拆除模板、筛选砂石、人工搅拌、捣固、抹平、养护。

7. 模板、钢筋、井字架工程

模板、钢筋、井字架工程定额包括现浇、预制混凝土工程所用不同材质模板的制、安、拆，钢筋、铁件的加工制作，井字脚手架等项目。

（1）现浇混凝土模板工程的工作内容

① 基础：模板制作、安装、拆除，清理杂物、刷隔离剂、整理堆放、场内外运输。

② 构筑物及池类、管、渠道及其他：模板安装、拆除，涂刷隔离剂、清杂物、场内外运输等。

（2）预制混凝土模板工程的工作内容：工具式钢模板安装、清理、刷隔离剂、拆除、整理堆放、场内运输。

（3）钢筋（铁件）的工作内容

① 现浇、预制构件钢筋：钢筋解捆、除锈、调直、下料、弯曲，点焊、除渣，绑扎成型、运输入模。

② 预应力钢筋。

a. 先张法：制作、张拉、放张、切断等。

b. 后张法及钢筋束：制作、编束、穿筋、张拉、孔道灌浆、锚固、放张、切断等。

③ 预埋铁件制作、安装：加工、制作、埋设、焊接固定。

（4）井字架的工作内容

① 木制：木脚手杆安装、铺翻板子、拆除、堆放整齐、场内运输。

② 钢管：各种扣件安装、铺翻板子、拆除、场内运输。

细节解读三：燃气与集中供热工程

1. 管道安装

管道安装包括碳钢管、直埋式预制保温管、碳素钢板卷管、铸铁管（机械接口）、塑料管以及套管内铺设钢板卷管和铸铁管（机械接口）等各种管道安装。

（1）碳钢管安装的工作内容：切管、坡口、对口、调直、焊接、找坡、找正、安装等操作过程。

（2）直埋式预制保温管安装的工作内容：收缩带下料、制塑料焊条、坡口及磨平、组对、安装、焊接、套管连接、找正、就位、固定、塑料焊、人工发泡、做收缩带、防毒等操作过程。

（3）碳素钢板卷管安装的工作内容：切管、坡口、对口、调直、焊接、找坡、找正、直管安装等操作过程。

（4）活动法兰承插铸铁管安装（机械接口）的工作内容：上法兰、胶圈、紧螺栓、安装、试压等操作过程。

（5）塑料管安装的工作内容

① 塑料管安装（对接熔接）：管口切削、对口、升温、熔接等操作过程。

② 塑料管安装（电熔管件熔接）：管口切削、上电熔管件、升温、熔接等操作过程。

（6）套管内铺设钢板卷管：铺设工具制作安装、焊口、直管安装、牵引推进等操作过程。

2. 管件制作、安装

管件制作、安装定额包括碳钢管件制作、安装，铸铁管件安装、盲（堵）板安装、钢塑过渡接头安装，防雨环帽制作与安装等。

（1）焊接弯头制作的工作内容：量尺寸、切管、组对、焊接成型、成品码垛等操作过程。

（2）弯头（异径管）安装的工作内容：切管、管口修整、坡口、组对安装、点焊、焊接等操作过程。

（3）三通安装的工作内容：切管、管口修整、坡口、组对安装、点焊、焊接等操作过程。

（4）挖眼接管的工作内容：切割、坡口、组对安装、点焊、焊接等操作过程。

（5）钢管煨弯的工作内容

① 机械煨弯：画线、涂机油、上管压紧、煨弯、修整等操作过程。

② 中频弯管机煨弯：画线、涂机油、上胎具、加热、煨弯、下胎具、成品检查等操作过程。

（6）铸铁管件安装（机械接口）的工作内容：管口处理、找正、找平，上胶圈、法兰，紧螺栓等操作过程。

（7）盲（堵）板安装的工作内容：切管、坡口、对口、焊接、上法兰、找平、找正，制、加垫，紧螺栓、压力试验等操作过程。

（8）钢塑过渡接头安装的工作内容：钢管接头焊接、塑料管接头熔接等操作过程。

（9）防雨环帽制作、安装的工作内容

① 制作：包括放样、下料、切割、坡口、卷圆、找圆、组对、点焊、焊接等操作过程。

② 安装：包括吊装、组对、焊接等操作过程。

（10）直埋式预制保温管管件安装的工作内容：收缩带下料、制塑料焊条，切、坡口及打磨、组对、安装、焊接，连接套管、找正、就位、固定、塑料焊、人工发泡、做收缩带防毒等操作过程。

3. 法兰阀门安装

法兰阀门安装包括法兰安装，阀门安装，阀门解体、检查、清洗、研磨，阀门水压试验、操纵装置安装等。

（1）法兰安装的工作内容

① 平焊法兰、对焊法兰：切管、坡口、组对、制加垫、紧螺栓、焊接等操作过程。

② 绝缘法兰：切管、坡口、组对、制加绝缘垫片、垫圈，制加绝缘套管、组对、紧螺栓等操作过程。

（2）阀门安装的工作内容

① 焊接法兰阀门安装：制加垫、紧螺栓等操作过程。

② 低压（中压）齿轮、电动传动阀门安装：除锈、制加垫、吊装、紧螺栓等操作过程。

（3）阀门水压试验的工作内容：除锈、切管、焊接、制加垫、固定、紧螺栓、压力试验等操作过程。

（4）低压（中压）阀门解体、检查、清洗、研磨的工作内容：阀门解体、检查、填料更换或增加、清洗、研磨、恢复、堵板制作、上堵板、试压等操作过程。

（5）阀门操纵装置安装的工作内容：部件检查及组合装配、找平、找正、安装、固定、试调、调整等操作过程。

4. 燃气用设备安装

燃气用设备安装定额包括凝水缸制作、安装，调压器安装，过滤器、萘油分离器安装，安全水封、检漏管安装，煤气调长器安装。

（1）凝水缸制作、安装的工作内容

① 低压（中压）碳钢凝水缸制作：放样、下料、切割、坡口、对口、点焊、焊接成型、强度试验等操作过程。

② 低压碳钢凝水缸安装：安装罐体、找平、找正、对口、焊接、量尺寸、配管、组装、防护罩安装等操作过程。

③ 中压碳钢凝水缸安装：安装罐体、找平、找正、对口、焊接、量尺寸、配管、组装、头部安装、抽水缸小井砌筑等操作过程。

④ 低压铸铁凝水缸安装（机械接口）：抽水立管安装、抽水缸与管道连接，防护罩、井盖安装等操作过程。

⑤ 中压铸铁凝水缸安装（机械接口）：抽水立管安装、抽水缸与管道连接，凝水缸小井砌筑，防护罩、井座、井盖安装等操作过程。

⑥ 低压铸铁凝水缸安装（青铅接口）：抽水立管安装、化铅、灌铅、打口、凝水缸小井砌筑，防护罩、井座、井盖安装等操作过程。

⑦ 中压铸铁凝水缸安装（青铅接口）：抽水立管安装、头部安装、化铅、灌铅、打口、凝水缸小井砌筑，防护罩、井座、井盖安装等操作过程。

⑧ 调压器安装：

a. 雷诺调压器、T型调压器：安装、调试等操作过程。

b. 箱式调压器：进、出管焊接，调试、调压箱体固定安装等操作过程。

（2）鬃毛过滤器、萘油分离器安装的工作内容：成品安装、调试等操作过程。

（3）安全水封、检漏管安装的工作内容：排尺、下料、焊接法兰、紧螺栓等操作过程。

（4）煤气调长器安装的工作内容：熬制沥青，灌沥青，量尺寸，断管，焊法兰，制、加垫，找平，找正，紧螺栓等操作过程。

5. 集中供热用容器具安装

（1）除污器组成安装的工作内容

① 除污器组成安装：清洗、切管、套丝、上零件、焊接、组对，制、加垫，找平、找正、器具安装、压力试验等操作过程。

② 除污器安装：切管、焊接，制、加垫，除污器、放风管、阀门安装，压力试验等操作过程。

（2）补偿器安装的工作内容

① 焊接钢套筒补偿器安装：切管、补偿器安装、对口、焊接，制、加垫，紧螺栓、压力试验等操作过程。

② 焊接法兰式波纹补偿器安装：除锈、切管、焊法兰、吊装、就位、找正、找平、制、加垫，紧螺栓、水压试验等操作过程。

6. 管道试压、吹扫

管道试压、吹扫包括管道强度试验、气密性试验、管道吹扫、管道总试压、牺牲阳极和测试桩安装等。

（1）强度试验的工作内容：准备工具、材料，装、拆临时管线，制、安盲堵板，充气加压，检查、找漏、清理现场等操作过程。

（2）气密性试验的工作内容：准备工具、材料，装、拆临时管线，制、安盲堵板，充气试验、清理现场等操作过程。

（3）管道吹扫的工作内容：准备工具、材料，装、拆临时管线，制、安盲堵板，加压、吹扫、清理现场等操作过程。

（4）管道总试压及冲洗的工作内容：安装临时水、电源，制盲堵板、灌水、试压、检查放水，拆除水、电源，填写记录等操作过程。

（5）牺牲阳极、测试桩安装的工作内容：牺牲阳极表面处理、焊接、配添料，牺牲阳极包制作、安装，测试桩安装、夯填、沥青防腐处理等操作过程。

二、市政管网工程定额相关规定

细节解读一：给水工程

1. 定额说明

（1）《全国统一市政工程预算定额》第五册"给水工程"（以下简称给水工程定额），包括管道安装、管道内防腐、管件安装、管道附属构筑物、取水工程，共五章444个子目。

（2）给水工程定额适用于城镇范围内的新建、扩建市政给水工程。

（3）给水工程定额的编制依据：

①《给水排水标准图集》S1，S2，S3 1996年。

②《室外给水设计规范》（GB 50013—2006）。

③《给水排水构筑物施工及验收规范》（GBJ 141—1990）。

④《供水管井设计施工及验收规范》（CJJ10—1986）。

⑤《全国统一市政劳动定额》。

⑥《全国统一安装工程基础定额》。

（4）给水工程定额管道、管件安装均按沟深3m内考虑，如超过3m时，另计。

（5）给水工程定额均按无地下水考虑。

（6）以下与给水相关工程项目，执行相应册的有关定额。

① 给水管道沟槽和给水构筑物的土石方工程、打拔工具桩、围堰工程、支撑工程、脚手架工程、拆除工程、井点降水、临时便桥等执行第一册"通用项目"有关定额。

② 给水管过河工程及取水头工程中的打桩工程、桥管基础、承台、混凝土桩及钢筋的制作安装等执行第三册"桥涵工程"有关定额。

③ 给水工程中的沉井工程、构筑物工程、顶管工程、给水专用机械设备安装，均执行第六册"排水工程"有关定额。

④ 钢板卷管安装、钢管件制作安装、法兰安装、阀门安装，均执行第七册"燃气与集中供热工程"有关定额。

⑤ 管道除锈、外防腐执行《全国统一安装工程预算定额》的有关定额。

2. 有关数据的取定

（1）人工。

① 定额人工工日不分工种、技术等级一律以综合工日表示。

$$综合工日＝基本用工＋超运距用工＋人工幅度差＋辅助用工$$

② 水平运距综合取定150m，超运距150－50＝100（m）。

③ 人工幅度差＝（基本用工＋超运距用工）×10%

（2）材料。

① 主要材料净用量按现行规范、标准（通用）图集重新计算取定，对于影响不大，原定额的净用量比较合适的材料，未作变动。

② 损耗率按建设部（96）建标经字第47号文件的规定计算。

（3）机械。

① 凡是以台班产量定额为基础计算台班消耗量，均计入了机械幅度差。

② 凡是以班组产量计算的机械台班消耗量，均不考虑幅度差。

3. 有关问题的说明

（1）所有电焊条的项目，均考虑了电焊条烘干箱烘干电焊条的费用。

（2）管件安装经过典型工程测算，综合取定每一件含2.3个口（其中铸件管件含0.3个盘），简化了定额套用。

（3）套用机械作业的劳动定额项目，凡劳动定额包括司机的项目，均已扣除了司机工日。

（4）取水工程项目均按无外围护考虑，经测算在全国统一市政劳动定额基础上乘0.87折减系数。

（5）安装管件配备的机械规格与安装直管配备的机械规格相同。

细节解读二：排水工程

1. 定额说明

（1）《全国统一市政工程预算定额》第六册"排水工程"（以下简称排水工程定额），包括定型混凝土管道基础及铺设、定型井、非定型井、渠基础及砌筑，顶管，给排水构筑物，给排水机械设备安装，模板、钢筋（铁件）加工及井字架工程，共七章 1355 个子目。

（2）排水工程定额适用于城镇范围内新建、扩建的市政排水管渠工程。

（3）排水工程定额的编制依据：

① 《全国统一建筑工程基础定额》。

② 《全国市政工程统一劳动定额》。

③ 《市政工程预算定额》第六册"排水工程"（1989 年）。

④ 《给水排水标准图集》S1，S2，S3（1996 年）。

⑤ 《混凝土和钢筋混凝土排水管标准》（GB/T 11836—1999）。

⑥ 《铸铁检查井盖》（CJ/T 3012—1993）。

⑦ 《市政排水管渠工程质量检验评定标准》（CJJ 3—1990）。

⑧ 《给水排水构筑物施工及验收规范》（GBJ 141—1990）。

（4）排水工程定额与建筑、安装定额的界限划分及执行范围：

① 给排水构筑物工程中的泵站上部建筑工程以及定额中未包括的建筑工程，按《全国统一建筑工程基础定额》相应定额执行。

② 给排水机械设备安装中的通用机械，执行《全国统一安装工程预算定额》相应定额。

③ 市政排水管道与厂、区室外排水管道以接入市政管道的检查井、接户井为界：凡市政管道检查井（接户井）以外的厂、区室外排水管道，均执行本定额。

④ 管道接口、检查井、给排水构筑物需做防腐处理的，分别执行《全国统一建筑工程基础定额》和《全国统一安装工程预算定额》。

（5）排水工程定额与市政其他册定额的关系。排水工程定额所涉及的土、石方挖、填、运输，脚手架，支撑、围堰，打、拔桩，降水，便桥，拆除等工程，除各章节另有说明外，按第一册"通用项目"相应定额执行。

（6）排水工程定额需说明的有关事项。

① 定额所称管径均指内径，如当地生产的管径、长度与定额不同时，各省、自治区、直辖市可自行调整。

② 定额中的混凝土均为现场拌和。各项目中的混凝土和砂浆强度等级与设计要求不同时，强度等级允许换算，但数量不变。

③ 定额各章所需的模板、钢筋（铁件）加工、井字架均执行"模板、钢筋、井字架工程"中的相应定额。

④ 定额是按无地下水考虑的，如有地下水，需降水时执行第一册"通用项目"相应定额；需设排水盲沟时执行第二册"道路工程"相应定额；基础需铺设垫层时，执行顶管工程的相应定额；采用湿土排水时执行第一册"通用项目"相应定额。

⑤ 干土与湿土的区分：地下水位线以上为干土，地下水位线以下为湿土。

2. 有关数据的取定

（1）人工

① 定额人工工日不分工种、技术等级一律以综合工日表示。

$$综合工日＝基本用工＋超运距用工＋人工幅度差＋辅助用工$$

② 水平运距综合取定 150m，超运距 100m。

③ 人工幅度差＝（基本用工＋超运用工）×100%。

（2）材料

① 主要材料净用量按先行规范、标准（通用）图集重新计算取定，对影响不大的原定额净用量比较合适的材料，未作变动。

② 材料损耗率按建设部（96）建标经字第 47 号文件的规定取定。

（3）机械

① 凡以台班产量定额为基础计算的台班消耗量，均按建设部的规定计入了幅度差。

② 凡以班组产量计算的机械台班消耗量，均不考虑幅度差。

细节解读三：燃气与集中供热工程

1. 定额说明

（1）《全国统一市政工程预算定额》第七册"燃气与集中供热工程"（以下简称燃气与集中供热工程定额），包括燃气与集中供热工程的管道安装，管件制作、安装，法兰、阀门安装，燃气用设备安装，集中供热用容器具安装及管道试压、吹扫等，共六章 837 个子目。

（2）燃气与集中供热工程定额适用于市政工程新建和扩建的城镇燃气和集中供热等工程。

（3）燃气与集中供热工程定额的编制依据。

①《全国统一安装工程基础定额》。

②《全国统一安装工程劳动定额》。

③《全国统一市政工程劳动定额》。

④《市政工程施工手册》。

⑤《煤气规划设计手册》。

⑥《城镇燃气设计规范》（GB 50028—2006）。

⑦《城市热力网设计规范》（CJJ 34—2002）。

⑧《城市供热管网工程施工及验收规范》（CJJ 28—2004）。

⑨《城镇燃气输配工程施工及验收规范》（CJJ 33—2005）。

⑩《全国统一市政工程预算定额》。

⑪其他省、自治区、直辖市燃气和集中供热工程预算定额。

⑫《全国统一安装工程预算定额》。

⑬国家和有关专业部的现行施工验收技术规范、操作规程、质量评定标准、安全操作规程。

（4）有关规定。

① 定额未包括的项目：

a. 管道沟槽土、石方工程及搭、拆脚手架，按第一册"通用项目"相应定额执行。

b. 过街管沟的砌筑、顶管、管道基础及井室，按第六册"排水工程"相应定额执行。

c. 定额中煤气和集中供热的容器具、设备安装缺项部分，按《全国统一安装工程预算定额》相应定额执行。

d. 定额不包括管道穿跨越工程。

e. 刷油、防腐、保温和焊缝探伤按《全国统一安装工程预算定额》相应定额执行。

f. 铸铁管安装除机械接口外其他接口形式按第五册"给水工程"相应定额执行。

g. 异径管、三通制作，刚性套管和柔性套管制作、安装及管道支架制作、安装按《全国统一安装工程预算定额》相应定额执行。

② 燃气与集中供热工程定额是按无地下水考虑的。D_g 不大于 1800mm 是按沟深 3m 以内考虑的 D_g 大于 1800mm 是按沟深 5m 以内考虑的。超过时另行计算。

③ 定额中各种燃气管道的输送压力（p）按中压 A 级及低压考虑。如安装中压 A 级煤气管道和高压煤气管道，定额人工乘以系数 1.3，碳钢管道管件安装均不再做调整。

燃气工程压力 p（MPa）划分范围为：

a. 高压 A 级 $0.8MPa < p \leqslant 1.6MPa$。

b. 高压 B 级，$0.4MPa < p \leqslant 0.8MPa$。

c. 中压 A 级，$0.2MPa < p \leqslant 0.4MPa$。

d. 中压 B 级，$0.005MPa < p \leqslant 0.2MPa$。

e. 低压，$p \leqslant 0.005 \text{MPa}$。

④ 定额中集中供热工程压力 $p(\text{MPa})$ 划分范围为：

a. 低压，$p \leqslant 1.6 \text{MPa}$。

b. 中压，$1.6 \text{MPa} < p \leqslant 2.5 \text{MPa}$。

热力管道设计参数标准见表 6-1。

表 6-1　热力管道设计参数

介质名称	温度/℃	压力/MPa
蒸汽	$T \leqslant 350$	$p \leqslant 1.6$
热水	$T \leqslant 200$	$p \leqslant 2.5$

2. 有关数据的取定

（1）人工

① 燃气与集中供热工程定额人工以《全国统一市政工程劳动定额》、《全国统一安装工程基础定额》为编制依据。人工工日包括基本用工和其他用工，定额人工工日不分工种、技术等级一律以综合工日表示。

② 水平运距综合取定 150m，超运距 100m。

③ 人工幅度差＝（基本用工＋超运距用工）×10%。

（2）材料

① 主要材料净用量按先行规范、标准（通用）图集重新计算取定，对影响不大，原定额的净用量比较合适的材料未作变动。

② 材料损耗率按建设部（96）建标经字第 47 号文的规定不足部分意见作补充。

（3）机械

① 凡以台班产量定额为基础计算台班消耗量的，均计入了幅度差，套用基础定额的项目未加机械幅度差。幅度差的取定按建设部 47 号文的规定。

② 定额的施工机械台班是按正常合理机械配备和大多数施工企业的机械化程度综合取定的，实际与定额不一致时，除定额中另有说明外，均不得调整。

3. 有关问题的说明

（1）铸铁管安装除机械接口外其他接口形式按第五册"给水工程"相应定额执行。

（2）刷油、防腐、保温和焊接探伤按新编《全国统一安装工程预算定额》相应项目执行。

（3）异形管、三通制作、钢性套管和柔性套管制作、安装以及管道支架制作、安装按新编《全国统一安装工程预算定额》相应定额执行。

第二节　市政管网工程定额工程量计算规则

一、给水工程工程量计算

细节解读一：给水管道安装工程量计算

（1）管道安装均按施工图中心线的长度计算（支管长度从主管中心开始计算到支管末端交接处的中心），管件、阀门所占长度已在管道施工损耗中综合考虑，计算工程量时均不扣除其所占长度。

（2）管道安装均不包括管件（指三通、弯头、异径管）、阀门的安装，管件安装执行给水工程有关定额。

（3）遇有新旧管连接时，管道安装工程量计算到碰头的阀门处，但阀门及与阀门相连的承（插）盘短管、法兰盘的安装均包括在新旧管连接定额内，不再另计。

管道内防腐按施工图中心线长度计算，计算工程量时不扣除管件、阀门所占的长度，但管件、阀门的内防腐也不另行计算。

细节解读三：管道附属构筑物工程量计算

（1）各种井工程量计算规则。各种井均按施工图数量，以"座"为单位。

（2）管道支墩计算规则。管道支墩按施工图以实体积计算，不扣除钢筋、铁件所占的体积。

细节解读四：管件安装工程量计算

管件、分水栓、马鞍卡子、二合三通、水表的安装按施工图数量以"个"或"组"为单位计算。

细节解读五：取水工程工程量计算

大口井内套管、辐射井管安装按设计图中心线长度计算。

二、排水工程工程量计算

细节解读一：定型混凝土管道基础及铺设工程量计算

（1）检查井工程量计算。各种角度的混凝土基础、混凝土管、缸瓦管铺设，井中至井中的中心扣除检查井长度，以延长米计算工程量。每座检查井扣除长度按表 6-2 计算。

表 6-2　每座检查井扣除长度

检查井规格/mm	扣除长度/m	检查井规格/mm	扣除长度/m
ϕ700	0.4	各种矩形井	1.0
ϕ1000	0.7	各种交汇井	1.20
ϕ1250	0.95	各种扇形井	1.0
ϕ1500	1.20	圆形跌水井	1.60
ϕ2000	1.70	矩形跌水井	1.70
ϕ2500	2.20	阶梯式跌水井	按实扣

（2）管道接口工程量计算。管道接口区分管径和做法，以实际接口个数计算工程量。企口管的膨胀水泥砂浆接口和石棉水泥接口适于 360°，其他接口均是按管座 120°和 180°列项的。如管座角度不同，按相应材质的接口做法，以管道接口调整表进行调整（表 6-3）。

表 6-3　管道接口调整表

序号	项目名称	实做角度	调整基数或材料	调整系数
1	水泥砂浆抹带接口	90°	120°定额基价	1.330
2	水泥砂浆抹带接口	135°	120°定额基价	0.890
3	钢丝网水泥砂浆抹带接口	90°	120°定额基价	1.330
4	钢丝网水泥砂浆抹带接口	135°	120°定额基价	0.890
5	企口管膨胀水泥砂浆抹带接口	90°	定额中1:2水泥砂浆	0.750
6	企口管膨胀水泥砂浆抹带接口	120°	定额中1:2水泥砂浆	0.670
7	企口管膨胀水泥砂浆抹带接口	135°	定额中1:2水泥砂浆	0.625
8	企口管膨胀水泥砂浆抹带接口	180°	定额中1:2水泥砂浆	0.500
9	企口管石棉水泥接口	90°	定额中1:2水泥砂浆	0.750
10	企口管石棉水泥接口	120°	定额中1:2水泥砂浆	0.670
11	企口管石棉水泥接口	135°	定额中1:2水泥砂浆	0.625
12	企口管石棉水泥接口	180°	定额中1:2水泥砂浆	0.500

注：现浇混凝土外套环、变形缝接口，通用于平口、企口管。

（3）管道闭水试验工程量计算。对于污水管道，按照市政施工规程要求，必须再回填前做闭水试验。闭水试验前，施工现场应具备以下条件：

① 管道及检查井的外观质量及"量测"检验均已合格；

② 管道两端的管堵（砖砌筑）应封堵严密、牢固，下有管堵设置放水管和截门，管堵经核

算可以承受压力；

③ 现场的水源满足闭水需要，不影响其他用水；

④ 选好排放水的位置，不得影响周围环境。

在具备了闭水条件后，即可进行管道闭水试验。试验从上游往下游分段进行，上游实验完毕后，可往下游充水。试验各阶段说明如下。

① 注水浸泡：闭水试验的水位，应为试验段上游管内顶以上 2m，将水灌至接近上游井口高度。注水过程应检查管堵、管道、井身，无漏水和严重渗水，在浸泡管和井后 1～2 天进行闭水试验。

② 闭水试验：将水灌至规定的水位，开始记录，对渗水量的测定时间，不少于 30min，根据井内水面的下降值计算渗水量，渗水量不超过规定的允许渗水量即为合格。

③ 试验渗水量计算：渗水量试验时间 30min 时，每千米管道每昼夜渗水量为 $Q=(48q)\times(1000/L)$，式中 Q 为每千米管道每天的渗水量，q 为闭水管道 30min 的渗水量，L 为闭水管段长度。当 $Q\leqslant$ 允许渗水量时，试验即为合格。

管道闭水试验，以实际闭水长度计算，不扣除各种井所占长度。

（4）管道出水口区分形式、材质及管径计算。管道出水口区分形式、材质及管径，以"处"为单位计算。

定型井包括各种定型的砖砌检查井，收水井，适用于 D700～D2 400 混凝土雨水，污水及合流管道所设的检查井和收水井。检查井最大间距见表 6-4。

表 6-4　检查井最大间距

管径/mm	最大间距/m	
	污水管道	雨水管和合流管道
150	20	—
200～300	30	30
400	30	40
≥500	—	50

定型井工程量计算如下规则进行：

（1）各种井按不同井深、井径以"座"为单位计算。

（2）各类井的井深按井底基础以上至井盖顶计算。

非定型井、梁、管道及构筑物垫层、基础、砌筑、抹灰、混凝土构件的制作、安装、检查井筒砌筑等。

（1）一般规定

以上所列各项目的工程量均以施工图为准计算，其中：

① 砌筑按计算体积，以"10m³"为单位计算。

② 抹灰、勾缝以"100m²"为单位计算。

③ 各种井的预制构件以实体积"m³"计算，安装以"套"为单位计算。

④ 井、渠垫层、基础按实体积以"10m³"计算。

⑤ 沉降缝应区分材质按沉降缝的断面积或铺设长度分别以"100m²"和"100m"计算。

⑥ 各类混凝土盖板的制作按实体积以"m³"计算，安装应区分单件（块）体积，以"10m³"计算。

（2）检查井筒的砌筑适用于混凝土管道井深不同的调整和方沟井筒的砌筑，区分高度以"座"为单位计算，高度与定额不同时采用每增减 0.5m 计算。

（3）方沟闭水试验工程量计算。闭水试验就是在重力管道施工完成后，取一段管路，两端封死，然后往里面注入一定量的水，要求水位到达一定高度，然后开始算时间。在一定的时间之后，察看水位下降多少。如果下降超过规定数值，则闭水试验不成功，管道施工存在较大漏水点。方沟（包括存水井）闭水试验的工程量，按实际闭水长度的用水量，以"100m³"计算。

细节解读四：顶管工程工程量计算

（1）工作坑土方区分挖土深度，以挖方体积计算。

（2）各种材质管道的顶管工程量，按实际顶进长度，以延长米计算。

（3）顶管接口计算。顶管接口应区分操作方法、接口材质，分别以接口的个数和管口断面积计算工程量。

（4）钢板套环制作工程量计算。钢板内、外套环的制作，按套环质量以"t"为单位计算。

细节解读五：给排水构筑物工程量计算

（1）沉井是用钢筋混凝土制成的井筒（下有刃脚，以利下沉和封底）结构物。沉井工程量计算按如下规则进行：

① 沉井垫木按刃脚中心线以"100延长米"为单位。

② 沉井井壁及隔墙的厚度不同如上薄下厚时，可按平均厚度执行相应定额。

（2）钢筋混凝土池工程计算按如下规则进行：

① 钢筋混凝土各类构件均按图示尺寸，以混凝土实体积计算，不扣除 0.3m² 以内的孔洞体积。

② 各类池盖中的进人孔、透气孔盖以及与盖相连接的结构，工程量合并在池盖中计算。

③ 平底池的池底体积，应包括池壁下的扩大部分；池底带有斜坡时，斜坡部分应按坡底计算；锥形底应算至壁基梁底面，无壁基梁者算至锥底坡的上口。

④ 池壁分别不同厚度计算体积，如上薄下厚的壁，以平均厚度计算。池壁高度应自池底板面算至池盖下面。

⑤ 无梁盖柱的柱高，应自池底上表面算至池盖的下表面，并包括柱座、柱帽的体积。

⑥ 无梁盖应包括与池壁相连的扩大部分的体积；肋形盖应包括主、次梁及盖部分的体积；球形盖应自池壁顶面以上，包括边侧梁的体积在内。

⑦ 沉淀池水槽是指池壁上的环形溢水槽及纵横 U 形水槽，但不包括与水槽相连接的矩形梁，矩形梁可执行梁的相应项目。

（3）预制混凝土构件工程量计算按如下规则进行：

① 预制钢筋混凝土滤板按图示尺寸区分厚度以"10m³"计算，不扣除滤头套管所占体积。

② 除钢筋混凝土滤板外其他预制混凝土构件均按图示尺寸以"m³"计算，不扣除 0.3m² 以内孔洞所占体积。

（4）折板、壁板制作安装工程量计算按如下规则进行：

① 折板安装区分材质均按图示尺寸以"m²"计算。

② 稳流板安装区分材质不分断面均按图示长度以"延长米"计算。

（5）滤料铺设。各种滤料铺设均按设计要求的铺设平面乘以铺设厚度以"m³"计算，锰砂、铁矿石滤料以"10t"计算。

（6）防水工程工程量计算按如下规则进行：

① 各种防水层按实铺面积，以"100m²"计算，不扣除 0.3m² 以内孔洞所占面积。

② 平面与立面交接处的防水层，其上卷高度超过 500mm 时，按立面防水层计算。

（7）施工缝指的是在混凝土浇筑过程中，因设计要求或施工需要分段浇筑而在先、后浇筑的混凝土之间所形成的接缝。施工缝并不是一种真实存在的"缝"，它只是因后浇筑混凝土超过初凝时间，而与先浇筑的混凝土之间存在一个结合面，该结合面就称之为施工缝。各种材质的施工缝填缝及盖缝均不分断面按设计缝长以"延长米"计算。

（8）井、池的渗漏试验区分井、池的容量范围，以"1000m³"水容量计算工程量。

细节解读六：给排水机械设备安装工程量计算

（1）格栅除污机、滤网清污机、搅拌机械、曝气机、生物转盘、带式压滤机均区分设备重量，以"台"为计量单位，设备重量均包括设备带有的电动机的重量在内。

（2）螺旋泵、水射器、管式混合器、辊压转鼓式污泥脱水机、污泥造粒脱水机均区分直径以"台"为计量单位。

（3）排泥、撇渣和除砂机械均区分跨度或池径按"台"为计量单位。

（4）闸门及驱动装置，均区分直径或长×宽以"座"为计量单位。

（5）曝气管不分曝气池和曝气沉砂池，均区分管径和材质按"延长米"为计量单位。

（6）集水槽制作与安装

① 集水槽制作安装分别按碳钢、不锈钢，区分厚度按"10m²"为计量单位。

② 集水槽制作、安装以设计断面尺寸乘以相应长度以"m²"计算，断面尺寸应包括需要折边的长度，不扣除出水孔所占面积。

（7）堰板制作与安装

① 堰板制作分别按碳钢、不锈钢区分厚度按"10m²"为计量单位。

② 堰板安装分别按金属和非金属区分厚度按"10m²"计量。金属堰板适用于碳钢、不锈钢，非金属堰板适用于玻璃钢和塑料。

③ 齿型堰板制作安装按堰板的设计宽度乘以长度以"m²"计算，不扣除齿型间隔空隙所占面积。

（8）穿孔管钻孔项目，区分材质按管径以"100个孔"为计量单位。钻孔直径是综合考虑取定的，不论孔径大与小均不做调整。

（9）斜板、斜管安装仅是安装费，按"10m²"为计量单位。

（10）格栅制作安装区分材质按格栅重量，以"t"为计量单位，制作所需的主材应区分规格、型号分别按定额中规定的使用量计算。

细节解读七：模板、钢筋、井字架工程量计算

（1）现浇混凝土构件模板按构件与模板的接触面积以"m²"计算。

（2）预制混凝土构件模板，按构件的实体积以"m³"计算。

（3）钢筋工程量计算。

① 钢筋工程，应区别现浇、预制分别按设计长度乘以单位质量，以"t"计算。

② 计算钢筋工程量时，设计已规定搭接长度的，按规定搭接长度计算；设计未规定搭接长度的，已包括在钢筋的损耗中，不另计算搭接长度。

③ 先张法预应力钢筋，按构件外形尺寸计算长度，后张法预应力钢筋按设计图规定的预应力钢筋预留孔道长度，并区别不同锚具，分别按下列规定计算：

a. 钢筋两端采用螺杆锚具时，预应力的钢筋按预留孔道长度减 0.35m，螺杆另计。

b. 钢筋一端采用镦头插片，另一端采用螺杆锚具时，预应力钢筋长度按预留孔道长度计算。

c. 钢筋一端采用镦头插片，另一端采用帮条锚具时，增加 0.15m，如两端均采用帮条锚具，预应力钢筋共增加 0.3m 长度。

d. 采用后张混凝土自锚时，预应力钢筋共增加 0.35m 长度。

④ 钢筋混凝土构件预埋铁件，按设计图示尺寸，以"t"为单位计算工程量。

（4）井字架及其他工程量计算按如下规则进行：

① 井字架区分材质和搭设高度以"架"为单位计算，每座井计算一次。

② 井底流槽按浇筑的混凝土流槽与模板的接触面积计算。

③ 砖、石拱圈的拱盔和支架均以拱盔与圈弧弧形接触面积计算，并执行第三册"桥涵工程"相应项目。

④ 各种材质的地模胎膜，按施工组织设计的工程量，并应包括操作等必要的宽度以"m²"计算，执行第三册"桥涵工程"相应项目。

三、燃气与集中供热工程工程量计算规则

细节解读一：管道工程工程量计算规则

（1）燃气与集中供热工程中各种管道的工程量均按延长米计算，管件、阀门、法兰所占长度已在管道施工损耗中综合考虑，计算工程量时均不扣除其所占长度。

（2）埋地钢管使用套管时（不包括顶进的套管），按套管管径执行同一安装项目。套管封堵的材料费可按实际耗用量调整。

（3）铸铁管安装按 N1 和 X 型接口计算，如采用 N 型和 SMJ 型人工乘以系数 1.05。

细节解读二：管件制作、安装工程量计算规则

（1）定额包括碳钢管件制作、安装，铸铁管件安装、盲（堵）板安装、钢塑过渡接头安装，防雨环帽制作与安装等。

（2）异径管安装以大口径为准，长度综合取定。

（3）中频煨弯不包括煨制时胎具更换。

（4）挖眼接管加强筋已在定额中综合考虑。

细节解读三：法兰阀门安装工程量计算规则

（1）电动阀门安装不包括电动机的安装。

（2）阀门解体、检查和研磨，已包括一次试压，均按实际发生的数量，按相应项目执行。

（3）阀门压力试验介质是按水考虑的，如设计要求其他介质，可按实调整。

（4）定额内垫片均按橡胶石棉板考虑，如垫片材质与实际不符时，可按实调整。

（5）各种法兰、阀门安装，定额中只包括一个垫片，不包括螺栓使用量，螺栓用量参考表 6-5 和表 6-6。

表 6-5　平焊法兰安装用螺栓用量表

外径×壁厚/mm	规格	质量/kg	外径×壁厚/mm	规格	质量/kg
57×4.0	M12×50	0.319	377×10.0	M20×75	3.906
76×4.0	M12×50	0.319	426×10.0	M20×80	5.42
89×4.0	M16×55	0.635	478×10.0	M20×80	5.42
108×5.0	M16×55	0.635	529×10.0	M20×85	5.84
133×5.0	M16×60	1.338	630×8.0	M22×85	8.89
159×6.0	M10×60	1.338	720×10.0	M22×90	10.668
219×6.0	M16×60	1.404	820×10.0	M27×95	19.962
273×8.0	M16×70	2.208	920×10.0	M27×100	19.962
325×8.0	M20×70	3.747	1020×10.0	M27×105	24.633

表 6-6　对焊法兰安装用螺栓用量表

外径×壁厚/mm	规格	质量/kg	外径×壁厚/mm	规格	质量/kg
57×3.5	M12×50	0.319	325×8.0	M20×75	3.906
76×4.0	M12×50	0.319	377×9.0	M20×75	3.906
89×4.0	M16×60	0.669	426×9.0	M20×75	5.208
108×4.0	M16×60	0.669	478×9.0	M20×75	5.208
133×4.5	M16×65	1.404	529×9.0	M22×80	5.420
159×5.0	M10×65	1.404	630×9.0	M22×80	8.250
219×6.0	M16×70	1.472	720×9.0	M27×80	9.900
273×8.0	M16×75	2.310	820×10.0	M27×85	18.804

（6）中压法兰、阀门安装执行低压相应项目，其人工乘以系数 1.2。

（1）凝水缸安装

① 碳钢、铸铁凝水缸安装如使用成品头部装置时，只允许调整材料费，其他不变。

② 碳钢凝水缸安装未包括缸体、套管、抽水管的刷油、防腐，应按不同设计要求另行套用其他定额相应项目计算。

（2）各种调压器安装

① 雷诺式调压器、T 型调压器（TMJ、TMZ）安装是指调压器成品安装，调压站内组装的各种管道、管件、各种阀门根据不同设计要求，执行本定额的相应项目另行计算。

② 各类型调压器安装均不包括过滤器、萘油分离器（脱萘筒）、安全放散装置（包括水封）安装，发生时，可执行本定额相应项目另行计算。

③ 本定额过滤器、萘油分离器均按成品件考虑。

（3）检漏管安装是按在套管上钻眼攻丝安装考虑的，已包括小井砌筑。

（4）煤气调长器是按焊接法兰考虑的，如采用直接对焊时，应减去法兰安装用材料，其他不变。

（5）煤气调长器是按三波考虑的，如安装三波以上者，其人工乘以系数 1.33，其他不变。

（1）碳钢波纹补偿器是按焊接法兰考虑的，如直接焊接时，应减掉法兰安装用材料，其他不变。

（2）法兰用螺栓按螺栓用量表选用。

（1）强度试验，气密性试验项目，分段试验合格后，如需总体试压和发生二次或二次以上试压时，应再套用定额相应项目计算试压费用。

（2）管件长度未满 10m 者，以 10m 计，超过 10m 者按实际长度计。

（3）管道总试压按每公里为一个打压次数，执行定额一次项目，不足 0.5km 按实际计算，超过 0.5km 计算一次。

（4）集中供热高压管道压力试验执行低中压相应定额，其人工乘以系数 1.3。

第三节 市政管网工程工程量清单计价

一、市政管网工程量清单项目设置及工程量计算规则

管道铺设工程量清单项目设置及工程量计算规则见表 6-7。

表 6-7 管道铺设（编码：040501）

项目编码	项目名称	项目特征	计量单位	工程量计算规则	工程内容
040501001	陶土管铺设	1. 管材规格 2. 埋设深度 3. 垫层厚度、材料品种、强度 4. 基础断面形式、混凝土强度等级、石料最大粒径	m	按设计图示中心线长度以延长米计算，不扣除井所占的长度	1. 垫层铺筑 2. 混凝土基础浇筑 3. 管道防腐 4. 管道铺设 5. 管道接口 6. 混凝土管座浇筑 7. 预制管枕安装 8. 井壁（墙）凿洞 9. 检测及试验

项目编码	项目名称	项目特征	计量单位	工程量计算规则	工程内容
040501002	混凝土管道铺设	1. 管有筋无筋 2. 规格 3. 埋设深度 4. 接口形式 5. 垫层厚度、材料品种、强度 6. 基础断面形式、混凝土强度等级、石料最大粒径		按设计图示管道中心线长度以延长米计算,不扣除中间井及管件、阀门所占的长度	1. 垫层铺筑 2. 混凝土基础浇筑 3. 管道防腐 4. 管道铺设 5. 管道接口 6. 混凝土管座浇筑 7. 预制管枕安装 8. 井壁(墙)凿洞 9. 检测及试验 10. 冲洗消毒或吹扫
040501003	镀锌钢管铺设	1. 公称直径 2. 接口形式 3. 防腐、保温要求 4. 埋设深度 5. 基础材料品种、厚度		按设计图示管道中心线长度以延长米计算,不扣除管件、阀门、法兰所占的长度	1. 基础铺筑 2. 管道防腐、保温 3. 管道铺设 4. 接口 5. 检测及试验 6. 冲洗消毒或吹扫
040501004	铸铁管铺设	1. 管材材质 2. 管材规格 3. 埋设深度 4. 接口形式 5. 防腐、保温要求 6. 垫层厚度、材料品种、强度 7. 基础断面形式、混凝土强度、石料最大粒径		按设计图示管道中心线长度以延长米计算,不扣除井、管件、阀门所占的长度	1. 垫层铺筑 2. 混凝土基础浇筑 3. 管道防腐 4. 管道铺设 5. 管道接口 6. 混凝土管座浇筑 7. 井壁(墙)凿洞 8. 检测及试验 9. 冲洗消毒或吹扫
040501005	钢管铺设	1. 管材材质 2. 管材规格 3. 埋设深度 4. 防腐、保温要求 5. 压力等级 6. 垫层厚度、材料品种、强度 7. 基础断面形式、混凝土强度、石料最大粒径	m	按设计图示管道中心线长度以延长米计算(支管长度从主管中心到支管末端交接处的中心),不扣除管件、阀门、法兰所占的长度新旧管连接时,计算到碰头的阀门中心处	1. 垫层铺筑 2. 混凝土基础浇筑 3. 混凝土管座浇筑 4. 管道防腐、保温 5. 管道铺设 6. 管道接口 7. 检测及试验 8. 消毒冲洗或吹扫
040501006	塑料管道铺设	1. 管道材料名称 2. 管材规格 3. 埋设深度 4. 接口形式 5. 垫层厚度、材料品种、强度 6. 基础断面形式、混凝土强度等级、石料最大粒径 7. 探测线要求			1. 垫层铺筑 2. 混凝土基础浇筑 3. 管道防腐 4. 管道铺设 5. 探测线敷设 6. 管道接口 7. 混凝土管座浇筑 8. 井壁(墙)凿洞 9. 检测及试验 10. 消毒冲洗及吹扫
040501007	砌筑渠道	1. 渠道断面 2. 渠道材料 3. 砂浆强度等级 4. 埋设深度 5. 垫层厚度、材料品种、强度 6. 基础断面形式、混凝土强度等级、石料最大粒径		按设计图示尺寸以长度计算	1. 垫层铺筑 2. 渠道基础 3. 墙身砌筑 4. 止水带安装 5. 拱盖砌筑或盖板预制、安装 6. 勾缝 7. 抹面 8. 防腐 9. 渠道渗漏试验
040501008	混凝土渠道	1. 渠道断面 2. 埋设深度 3. 垫层厚度、材料品种、强度 4. 基础断面形式、混凝土强度等级、石料最大粒径			1. 垫层铺筑 2. 渠道基础 3. 墙身浇筑 4. 止水带安装 5. 渠盖浇筑或盖板预制、安装 6. 抹面 7. 防腐 8. 渠道渗漏试验

项目编码	项目名称	项目特征	计量单位	工程量计算规则	工程内容
040501009	套管内铺设管道	1. 管材材质 2. 管径、壁厚 3. 接口形式 4. 防腐要求 5. 保温要求 6. 压力等级		按设计图示管道中心线长度计算	1. 基础铺筑（支架制作、安装） 2. 管道防腐 3. 穿管敷设 4. 接口 5. 检测及试验 6. 冲洗消毒或吹扫 7. 管道保温 8. 防护
040501010	管道架空跨越	1. 管材材质 2. 管径、壁厚 3. 跨越跨度 4. 支承形式 5. 防腐、保温要求 6. 压力等级	m	按设计图示管道中心线长度计算，不扣除管件、阀门、法兰所占的长度	1. 支承结构制作、安装 2. 防腐 3. 管道铺设 4. 接口 5. 检测及试验 6. 冲洗消毒或吹扫 7. 管道保温 8. 防护
040501011	管道沉管跨越	1. 管材材质 2. 管径、壁厚 3. 跨越跨度 4. 支承形式 5. 防腐要求 6. 压力等级 7. 标志牌灯要求 8. 基础厚度、材料品种、规格			1. 管沟开挖 2. 管沟基础铺筑 3. 防腐 4. 跨越拖管头制作 5. 沉管铺设 6. 检测及试验 7. 冲洗消毒或吹扫 8. 标志牌灯制作、安装
040501012	管道焊口无损探伤	1. 管材外径、壁厚 2. 探伤要求	口	按设计图示要求探伤的数量计算	1. 焊口无损探伤 2. 编写报告

细节解读二：管件、钢支架制作、安装及新旧管连接（编码：040502）

管件、钢支架制作、安装及新旧管连接工程量清单项目设置及工程量计算规则见表6-8。

表6-8　管件、钢支架制作、安装及新旧管连接（编码：040502）

项目编码	项目名称	项目特征	计量单位	工程量计算规则	工程内容
040502001	预应力混凝土管转换件安装	转换件规格			安装
040502002	铸铁管件安装	1. 类型 2. 材质 3. 规格 4. 接口形式			
040502003	钢管件安装	1. 管件类型 2. 管径、壁厚 3. 压力等级	个	按设计图示数量计算	1. 制作 2. 安装
040502004	法兰钢管件安装				1. 法兰片焊接 2. 法兰管件安装
040502005	塑料管件安装	1. 管件类型 2. 材质 3. 管径、壁厚 4. 接口 5. 探测线要求			1. 塑料管件安装 2. 探测线敷设
040502006	钢塑转换件安装	转换件规格			安装
040502007	钢管道间法兰连接	1. 平焊法兰 2. 对焊法兰 3. 绝缘法兰 4. 公称直径 5. 压力等级	处		1. 法兰片焊接 2. 法兰连接

项目编码	项目名称	项目特征	计量单位	工程量计算规则	工程内容
040502008	分水栓安装	1. 材质 2. 规格	个	按设计图示数量计算	1. 法兰片焊接 2. 安装
040502009	盲(堵)板安装	1. 盲板规格 2. 盲板材料			1. 法兰片焊接 2. 安装
040502010	防水套管制作、安装	1. 刚性套管 2. 柔性套管 3. 规格			1. 制作 2. 安装
040502011	除污器安装				1. 除污器组成安装 2. 除污器安装
040502012	补偿器安装	1. 压力要求 2. 公称直径 3. 接口形式	个		1. 焊接钢套筒补偿器安装 2. 焊接法兰、法兰式波纹补偿器安装
040502013	钢支架制作、安装	类型	kg	按设计图示尺寸以质量计算	1. 制作 2. 安装
040502014	新旧管连接(碰头)	1. 管材材质 2. 管材管径 3. 管材接口	处	按设计图示数量计算	1. 新旧管连接 2. 马鞍卡子安装 3. 接管挖眼 4. 钻眼攻丝
040502015	气体置换	管材内径	m	按设计图示管道中心线长度计算	气体置换

细节解读三：阀门、水表、消火栓安装（编码：040503）

阀门、水表、消火栓安装工程量清单项目设置及工程量计算规则见表6-9。

表6-9　阀门、水表、消火栓安装（编码：040503）

项目编码	项目名称	项目特征	计量单位	工程量计算规则	工程内容
040503001	阀门安装	1. 公称直径 2. 压力要求 3. 阀门类型	个	按设计图示数量计算	1. 阀门解体、检查、清洗、研磨 2. 法兰片焊接 3. 操纵装置安装 4. 阀门安装 5. 阀门压力试验
040503002	水表安装	公称直径			1. 丝扣水表安装 2. 法兰片焊接、法兰水表安装
040503003	消火栓安装	1. 部位 2. 型号 3. 规格			1. 法兰片焊接 2. 安装

细节解读四：井类、设备基础及出水口（编码：040504）

井类、设备基础及出水口工程量清单项目设置及工程量计算规则见表6-10。

表6-10　井类、设备基础及出水口（编码：040504）

项目编码	项目名称	项目特征	计量单位	工程量计算规则	工程内容
040504001	砌筑检查井	1. 材料 2. 井深、尺寸 3. 定型井名称、定型图号、尺寸及井深 4. 垫层、基础:厚度、材料品种、强度	座	按设计图示数量计算	1. 垫层铺筑 2. 混凝土浇筑 3. 养生 4. 砌筑 5. 爬梯制作、安装 6. 勾缝 7. 抹面 8. 防腐 9. 盖板、过梁制作、安装 10. 井盖井座制作、安装

续表

项目编码	项目名称	项目特征	计量单位	工程量计算规则	工程内容
040504002	混凝土检查井	1. 井深、尺寸 2. 混凝土强度等级、石料最大粒径 3. 垫层厚度、材料品种、强度	座	按设计图示数量计算	1. 垫层铺筑 2. 混凝土浇筑 3. 养生 4. 爬梯制作、安装 5. 盖板、过梁制作安装 6. 防腐涂刷 7. 井盖及井座制作、安装
040504003	雨水进水井	1. 混凝土强度、石料最大粒径 2. 雨水井型号 3. 井深 4. 垫层厚度、材料品种、强度 5. 定型井名称、图号、尺寸及井深	座	按设计图示数量计算	1. 垫层铺筑 2. 混凝土浇筑 3. 养生 4. 砌筑 5. 勾缝 6. 抹面 7. 预制构件制作、安装 8. 井箅安装
040504004	其他砌筑井	1. 阀门井 2. 水表井 3. 消火栓井 4. 排泥湿井 5. 井的尺寸、深度 6. 井身材料 7. 垫层、基础：厚度、材料品种、强度 8. 定型井名称、图号、尺寸及井深	座	按设计图示数量计算	1. 垫层铺筑 2. 混凝土浇筑 3. 养生 4. 砌支墩 5. 砌筑井身 6. 爬梯制作、安装 7. 盖板、过梁制作、安装 8. 勾缝(抹面) 9. 井盖及井座制作、安装
040504005	设备基础	1. 混凝土强度等级、石料最大粒径 2. 垫层厚度、材料品种、强度	m^3	按设计图示尺寸以体积计算	1. 垫层铺筑 2. 混凝土浇筑 3. 养生 4. 地脚螺栓灌浆 5. 设备底座与基础间灌浆
040504006	出水口	1. 出水口材料 2. 出水口形式 3. 出水口尺寸 4. 出水口深度 5. 出水口砌体强度 6. 混凝土强度等级、石料最大粒径 7. 砂浆配合比 8. 垫层厚度、材料品种、强度	处	按设计图示数量计算	1. 垫层铺筑 2. 混凝土浇筑 3. 养生 4. 砌筑 5. 勾缝 6. 抹面
040504007	支(挡)墩	1. 混凝土强度等级 2. 石料最大粒径 3. 垫层厚度、材料品种、强度	m^3	按设计图示尺寸以体积计算	1. 垫层铺筑 2. 混凝土浇筑 3. 养生 4. 砌筑 5. 抹面(勾缝)
040504008	混凝土工作井	1. 土壤类别 2. 断面 3. 深度 4. 垫层厚度、材料品种、强度	座	按设计图示数量计算	1. 混凝土工作井制作 2. 挖土下沉定位 3. 土方场内运输 4. 垫层铺设 5. 混凝土浇筑 6. 养生 7. 回填夯实 8. 余方弃置 9. 缺方内运

细节解读五：顶管（编码：040505）

顶管工程量清单项目设置及工程量计算规则见表6-11。

表 6-11 顶管（编码：040505）

项目编码	项目名称	项目特征	计量单位	工程量计算规则	工程内容
040505001	混凝土管道顶进	1. 土壤类别 2. 管径 3. 深度 4. 规格	m	按设计图示尺寸以长度计算	1. 顶进后座及坑内工作平台搭拆 2. 顶进设备安装、拆除 3. 中继间安装、拆除 4. 触变泥浆减阻 5. 套环安装 6. 防腐涂刷 7. 挖土、管道顶进 8. 洞口止水处理 9. 余方弃置
040505002	钢管顶进	1. 土壤类别 2. 材质 3. 管径 4. 深度			
040505003	铸铁管顶进				
040505004	硬塑料管顶进	1. 土壤类别 2. 管径 3. 深度			1. 顶进后座及坑内工作平台搭拆 2. 顶进设备安装、拆除 3. 套环安装 4. 管道顶进 5. 洞口止水处理 6. 余方弃置
040505005	水平导向钻进	1. 土壤类别 2. 管径 3. 管材材质			1. 钻进 2. 泥浆制作 3. 扩孔 4. 穿管 5. 余方弃置

细节解读六：构筑物（编码：040506）

构筑物工程量清单项目设置及工程量计算规则见表 6-12。

表 6-12 构筑物（编码：040506）

项目编码	项目名称	项目特征	计量单位	工程量计算规则	工程内容
040506001	管道方沟	1. 断面 2. 材料品种 3. 混凝土强度等级、石料最大粒径 4. 深度 5. 垫层、基础：厚度、材料品种、强度	m	按设计图示尺寸以长度计算	1. 垫层铺筑 2. 方沟基础 3. 墙身砌筑 4. 拱盖砌筑或盖板预制、安装 5. 勾缝 6. 抹面 7. 混凝土浇筑
040506002	现浇混凝土沉井井壁及隔墙	1. 混凝土强度等级 2. 混凝土抗渗需求 3. 石料最大粒径		按设计图示尺寸以体积计算	1. 垫层铺筑、垫木铺设 2. 混凝土浇筑 3. 养生 4. 预留孔封口
040506003	沉井下沉	1. 土壤类别 2. 深度		按自然地坪至设计底板垫层底的高度乘以沉井外壁最大断面积以体积计算	1. 垫木拆除 2. 沉井挖土下沉 3. 填充 4. 余方弃置
040506004	沉井混凝土底板	1. 混凝土强度等级 2. 混凝土抗渗需求 3. 石料最大粒径 4. 地梁截面 5. 垫层厚度、材料品种、强度	m³	按设计图示尺寸以体积计算	1. 垫层铺筑 2. 混凝土浇筑 3. 养生
040506005	沉井内地下混凝土结构	1. 所在部位 2. 混凝土强度等级、石料最大粒径			1. 混凝土浇筑 2. 养生
040506006	沉井混凝土顶板	1. 混凝土强度等级、石料最大粒径 2. 混凝土抗渗需求			
040506007	现浇混凝土池底	1. 混凝土强度等级、石料最大粒径 2. 混凝土抗渗要求 3. 池底形式 4. 垫层厚度、材料品种、强度			1. 垫层铺筑 2. 混凝土浇筑 3. 养生

续表

项目编码	项目名称	项目特征	计量单位	工程量计算规则	工程内容
040506008	现浇混凝土池壁(隔墙)	1. 混凝土强度等级、石料最大粒径 2. 混凝土抗渗要求	m^3		1. 混凝土浇筑 2. 养生
040506009	现浇混凝土池柱		m^3	按设计图示尺寸以体积计算	1. 混凝土浇筑 2. 养生
040506010	现浇混凝土池梁	1. 混凝土强度等级、石料最大粒径 2. 规格	m^3	按设计图示尺寸以体积计算	1. 混凝土浇筑 2. 养生
040506011	现浇混凝土池盖	1. 混凝土强度等级、石料最大粒径 2. 规格	m^3	按设计图示尺寸以体积计算	1. 混凝土浇筑 2. 养生
040506012	现浇混凝土板	1. 名称、规格 2. 混凝土强度等级、石料最大粒径	m^3	按设计图示尺寸以体积计算	1. 混凝土浇筑 2. 养生
040506013	池槽	1. 混凝土强度等级、石料最大粒径 2. 池槽断面	m	按设计图示尺寸以长度计算	1. 混凝土浇筑 2. 养生 3. 盖板 4. 其他材料铺设
040506014	砌筑导流壁、筒	1. 块体材料 2. 断面 3. 砂浆强度等级	m^3	按设计图示尺寸以体积计算	1. 砌筑 2. 抹面
040506015	混凝土导流壁、筒	1. 断面 2. 混凝土强度等级、石料最大粒径	m^3	按设计图示尺寸以体积计算	1. 混凝土浇筑 2. 养生
040506016	混凝土扶梯	1. 规格 2. 混凝土强度等级、石料最大粒径	m^3	按设计图示尺寸以体积计算	1. 混凝土浇筑或预制 2. 养生 3. 扶梯安装
040506017	金属扶梯、栏杆	1. 材质 2. 规格 3. 油漆品种、工艺要求	t	按设计图示尺寸以质量计算	1. 钢扶梯制作、安装 2. 除锈、刷油漆
040506018	其他现浇混凝土构件	1. 规格 2. 混凝土强度等级、石料最大粒径	m^3	按设计图示尺寸以体积计算	1. 混凝土浇筑 2. 养生 3. 构件移动及堆放 4. 构件安装
040506019	预制混凝土板	1. 混凝土强度等级、石料最大粒径 2. 名称、部位、规格	m^3	按设计图示尺寸以体积计算	1. 混凝土浇筑 2. 养生 3. 构件移动及堆放 4. 构件安装
040506020	预制混凝土槽		m^3	按设计图示尺寸以体积计算	1. 混凝土浇筑 2. 养生 3. 构件移动及堆放 4. 构件安装
040506021	预制混凝土支墩	1. 规格 2. 混凝土强度等级、石料最大粒径	m^3	按设计图示尺寸以体积计算	1. 混凝土浇筑 2. 养生 3. 构件移动及堆放 4. 构件安装
040506022	预制混凝土异型构件	1. 规格 2. 混凝土强度等级、石料最大粒径	m^3	按设计图示尺寸以体积计算	1. 混凝土浇筑 2. 养生 3. 构件移动及堆放 4. 构件安装
040506023	滤板	1. 滤板材质 2. 滤板规格 3. 滤板厚度 4. 滤板部位	m^2	按设计图示尺寸以面积计算	1. 制作 2. 安装
040506024	折板	1. 折板材料 2. 折板形式 3. 折板部位	m^2	按设计图示尺寸以面积计算	1. 制作 2. 安装
040506025	壁板	1. 壁板材料 2. 壁板部位	m^2	按设计图示尺寸以面积计算	1. 制作 2. 安装
040506026	滤料铺设	1. 滤料品种 2. 滤料规格	m^3	按设计图示尺寸以体积计算	铺设
040506027	尼龙网板	1. 材料品种 2. 材料规格	m^2	按设计图示尺寸以面积计算	1. 制作 2. 安装
040506028	刚性防水	1. 工艺要求 2. 材料品种	m^2	按设计图示尺寸以面积计算	1. 配料 2. 铺筑
040506029	柔性防水	1. 工艺要求 2. 材料品种	m^2	按设计图示尺寸以面积计算	涂、贴、粘、刷防水材料
040506030	沉降缝	1. 材料品种 2. 沉降缝规格 3. 沉降缝部位	m	按设计图示以长度计算	铺、嵌沉降缝
040506031	井、池渗漏试验	构筑物名称	m^3	按设计图示储水尺寸以体积计算	渗漏试验

设备安装工程量清单项目设置及工程量计算规则见表 6-13。

表 6-13 设备安装（编码：040507）

项目编码	项目名称	项目特征	计量单位	工程量计算规则	工程内容
040507001	管道仪表	1. 规格、型号 2. 仪表名称	个	按设计图示数量计算	1. 取源部件安装 2. 支架制作、安装 3. 套管安装 4. 表弯制作、安装 5. 仪表脱脂 6. 仪表安装
040507002	格栅制作	1. 材质 2. 规格、型号	kg	按设计图示尺寸以质量计算	1. 制作 2. 安装
040507003	格栅除污机	规格、型号	台	按设计图示数量计算	1. 安装 2. 无负荷试运转
040507004	滤网清污机				
040507005	螺旋泵				
040507006	加氯机		套		
040507007	水射器	公称直径	个		
040507008	管式混合器				
040507009	搅拌机械	1. 规格、型号 2. 重量	台		
040507010	曝气器	规格、型号	个		
040507011	布气管	1. 材料品种 2. 直径	m	按设计图示以长度计算	1. 钻孔 2. 安装
040507012	曝气机	规格、型号	台	按设计图示数量计算	1. 安装 2. 无负荷试运转
040507013	生物转盘	规格			
040507014	吸泥机	规格、型号			
040507015	刮泥机				
040507016	辊压转鼓式吸泥脱水机				
040507017	带式压滤机	设备质量			
040507018	污泥造粒脱水机	转鼓直径			
040507019	闸门	1. 闸门材质 2. 闸门形式 3. 闸门规格、型号			
040507020	旋转门	1. 材质 2. 规格、型号	座		
040507021	堰门	1. 材质 2. 规格			安装
040507022	升杆式铸铁泥阀	公称直径	台		
040507023	平底盖闸				
040507024	启闭机械	规格、型号			
040507025	集水槽制作	1. 材质 2. 厚度			1. 制作 2. 安装
040507026	堰板制作	1. 堰板材质 2. 堰板厚度 3. 堰板形式	m²	按设计图示尺寸以面积计算	
040507027	斜板	1. 材料品种 2. 厚度			安装
040507028	斜管	1. 斜管材料品种 2. 斜管规格	m	按设计图示以长度计算	

项目编码	项目名称	项目特征	计量单位	工程量计算规则	工程内容
040507029	凝水缸	1. 材料品种 2. 压力要求 3. 型号、规格 4. 接口	组	按设计图示数量计算	1. 制作 2. 安装
040507030	调压器	型号、规格			安装
040507031	过滤器				
040507032	分离器				
040507033	安全水封	公称直径			
040507034	检漏管	规格			
040507035	调长器	公称直径	个		
040507036	牺牲阳极、测试桩	1. 牺牲阳极安装 2. 测试桩安装 3. 组合及要求	组		1. 安装 2. 测试

二、市政管网工程工程量清单计价说明

清单工程量基本与定额的工程量计算规则一致，只是排管道与定额有区别。定额工程量计算时要扣除井内壁间的长度，而管道敷设的清单工程量计算规则是不扣除井内壁间的距离，也不扣除管体、阀门所占的长度。

第四节 计 算 示 例

【例 6-1】 某街道道路新建排水工程，其平面图、断面图、钢筋混凝土管 180°混凝土基础图、φ1000 砖砌圆形雨水检查井标准图，平算式单算雨水口标准如图 6-1～图 6-5 所示。

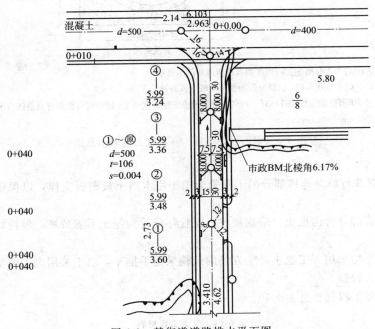

图 6-1 某街道道路排水平面图

该排水工程的施工方案如下。

(1) 该道路的土方管沟回填后不需外运，可作为道路缺方的一部分就地摊平。

(2) 在原井至 4 号井的两个雨水进水井处设施工护栏共长约 80m，以减少施工干涉和确保行

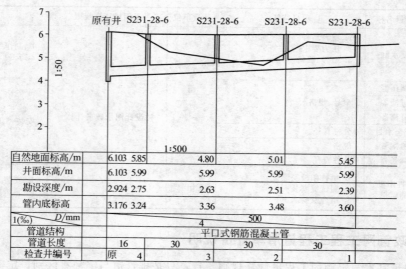

自然地面标高/m	6.103 5.85		4.80		5.01		5.45	
井面标高/m	6.103 5.99		5.99		5.99		5.99	
勘设深度/m	2.924 2.75		2.63		2.51		2.39	
管内底标高	3.176 3.24		3.36		3.48		3.60	
1(‰) *D*/mm		4			500			
管道结构				平口式钢筋混凝土管				
管道长度	16		30		30		30	
检查井编号	原	4		3		2		1

图 6-2 某街道道路排水纵断面图

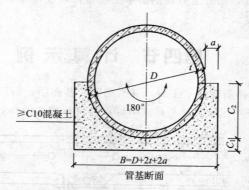

管基断面

说明：1. 本图适用于开槽施工的雨水和合流管道及污水管道。

2. C_1、C_2 开浇筑时，C_1 部分表面要求做成毛面并冲洗干净。

3. 表中 B 值根据国标 GB11836—1989 所给的最小管壁厚度所定，使用时可根据管材具体情况调整。

4. 覆土 4m＜H≤6m。

图 6-3 钢筋混凝土管 180°混凝土基础示意图

车、行人安全。

（3）4 号检查井与原井连接部分的干管管沟挖土用木挡土板密板支撑，以保证挖土安全和减少路面开挖量。

（4）其余干管部分管沟挖土，采取放坡、支管部分管沟挖土不需放坡，但挖好的管沟要及时敷管覆土。

（5）所有挖土均采用人工挖土，土方场内运输采用手推车，填土采用人工夯实。

试求该工程工程量。

解：（1）主要工程材料见表 6-14。

表 6-14 主要工程材料

序号	名 称	单位	数量	规 格	备 注
1	钢筋混凝土钢管	m	94	$d300 \times 2000 \times 30$	
2	钢筋混凝土管	m	106	$d500 \times 2000 \times 42$	
3	检查井	座	4	$\phi1000$ 砖砌	S231—28—6
4	雨水口	座	9	680×380 $H=1.0$	S235—2—4

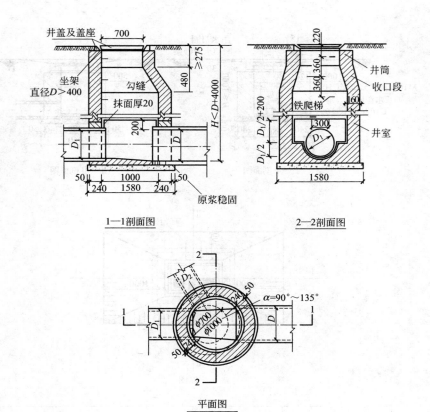

图 6-4　$\phi1000$ 砖砌圆形雨水检查井示意图

工程数量表

管径	砖砌体/m³			100号混凝	砂浆抹
D	收口段	井室	井筒/m	土/m³	面/m²
200	0.39	1.76	0.71	0.20	2.48
300	0.39	1.76	0.71	0.20	2.60
400	0.39	1.76	0.71	0.20	2.70
500	0.39	1.76	0.71	0.22	2.79
600	0.39	1.76	0.71	0.24	2.86

说明：1. 单位：mm。
2. 井墙用M7.5水泥砂浆砌M7.5砖，无地下水时，可用M5.0混合砂浆砌M7.5砖。
3. 抹面、勾缝、座浆均用1:2水泥砂浆。
4. 遇地下水时井外壁抹面至地下水位以上500，厚20，井底铺碎石，厚100。
5. 接入支管超挖部分用级配砂石、混凝土或砌砖填实。
6. 井室高度：自井底至收口段一般为1800，当埋深不允许时可酌情减小。
7. 井基材料厚度等于干管基厚；若干管为土基时，井基厚度为100。

（2）管道铺设及基础见表6-15。
（3）检查井、进水井数量见表6-16。
（4）挖干管管沟土方见表6-17。
（5）挖支管管沟土方见表6-18。

表 6-15　管道铺设及基础

管段井号	管径/mm	管道铺设长度 （井中至井中）/m	基础及接口 形式	支管及180°平接口基础铺设	
				$d300$	$d250$
起 1				32	—
	500	30			
2				16	—
	500	30			
3			180°平接口	16	—
	500	30			
4				30	—
	500	16			
止原井					
合计		106		94	—

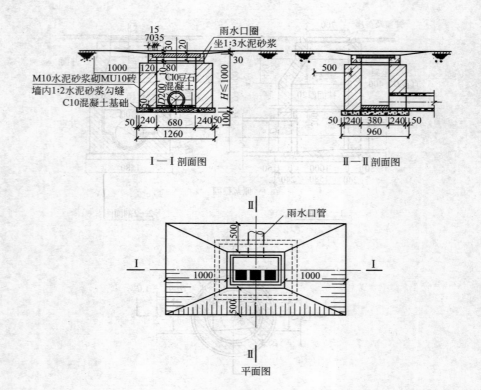

图 6-5 平算式单算雨水口示意图

H	工程 数 量					铸铁箅子 1个
	C10混凝土 /m³	C30混凝土 /m³	C30豆石 混凝土	砖砌体 /m³	钢筋/kg	
700	0.121	0.03	0.013	0.43	2.68	1
1000	0.121	0.03	0.013	0.65	2.68	1

说明：1. 单位：mm。

2. 各项技术要求详见雨水口总说明。

表 6-16 检查井、进水井数量

井号	检查井 设计井 面标高 /m	井底 标高 /m	井深 /m	砖砌圆形井				砖砌雨水口井		
				雨水检查中		沉泥中				
				圆号 井径	数量 /个	圆号 井径	数量 /座	图号 规格	井深	数量 /座
	1	2	3＝1-2							
起1	5.99	3.6	2.39	S231—28—6φ1000	1	—		S235-2-4 C680×380	1	3
2	5.99	3.48	2.51	S231—28—6φ1000	1	—		S235-2-4 C680×380	1	2
3	5.99	3.35	2.64	S231—28—6φ1500	1	—		S235-2-41000 C680×380	1	2
4	5.99	3.24	2.75	S231—28—6φ1500	1	—		S235-2-41000 C680×380	1	2
止原井	(6.103)	(2.936)	3.14							
本表综合 小 计	1. 砖砌圆形雨水检查井φ1000平均井深2.6m，共计4座。 2. 砖砌雨水口井水井680×380，井深1m，共计9座。									

表6-17 挖干管管沟土方

表6-17 挖干管管沟土方

井号或管数	管径/mm	管沟长/m	沟底宽/m	原地面标高(综合取定)/m	井底流水位标高/m		基础加深/m	平均挖深/m	土壤类别	计算式	数量/m³
		L	b	平均	流水位	平均		H		L×b×H	
起1											
1	500	30	0.744	5.4	3.60	3.54	0.14	2.00	三类土	30×0.744×2.00	44.64
2	500	30	0.744	4.75	3.48	3.42	0.14	1.47	三类土	30×0.744×1.47	32.81
3	500	30	0.744	5.28	3.36	3.30	0.14	2.12	三类土	30×0.744×2.21	47.33
4	500	16	0.744	5.98	3.24	3.21	0.14	2.91	四类土	16×0.744×2.91	34.64
止原井					3.176						

表6-18 挖支管管沟土方

管径/mm	管沟长/m	沟底宽/m	平均挖深/m	土壤类别	计算式	数量/m³	备注
	L	b	H		L×b×H		
d300	94	0.52	1.13	三类土	94×0.52×1.13	55.23	
d250							

（6）挖井位土方见表6-19。

表6-19 挖井位土方

井号	井底基础尺寸/m			原地面至流水面高/m	基础加深/m	平均挖深/m	个数	土壤类别	计算式	数量/m³
	长	宽	直径							
	L	b	φ			H				
雨水井	1.26	0.96		1.0	0.13	1.13	9	三类土	1.26×0.96×1.13×9	12.30
1			1.58	1.86	0.14	2.00	1	三类土	井位2块弓形面积为0.83×2.00	1.66
2			1.58	1.33	0.14	1.47	1	三类土	0.83×1.47	1.22
3			1.58	1.98	0.14	2.12	1	三类土	0.83×2.12	1.76
4			1.58	2.77	0.14	2.91	1	四类土	0.83×2.91	2.42

（7）挖混凝土路面及稳定层见表6-20。

表6-20 挖混凝土路面及稳定层

序号	拆除构筑物名称	面积/m²	体积/m³
1	挖混凝土路面(厚22cm)	16×0.744=11.9	11.9×0.22=2.62
2	挖稳定层(厚35cm)	16×0.744=11.9	11.9×0.35=4.17

（8）管道及基础所占体积见表6-21。

表6-21 管道及基础所占体积

序号	部位名称	计算式	数量/m³
1	d500管道与基础所占体积	[(0.1+0.292)×(0.5+0.084+0.16)+0.292²×3.14×1/2]×106	45.10
2	d300管道与基础所占体积	[(0.1+0.18)×(0.3+0.06+0.16)+0.18²×3.14×1/2]×94	18.47
	小计		63.57

（9）土方工程量汇总见表6-22。

表6-22 土方工程量汇总

序号	名称	计算式	数量/m³
1	挖沟槽土方三类土2m以内	44.64+32.81+55.23+12.30+1.66+1.22	147.86
2	挖沟槽土方三类土4m以内	47.32+1.76	49.08
3	挖沟槽土方四类土4m以内	34.64+2.42-2.62-4.17	30.27
4	管道沟回填方	147.86+49.08+30.27-63.68	163.53
5	就地弃土		63.68

（10）分部分项工程量清单见表6-23。

表 6-23　分部分项工程量清单

工程名称：某街道道路新建排水工程

序号	项目编码	项 目 名 称	计量单位	工程数量
1	040101002001	挖沟槽土方（三类土、深 2m 以内）	m³	147.86
2	040101002002	挖沟槽土方（三类土、深 4m 以内）	m³	49.08
3	040101002003	挖沟槽土方（四类土、深 4m 以内）	m³	30.27
4	040103001001	填土（沟槽回填，密实度 95%）	m³	163.53
5	040501002001	混凝土管道铺设（d300×2000×30 钢筋混凝土管，180° C15 混凝土基础）	m	94.00
6	040501002002	混凝土管道铺设（d500×2000×42 钢筋混凝土管，180° C15 混凝土基础）	m	106.00
7	040504001001	砌筑检查井（砖砌圆形井 φ1000 平均井深 2.6m）	座	4
8	040504003001	雨水进水井（砖砌、680×380、井深 1m、单算平算）	座	9
		合计	—	—

（11）挖管沟土方和挡土板见表 6-24。

表 6-24　挖管沟土方和挡土板

井号或管数	管径/mm	管沟长/mm	管底宽/m	原地面标高（综合取定）/m	井底流水位标高/m	基础水深/m	平均挖土深度/m	计算式	挖土方量/m³ 深度（1m 以内）			挡土板 木支撑密板/m²
									2	4	4	
		L	b	平均	井底	平均	H	放坡 1:1=1:0.5 $V=LH(b+Hi)$	三类土	三类土	四类土	
				1	2	3	1－2+3					
1				3.60								
2	500	30	1.75	5.4	3.54	0.14	2.00	30×2.00×(1.75+2.00×0.5)	165.00	—	—	
					3.48							
3	500	30	1.75	4.75	3.42	0.14	1.47	30×1.47×(1.75+1.47×0.5)	109.59	—	—	
					3.36							
4	500	30	1.75	5.28	3.30	0.14	2.12	30×2.12×(1.75+2.12×0.5)	—	178.72	—	
					3.24							
5	500	16	1.95	5.98	3.176	0.14	2.91	不放坡 V=LbH=16×2.91×1.95	—	—	90.79	116×291×2=93.12
					3.176							
								小计	274.59	178.72	90.79	93.12
支管	300	94	1.32			0.13	1.13	不放坡 V=LbH=94×1.32×1.13	140.21	—	—	
								合计	414.80	178.72	90.79	93.12

（12）管道及基础铺筑见表 6-25。

表 6-25　管道及基础铺筑

井号	管径/mm	管道铺设长度（井中至井中）/m	检查井所占长度/m	实铺管道及基础长度/m	基础及接口形式	支管及 180°平接口基础铺设	
						φ300	φ250
起 1							
2	500	30	0.7	29.3		32	—
3	500	30	0.7	29.3		16	—
4	500	30	0.7	29.3	180°平接口	16	—
	500	30	0.7	15.3		30	—
止原井						—	
合计				103.2		94	

第七章
解读地铁工程工程量计算

地铁是地下铁道的简称。它是一种独立的有轨交通系统，不受地面道路情况的影响，能够按照设计的能力正常运行，从而快速、安全、舒适地运送乘客。地铁效率高，无污染，能够实现大运量的要求，具有良好的社会效益。

第一节　地铁工程定额工作内容及相关规定

一、地铁工程定额工作内容

细节解读一：土建工程

（1）土石方工程、支护工程

① 定额包括土方工程、支护工程等 2 节 26 个子目。

② 定额未含土方外运项目，发生时执行全统市政定额第一册"通用项目"相应子目。

③ 竖井挖土方项目未分土质类别，按综合考虑的。

④ 盖挖土方项目以盖挖顶板下表面划分，顶板下表面以上的土方执行全统市政定额第一册"通用项目"的土方工程相应子目，顶板下表面以下的土方执行盖挖土方相应子目。

（2）土建结构工程

① 定额包括混凝土、模板、钢筋、防水工程等共 4 节 83 个子目。

② 定额喷射混凝土按 C20 测算，与设计要求不同时可按各省、自治区、直辖市标准进行调整。子目中已包括超挖回填、回弹和损耗量。

③ 定额钢筋工程是按 $\phi10$ 以上及 $\phi10$ 以下综合编制的。

④ 定额中的预制混凝土站台板子目只包括了站台板的安装费用，未含预制混凝土站台板本身价格，其价格由各省、自治区、直辖市造价管理部门自行编制确定。

⑤ 圆形隧道的喷射混凝土及混凝土项目按拱顶、弧墙、拱底划分，其中起拱线以上为拱顶，起拱线至墙脚为弧墙，两墙脚之间为拱底，分别套用相应子目。

⑥ 临时支护喷射混凝土子目，适用于施工过程中必须采用的临时支护措施的喷射混凝土。

⑦ 竖井喷射混凝土执行临时支护喷射混凝土子目。

⑧ 模板按钢模板为主、木模板为辅综合测算。区间隧道模板分为钢模板钢支撑、钢模板木支撑及隧道模板台车项目，其中隧道非标准断面执行相应的钢模板钢支撑和钢模板木支撑项目，隧道标准断面应执行隧道模板台车项目。底板梁的模板按混凝土的接触面积并入板的模板计算。梗斜的模板靠墙的并入墙的模板计算；靠梁的并入梁的模板计算。

⑨ 模板项目中均综合考虑了地面运输和模板的地面装卸费用。

（3）土建其他工程

① 定额包括隧道内临时工程拆除、材料运输、竖井提升共计13个子目。

② 定额临时工程适用于暗挖或盖挖施工时所敷设的洞内临时性管、线、路工程。

③ 定额拆除混凝土子目中未含废料地面运输费用，如发生执行全统市政定额第一册"通用项目"第一章相应子目。临时工程按季度摊销量测算，不足一季度按一季度计算。

④ 洞内材料运输和材料竖井提升子目仅适用于洞内施工（盖挖与暗挖）所使用的水泥、砂、石子、砖及钢材的运输与提升。

细节解读二：轨道工程

（1）地铁铺轨工程

① 包括隧道铺轨、地面铺轨、桥面铺轨、道岔尾部无枕地段铺轨、换铺长轨等共5节28个子目。

② 铺轨定额所列扣件根据隧道、地面、桥面道床形式和轨枕类型不同，分别按弹条扣件和无螺栓弹条扣件列入定额子目。

③ 人工铺长轨、换铺长轨子目，不包括长轨焊接费用，实际发生时执行本章长轨焊接相应子目。

④ 换铺长轨子目不包括工具轨的铺设费用，但包括工具轨的拆除、回运及码放费用。

⑤ 道岔尾部无枕地段铺轨，系指道岔跟端至末根岔枕中心距离（L）已铺长岔枕地段的铺轨。长岔枕铺设的用工、用料均在铺道岔定额中。

⑥ 整体道床铺轨子目已包括了钢轨支撑架的摊销费用。

（2）地铁铺道岔工程

① 包括人工铺单开道岔、复式交分道岔和交叉渡线共3节12个子目。

② 碎石道床地段铺设道岔，岔枕是按木枕和钢筋混凝土枕分别考虑的；整体道床地段铺设道岔，岔枕是按钢筋混凝土短岔枕考虑的。

③ 定额的整体道床铺道岔所采用的支撑架类型、数量是按施工组织设计计算的，其支撑架的安拆整修用工已含在定额内。

④ 定额中道岔轨枕扣件按分开式弹性扣件计列，如设计类型与定额不同时，相应扣件类型按设计数量进行换算。

（3）地铁铺道床工程

① 包括铺碎石道床1节共3个子目。

② 适用于城市轨道交通工程地面线路碎石道床铺设。

（4）地铁安装轨道加强设备及护轮轨工程

① 定额包括安装轨道加强设备和铺设护轮轨2节共10个子目。

② 定额中安装绝缘轨距杆，是按厂家成套成品安装考虑的。

③ 定额中防爬支撑子目是按木制防爬支撑考虑的，如设计使用材质不同时，另列补充项目。

④ 铺设护轮轨子目是按北京市城建设计院设计的地铁防脱护轨考虑的，本子目系按单侧编制，双侧安装时按实际长度折合为单侧工作量。

（5）线路其他工程

① 包括铺设平交道口、安装车挡、安装线路及信号标志、沉落整修及机车压道、改动无缝线路等5节19个子目。

② 铺设平交道口项目其计量的单位10m宽系指道路路面宽度，夹角系指铁路与道路中心线相交之锐角；本项目是按木枕地段50kg钢轨、板厚100mm、夹角90°设立的。

③ 安装线路及信号标志的洞内标志，按金属搪瓷标志考虑综合，洞外标志和永久性基标按混凝土制标志考虑。

④ 沉落整修项目仅适用于人工铺设面碴地段。

⑤ 加强沉落整修项目适用于线路开通后，其行车速度要求达到每小时 45km 以上时使用，当无此要求时，则应按规定采用沉落整修项目，两个项目不能同时使用。

⑥ 机车压道项目仅适用于碎石道床人工铺轨线路。

⑦ 改动无缝线路项目仅适用于地面及桥面无缝线路铺轨。

（6）接触轨安装工程

① 定额包括接触轨安装、接触轨焊接接头轨弯头安装、安装防护板 4 节共 7 个子目。

② 定额接触轨焊接是按移动式气压焊现场焊接考虑的。

③ 定额安装接触轨防护板定额是按玻璃钢防护板考虑的，如使用木制防护板，由各省、自治区、直辖市定额管理部门另行补充项目。

④ 定额整体道床接触轨安装已包括混凝土底座吊架的摊销费用。

（7）轨料运输工程

① 定额 1 节共 2 个子目。

② 定额适用于长钢轨运输、标准轨及道岔运输。

③ 定额轨料运输运距按 10km 综合考虑。

④ 定额轨料运输包括将钢轨及道岔自料库基地（或焊轨场）运至工地的费用。

细节解读三：通信工程

（1）导线敷设工程

① 定额包括天棚敷设导线、托架敷设导线、地槽敷设导线共 3 节 11 个子目，适用于地铁洞内导线常用方式的敷设。

② 定额敷设导线子目是根据导线类型、规格按敷设方式设置的。且 9～208 至 9～212 子目每百米均综合了按导线截面通过电流大小配置的相应接线端子 20 个。

③ 导线敷设引入箱、架中心部（或设备中心部）后，应另再增加 1.5m 的预留量。

④ 天棚、托架敷设导线项目分别按每 1.5m 防护绑扎和 5m 绑扎一次综合测算。

⑤ 敷设导线定额的预留量：

a. 根据广播网络洞内扬声器布设的需要，托架敷设广播用导线每 50m 预留 1.5m。

b. 根据洞内隧道电话插销布设的需要，托架敷设隧道电话插销用导线每 200m 应预留 3m。

c. 其他要求的预留量，可参照托架敷设电缆预留量的标准执行。

（2）电缆、光缆敷设及吊、托架安装工程

① 定额包括天棚敷设电缆，托架敷设电缆，站内、洞内钉固及吊挂敷设电缆，安装托板托架、吊架，托架敷设光缆，钉固敷设光缆，地槽敷设光缆共 7 节 41 个子目，适用于地铁电缆、光缆站内、洞内常用方式的敷设和托、吊架的安装。

② 电缆、光缆敷设预留量的规定。

电缆预留量规定：

a. 接续处预留 1.5～2m。

b. 引入设备处预留 1～2m。

c. 总配线架成端预留量：

100 对成端预留量 3.5m（采用一条 100 对电缆成端）。

200 对成端预留量 4.5m（采用一条 200 对电缆成端）。

300 对成端预留量 5.5m（采用一条 300 对电缆成端）。

400 对成端预留量 9m（采用两条 200 对电缆成端）。

600 对成端预留量 11m（采用两条 300 对电缆成端）。

d. 组线箱成端预留量：50 对以下组线箱成端预留 1.5m。

e. 交接箱接头排预留量：100 对电缆以上接头排预留 5m。

f. 分线箱（盒）预留：50 对以下箱（盒）预留 2.5m。

光缆预留量规定：

a. 接续处预留 2～3m。

b. 引入设备处预留 5m。

c. 中继站两侧引入口处各预留 3～5m。

d. 接续装置内光纤收容余长每侧不得小于 0.8m。

e. 敷设托架光缆每 200m 增加 2～3m 预留量，进出平拉隧道隔断门（或立转门）各增加 5m（或 3m）的预留量，跨越绕行增加 12m（或 2.5m）的计算长度。

f. 其他特殊情况，请按设计规定执行。

③ 天棚、托架、地槽敷设电缆、光缆子目，是根据每 5m 绑扎一次综合测定的。

④ 站内钉固电缆子目是按每 0.5m 钉固一次综合测定的。洞内电缆子目是按每米钉固一次敷设的，若间距小于等于 0.5m 时，可适当按照站内相应钉固子目予以调整。光缆钉固子目不分站内、洞内均按每米钉固一次综合测定。

⑤ 安装托板托架子目是以面层镀锌工艺制作、镀层厚 4～5m 的 6 层组合式膨胀螺栓固定的托板托架设置的，每套由 1 根托架、6 块活动托板组成。若使用 5 层一体化预埋铁螺栓紧固托板托架时，人工用量按该子目的 80% 调整。

⑥ 安装漏缆吊架（工艺要求同托架）包括安装吊架本身以及连接固定漏缆的卡扣。

⑦ 洞内安装漏泄同轴电缆是按每米吊挂一次综合测算的。

⑧ 光缆敷设综合考虑了仪器仪表的使用费，光缆芯数超出 108 芯以后，光缆芯数每增加 24 芯，敷设百米光缆，人工增加 0.8 个工日，仪器仪表的使用费增加 5.18 元。

⑨ 电缆、光缆敷设的检验测试，要有完整的原始数据记录，以作为工程资料的一个组成部分。电缆、光缆在运往现场时，应按施工方案配置好顺序。隧道区间内预留的电缆、光缆必须固定在隧道壁上，以防止列车碰刷。

（3）电缆接焊、光缆接续与调试工程

① 定额包括电缆接焊、电缆测试、光缆接续、光缆测试共 4 节 20 个子目。适用于地铁工程常用的电缆接焊、光缆接续与测试。

② 电缆接焊头项目，是以缆芯对数划分按前套管直通头封装方式测算的。本项目适用于常用电缆接头的芯线接续（一字型、分歧型），接头的对数为计算标准。

a. 纸隔与塑隔电缆的接续点按塑隔芯线计算，大小线径相接按大小线径计算。

b. 若为分歧接焊，在相同对数的基础上：铅套管分歧封头按相同对数铅套管直通头子目规定，人工增加 10%，分歧封头材料费按定额消耗量不变，材料单价可调整。C 型套管接续套用相同规格子目，主要材料换价计取。

③ 电缆全程测试项目，是指从总配线架（或配线箱）至配线区的分线设备端子的电缆测试，包括测试中对造成的故障线路修复，并综合考虑了相应仪器仪表的使用费。

④ 光缆接续子目综合考虑了仪器仪表的使用费，光缆芯数每增加 24 芯，人工增加 8 个工日，仪器仪表的使用费增加 224.06 元。

⑤ 光缆测试子目综合考虑了仪器仪表的使用费，光缆芯数每增加 24 芯．人工增加 4 个工日，仪器仪表的使用费增加 129.33 元。

（4）通信电源设备安装工程

① 定额包括蓄电池安装及充放电、电源设备安装共 2 节 14 个子目。适用于地铁常用通信电源的安装和调试。

② 蓄电池项目，是按其额定工作电压、容量大小划分，以蓄电池组综合测算的，适用于 24V、48V 工作电压的常用蓄电池组安装及蓄电池组按规程进行充放电。

蓄电池组容量超过 500A 时：24V 蓄电池组每增加 500A 时，人工增加 1.5 工日；48V 蓄电池组每增加 500A 时，人工增加 4 工日。

③ 蓄电池电极连接系按电池带有紧固螺栓、螺母、垫片考虑的。定额中未考虑焊接。如采用焊接方式连接，除增加焊接材料外，人工工日不变。

④ 蓄电池组容量和电压与定额所列不同时，可按相近子目套用。

⑤ 安装调试不间断电源和数控稳压设备项目，是按额定功率划分，以台综合测算的。包括了电源间与设备间进出线的连接和敷设。

⑥ 组合电源设备的安装已包括进出线、缆的连接，但未包括进出线、缆的敷设。

⑦ 安装调试充放电设备项目，包括监测控制设备、变阻设备、电源设备的安装、调试与连接线缆的敷设。

⑧ 安装蓄电池机柜、架定额，是以 600mm（宽）×1800mm（高）×600mm（厚）的机柜；二层总体积为 2200mm（宽）×1000mm（高）×1500mm（厚）的蓄电池机架综合测定的。

⑨ 配电设备自动性能调测子目是以台综合测算的。

⑩ 布放电源线可参考本册导线敷设中相应子目。

（5）通信电话设备安装工程

① 定额包括安调程控交换机及附属设备、安调电话设备及配线装置共 2 节 19 个子目。适用于地铁工程国产和进口各种制式的程控交换机设备的硬件、软件安装、调试与开通，以及电话设备安装和调试。

② 程控交换机安装调试项目均包括硬件的安装调试和软件的安装调试，且综合考虑了仪器仪表的使用费。

程控交换机的硬件安装各子目均包括相对应的配线架（柜）的安装（配线架的容量按交换机容量 1.4～1.6 倍计）。工作内容还包括：安插电路板及机柜部件、连接地线、电源线、柜间连线、加电检查，程控交换机至配线架（柜）横列间所有电缆的量裁、布放、绑扎、绕接（或卡接）。其中主要连接线、缆敷设按程控机房、电源室、配线架的相应长度以及各种连接插件的安装按规定数量，已综合在子目内。

程控交换机软件安装包括以下内容。

a. 程控交换机进行系统硬件测试。

b. 系统配置的数据库生成，用户及中继线数据库生成，各项功能数据库的生成，列表检查核对，复制设备软盘。

③ 程控交换机定额，只列出了 5000 门以下的交换设备。若实际设置超过 5000 门容量的交换设备，按超过的容量，直接套用相应子目计取。

④ 安调终端及打印设备、计费系统、话务台、修改局数据、增减中继线、安装远端用户模块定额均指独立于程控交换机安装项目之外的安装调试。

⑤ 终端及打印设备安装调试定额均包括：终端设备、打印机的安装调试及随机附属线、缆的连接。

⑥ 计费系统安装调试均包括：计算机、显示器、打印机、调制解调器、电源、鼠标、键盘的安装调试及随机线缆、进出线缆的连接。

⑦ 话务台安装调试定额均包括：计算机、显示器、鼠标、键盘、ISDT 设备安装调试及随机线缆、进出线缆的连接。

⑧ 安装调试程控调度交换设备、程控调度电话、双音频电话、数字话机（或接口）均包括：设备（或装置）本身的安装调试及附属接线盒的安装和线、缆的连接。

⑨ 安装交接箱定额是以 600 回线交接箱的安装综合测算的；安装卡接模块定额是以 10 回线模块的安装综合测算的；安装交接箱模块支架定额是以安装 10×10 回线的模块支架综合测定的；安装卡接保安装置定额是以安装在卡接模块每回线上的保安装置综合测算的。

⑩ 计算机终端及打印机单独安装调测时，可按全国统一安装工程预算定额的相应子目计取。

（6）无线设备安装工程

① 定额包括安装电台及控制、附属设备，安装天线、馈线及场强测试，共 2 节 11 个子目，适用于车站、车场、列车电台设备的安装调试。

② 安装基地电台项目包括：机架、发射机、接收机、功放单元、控制单元、转换单元、控制盒、电源的安装调试以及随机线缆安装、进出线缆的连接，且综合考虑了仪器仪表的使用。

③ 安装调测中心控制台项目包括：计算机、显示器、控制台、鼠标、键盘的安装调试以及随机线缆安装、进出线缆的连接。

④ 安装调试录音记录设备项目、安装调试便携电台（或集群电话）均以单台综合测算的，且安装调试便携电台（或集群电话）子目还综合考虑了仪器仪表的使用费。

⑤ 安装调测列车电台是以安装调试含有设备箱的一体化结构电台、控制盒、送受话器以及随机线缆安装、进出线缆连接综合测算的，且综合考虑了仪器仪表的使用费。

⑥ 固定台天线是以屋顶安装方式综合测算的，采用其他形式安装时，可参考本定额另行计取。车站电台天线安装调试，可直接套用列车天线相应子目。

⑦ 场强测试是按正线区间（1km）双隧道，并分别按照顺向、逆向、重点核查三次测试而综合测算的，且综合考虑了仪器仪表的使用费。

⑧ 同轴软缆敷设以 30m 为 1 根计算，超过 30m 每增加 5 印为 1 根计算。

⑨ 系统联调，是以包括 1 套中心控制设备，10 套车站设备，20 套列车设备为一系统综合测算的，且综合考虑了仪器仪表的使用费。

⑩ 设备安调均以带有机内（或机间）连接线缆综合考虑，设备到端子架（箱）的连接线缆，可参照有关章节适当子目另行计取。

（7）光传输、网管及附属设备安装工程

① 定额包括光传输、网管及附属设备安装，稳定观测、运行试验共 2 节 11 个子目，适用于 PCM、PDH、SDH、OTN 等制式的传输设备的安装和调试。

② 安装调试多路复用光传输设备包括：端机机架、机盘、光端机、复用单元、传输及信令接口单元、光端机主备用转换单元、维护单元、电源单元的安装调试以及随机线缆安装、进出线缆的连接，且综合考虑了相应仪器仪表的使用费。但不含 UPS 电源设备的安装调试。

③ 安调中心网管设备定额，安装调试车站网管设备定额，均以套综合测算：其中安装调试中心网管设备综合考虑了相应仪器仪表的使用费。

安装调试中心网管设备包括：中心网管设备、计算机、显示器、鼠标、键盘的安装调试以及随机线缆的安装连接。

安装调试车站网管设备包括：车站网管设备的安装调试和随机线、缆的安装连接。

④ 安装光纤配线架、数字配线架、音频终端架，均以架综合测算。其中光纤配线架和音频终端架定额是以 60 芯以下配线架综合测算的。

⑤ 放绑同轴软线以 10m 为 1 条测算，尾纤制作连接以 3m 为 1 条测算。

⑥ 安装光纤终端盒以个综合测算。

⑦ 传输系统稳定观测，网管系统运行试验定额，均以 10 个车站、1 个中心站为一个系统综合测算的，且综合考虑了相应仪器仪表的使用费。

⑧ 设备安装调试均以带有机内（或机间）连接线缆综合考虑，设备到端子架（箱）的连接线缆，可参照相关章节适当子目，另行计取。

（8）时针设备安装工程

① 定额包括安装调试中心母钟设备、安装调试二级母钟及子钟设备共 2 节 9 个子目，适用于计算机管理的、GPS 校准的、以中央处理器为主单元的数字化子母钟运营、管理系统的安装调测。

② 安装调试中心母钟定额，以套综合测算，且考虑了相应仪器仪表的使用费。包括：机柜、

电视解调器、自动校时钟、多功能时码转换器、卫星校频校时钟、高稳定时钟（2台）、时码切换器、时码发生器、时码中继器、中心检测接口、中心监测接口、时码定时通信器、计算机接口装置直流电源的安装调试，以及随机线缆安装、进出线缆的连接。

③ 全网时钟系统调试是以10套二级母钟、1套中心母钟为一系统综合测定的，且考虑了相应仪器仪表的使用费。

④ 安装调试二级母钟包括：机柜、高稳定时钟、车站监测接口、时码分配中继器的安装调试，以及随机线缆安装、进出线缆的连接。

⑤ 车站时钟系统调试，是以每套二级母钟带35台子钟为一系统综合考虑的，且考虑了相应仪器仪表的使用费。

⑥ 站台数显子钟以10″双面悬挂式、发车数显子钟以5″单面墙挂式、室内数显子钟以3″单面墙挂式、室内指针子钟以12″单面墙挂式综合测算的。

⑦ 安调卫星接收天线包括：天线的安装调试和20m同轴电缆的敷设连接。

⑧ 电源设备、微机设备安装调试，可参考其他章节或《全国统一安装工程预算定额》相关子目。

⑨ 设备安装调试定额均以带有机内（或机间）连接线缆综合考虑，设备到端子架（箱）的连接线缆，可参照相关章节适当子目另行计取。

（9）专用设备安装工程

① 定额包括安装中心广播设备、安装调试车站及车场广播设备、安调附属设备及装置共3节22个子目，适用于计算机控制管理、以中央处理器为主控制单元的各种有线广播设备的安装，以及调测和通信专用附属设备的安装、调试。

② 中心广播控制台设备是以20回路输出设备综合测定的，且考虑了相应仪器仪表的使用费。包括控制台、计算机、显示器、鼠标、键盘的安装调试以及随机线缆的安装连接。车站广播控制台设备，是以10回路输出设备综合测定的，且考虑了相应仪器仪表的使用费。包括车站控制台、话筒的安装调试，以及随机线缆安装、进出缆的连接。

③ 车站功率放大设备是以输出总功率2800W设备综合考虑的，以套为单位计算。包括机架、功放单元（7层）、变阻单元（3层）、切换分机、功放检测分机、电源分机的安装调试，以及随机线缆安装、进出线缆的连接，且考虑了相应仪器仪表的使用费。

④ 车站广播控制盒，防灾广播控制盒是以具有放音卡座及语音存储器功能的设备综合考虑的。包括控制盒和话筒的安装调试以及随机线缆安装、进出线缆的敷设连接。

⑤ 安装调试列车间隔钟是以含有支架安装综合测算的。

⑥ 安装调试中心广播接口设备、车站广播接口设备、扩音转接机、电视遥控电源单元、设备通电24h，以及安装调试专用操作键盘，均以台综合测算。其中安装调试中心广播接口设备、安装调试车站广播接口设备子目，均考虑了相应仪器仪表的使用费。

⑦ 安装广播分线装置、安装调试扩音通话柱、安装音箱、安装纸盆扬声器、安装吸顶扬声器、安装号码标志牌、安装隧道电话插销、安装监视器防护外罩定额，均以个综合测算。安装号筒扬声器子目以对测算。

⑧ 安装号码标志牌，特指隧道内超运距安装。若在隧道外安装时，每个号码标志牌人工调减至0.1工日。

⑨ 系统稳定性调试定额，是以1套中心广播设备，10套车站广播设备为一系统，稳定运行200h综合测算的，且综合考虑了相应仪器仪表的使用费。

⑩ 设备安装调试定额均以带有机内（或机间）连接线缆综合考虑，设备到端子架（箱）的连接线缆可参照相关章节适当子目另行计取。

细节解读四：信号工程

（1）室内设备安装工程

① 定额包括：控制台安装，电源设备安装，各种盘、架、柜安装共 3 节 52 个子目。

② 定额不含非定型及数量不固定的器材（如组合、继电器、交流轨道电路滤波器等），编制概预算时应按设计数量另行计算其消耗量。但其安装所需要的工、料费用已综合在各有关子目中。

③ 单元控制台安装（按横向单元块数分列子目），调度集中控制台安装，信息员工作台安装，调度长工作台安装，调度员工作台安装，微机连锁数字化仪工作台安装，微机连锁应急台安装，综合了室内地脚螺栓安装和地板上摆放安装所用人工、材料消耗量。

④ 调度集中控制台安装，不含通信设备、微机终端设备的安装接线。

⑤ 分线柜安装按六柱端子、十八柱端子分 10 组道岔以上、10 组道岔以下综合测算。不包括分线柜与墙体的绝缘设置（如发生费用另计），电缆固定以及电缆绝缘测试设备的安装。

⑥ 大型单元控制台安装（50～70 块以上）及调度集中控制台安装、信息员工作台安装、调度员工作台安装、中心模拟盘安装均考虑了搬运上楼的困难因素并增加了起重机台班的消耗量，高度按 20m 以内确定，超过 20m 时应另行计算。

⑦ 电气集中组合架安装、电气集中新型组合柜及电气集中继电器柜安装，综合了室内地脚螺栓安装和地板上摆放安装，按 25 组道岔以下、25 组道岔以上综合测算。

⑧ 电气集中组合架安装、电气集中新型组合柜安装及电气集中继电器柜安装，不包括熔丝报警器与其他电源装置的安装。

⑨ 走线架及工厂化配线槽道安装，按螺栓固定安装在室内各种盘、架、柜的上部测算，包括室内设备上部安装有走线架或工厂化配线槽道的所有设备。走线架或工厂化配线槽道与机架或墙体如设计要求需加绝缘时，其人工、材料费另计。

（2）信号机安装工程

① 定额包括：矮型色灯信号机安装、高柱色灯信号机安装、表示器安装、信号机托架的安装，共 4 节 9 个子目。

② 定额工作内容包括设备本身的安装固定，内部器材的安装、接线等全部工作内容。

③ 矮型色灯信号机安装与矮型进路表示器安装，不论是洞内安装在托架上还是车场安装在混凝土基础上，均综合考虑了洞内分线箱方式配线及室外（车场）电缆盒方式配线的工作内容。

（3）电道岔转辙装置安装工程

① 定额包括：各种电动道岔转辙装置的安装及四线制道岔电路整流二极管安装等 5 个子目。

② 电动道岔转辙装置的安装是按普通安装方式测算的。需对电动道岔转辙装置改形、加工时，其消耗量不得调整。

③ 电动道岔转辙装置的安装包括了绝缘件安装用工，但不含转辙装置绝缘件本身价值。

（4）轨道电路安装工程

① 定额包括：轨道电路安装，轨道绝缘安装，钢轨接续线、道岔跳线、极性交叉回流线安装与传输环路安装共 4 节 24 个子目。

② 定额轨道电路安装、钢轨接续线安装焊接、道岔跳线安装焊接、极性交叉回流线安装焊接及传输环路安装子目中各种规格的电缆、导线在钢轨上焊接时，所采用的工艺方法均按北京地下铁道标准测算。

③ 焊药按规格每个焊头用一管，焊接模具按每套焊接 40 个焊头摊销。

④ 轨道电路安装含箱、盒内各种器材安装及配线。

⑤ 钢轨接续线焊接按每点含 2 个轨缝，每个轨缝焊接 2 根钢轨接续线（95mm^2×1.3m、95mm^2×1.5m 橡套软铜线）测算。

（5）室外电缆防护、箱盒安装工程

① 本章定额包括室外电缆防护，箱盒安装，共 2 节 18 个子目。

② 箱盒安装，不含箱盒内各种器材设施的安装及配线。

（6）信号设备基础工程

① 定额包括：信号机、箱、盒基础及信号机卡盘、电缆和地线埋设标共 2 节 15 个子目。

② 定额基础混凝土均按现场浇注测算。

③ 各种基础的混凝土强度等级均采用 C20。

（7）车载设备调试工程

① 定额包括：列车自动防护（ATP）车载设备调试、列车自动运行（ATO）车载设备调试、列车识别装置（PTI）车载设备调试共 3 节 5 个子目。

② 定额车载设备调试包括车载信号设备本身各种功能的静态调试和动态调试，不含车载设备安装及车载设备与地面其他有关设备功能的联调。

③ 车载信号设备功能调试，是以北京地铁现有车载信号设备为依据编制的。本章车载设备静态调试是指列车在静止状态下，对车载信号设备各种功能及指标的调整、测试。设备动态调试是指列车在装有与车载信号设备相对应的地面设备专用线上，在动态状况下，对车载设备各种功能及指标的调整、测试。

④ 车载设备调试以一列车为一车组，其一列车综合了 2 套车载信号设备。

（8）信号工程系统调试工程

① 定额包括：继电联锁系统调试、微机联锁系统调试、调度集中系统调试、列车自动防护（ATP）系统调试、列车自动监控（ATS）系统调试、列车自动运行（ATO）系统调试与列车自动控制（ATC）系统调试共 7 节 11 个子目。

② 定额信号设备系统调试指每个子系统内部各组成部分间或主设备与分设备之间的功能、指标的调整测试。

③ 定额信号设备系统调试，是以北京地铁现有信号设备功能为依据综合测算的。

（9）信号工程其他工程

① 包括信号设备接地、信号设备加固、分界标与信号设备管、线预埋等共 4 节 11 个子目。

② 信号设备接地，只含接地连接线，不含接地装置。如需要制作接地装置，按《全国统一安装工程预算定额》相应子目执行。

③ 地铁车站信号设备管、线预埋是指除土建部分应预留的孔、洞以外的信号室外电缆、电线引入机房或机房内其他部位信号设备管线的预埋，按"一般型和其他型"分别列子目。

二、地铁工程定额相关规定

细节解读一：土建工程

（1）土建工程部分定额包括土方与支护、结构工程、其他工程共 3 章 122 个子目。

（2）土建工程部分定额适用的土质分类，参见《全国统一市政工程预算定额》第一分册《通用项目》（GYD-301—1999）中"土壤及岩石＜普氏＞分类表。"

（3）土建工程部分定额中的混凝土项目均按现场搅拌（C25）考虑，如使用商品混凝土及设计标号与土建工程部分定额不同时，各省、自治区、直辖市造价管理部门可自行调整。暗挖工程的混凝土项目均已综合计入了隧道内的泵送费用。

（4）土建工程部分定额拆除有筋和无筋混凝土是按隧道内施工因素考虑的，在地面上拆除的混凝土应执行第一册"通用项目"相应子目。

细节解读二：轨道工程

（1）轨道部分定额包括铺轨、铺道岔、铺道床、安装轨道加强设备及护轮轨、线路其他工程、接触轨安装、轨料运输 7 章 21 节共 81 个子目。

（2）地面铺轨定额中的钢轨，其工地搬运及操作损耗率系按 0.1% 编制，仅适用于正线。当用于站线及新建车场时，应分别增加 0.1% 和 0.2% 的损耗。

（3）轨道工程定额未设铺工具轨子目，实际发生时应按道床形式、钢轨规格、轨枕及扣件类型套用铺轨定额相应子目，但应扣除定额中的钢轨、接头夹板及相应附件（接头螺栓与弹簧垫板）材料费。工具轨、接头夹板及附件的周转使用费由建设单位和施工单位共同确定。

（4）铺道床定额只铺设碎石道床 1 节 3 个子目，整体道床浇筑混凝土项目执行第一部分"土建工程"相应子目。

（5）轨道工程定额第六章"接触轨安装"定额仅适用于采用接触轨方式为电动客车供电的地铁工程。

（6）轨道工程定额中线路设计长度均为单线线路长度。

细节解读三：通信工程

（1）通信工程定额适用于地铁、高架轻轨、城市铁路等轨道交通的通信线路、通信设备、通信设施、电源设备、专用设备的敷设、安装和调试。共 9 章 25 节 158 个子目。

（2）通信工程定额中的材料消耗量，包括直接消耗在敷设、安装工作内容中的使用量和规定的损耗量，未包含按规范施工的预留和设计考虑的预留量。

（3）通信工程定额的设备安装项目均未包括被安装的设备本身价值。

（4）通信工程定额中仪器仪表的使用费，已综合在相应定额子目中。

（5）通信工程定额中的工作内容，除各章已说明的工序外，还包括工种之间交叉配合的停歇时间，临时移动水、电源，配合质量检查、设备调试和施工地点范围内的设备、材料、成品、半成品、工器具的运输等。

（6）通信工程定额中通信设备安装的各种螺栓、螺母、垫片等均按随机配套考虑，定额中没有单独列出，遇特殊情况需要增加时，可按实计列。

（7）通信工程定额线缆敷设、设备安装的操作高度均按 5m 以下编制，若超过此范围，执行《全国统一安装工程预算定额》的相应项目。

（8）在通信光缆工程和电缆工程中，独立承包单项电、光缆工程总工日数小于 250 工日的，按下列规定增加系数：

① 工程工日总数在 100 工日以下时，增加 15%。

② 工程工日总数在 250 工日以下时，增加 10%。

（9）通信工程定额未列入的项目和工作内容，请参考《全国统一安装工程预算定额》其他分册相关项目执行。

细节解读四：信号工程

（1）信号工程定额包括：室内设备安装、信号机安装、电动转辙装置安装、轨道电路安装、室外电缆防护、箱盒安装、基础、车载设备调试、系统调试、其他等共 9 章 30 节 150 个子目。

（2）信号工程定额的设备、器材安装除另有规定外，均包括设备本身的安装固定及引入、引出端子板的接线、接线端子的压接全部工作量，但不包括设备引入，引出端子板以外的电缆、电线敷设及设备接地等工作内容。

（3）信号工程定额子目内的仪器、仪表使用费均按实际测算综合了一种或多种仪器、仪表的使用费用。

（4）信号工程定额的缺项部分，如电缆防护、电缆、电线敷设，蓄电池安装与充放电，微机安装与调试，不间断电源安装与调试等，均按《全国统一安装工程预算定额》相应子目执行。

（5）洞内通信电缆敷设由于空间有限，定额根据实际需用的轨道车运输及敷设综合考虑，按敷设每公里电缆 0.5 个机械台班确定。机械台班包括：汽车式起重机 5t，轨道车 120kW，轨道平板车 16t。

（6）信号电缆敷设预留长度的计算：当设计图纸注明预留长度时按设计要求计算，设计图纸未注明预留长度时按以下规定计算。

① 直埋信号电缆预留长度，按《全国统一安装工程预算定额》电气工程分册相应规则执行。

② 洞内架设信号电缆每个终端头加计 3m。

③ 洞内架设信号电缆每端引入设备时，按设备的半周长加计。

④ 洞内架设信号电缆每端引入分线柜时，每根预留 5m。

⑤ 洞内架设信号电缆每端引入分线箱时，每根预留 3m。

⑥ 洞内架设信号电缆垂直引向水平时，每处加计 0.5m。

⑦ 洞内架设信号电缆，井内每根电缆加计 2m。

⑧ 洞内架设信号电缆，电缆的波形长度按 1‰ 计。

(7) 信号工程定额设备包括：各种单元控制台，调度集中控制台，信息员工作台，调度长工作台，调度员工作台，数字化仪工作台，应急台，电源屏，电源切换箱，电源开关柜，旁路电源柜，人工解锁按钮盘，调度集中总机柜，调度集中分机柜，中心模拟盘，微机连锁接口柜，微机连锁防雷柜，电动辙机等。其设备本身价值不含在子目内。

第二节　地铁工程定额工程量计算规则

一、地铁土建工程工程量计算

细节解读一：支护工程

1. 土方工程

(1) 盖挖土方按设计结构净空断面面积乘以设计长度以 m³ 计算，其设计结构净空断面面积是指结构衬墙外侧之间的宽度乘以设计顶板底至底板（或垫层）底的高度。

(2) 隧道暗挖土方按设计结构净空断面（其中拱、墙部位以设计结构外围各增加 10cm）面积乘以相应设计长度以 m³ 计算。

(3) 车站暗挖土方按设计结构净空断面面积乘以车站设计长度以田计算，其设计结构净空断面面积为初衬墙外侧各增加 10cm 之间的宽度乘以顶板初衬结构外放 10cm 至设计底板（或垫层）下表面的高度。

(4) 竖井挖土方按设计结构外围水平投影面积乘以竖井高度以 m³ 计算，其竖井高度指实际自然地面标高至竖井底板下表面标高之差计算。

(5) 竖井提升土方按暗挖土方的总量以 m³ 计算（不含竖井土方）。

(6) 回填素土、级配砂石、三七灰土按设计图纸回填体积以 m³ 计算。

2. 支护工程

(1) 小导管制作、安装按设计长度以延米计算。

(2) 大管棚制作、安装按设计图纸长度以延米计算。

(3) 注浆根据设计图纸注明的注浆材料，分别按设计图纸注浆量以 t 计算。

(4) 预应力锚杆、土钉锚杆和砂浆锚杆按设计图纸长度以延米计算。

细节解读二：土建结构工程

(1) 喷射混凝土按设计结构断面面积乘以设计长度以 m³ 计算。

(2) 混凝土按设计结构断面面积乘以设计长度以 m³ 计算（靠墙的梗斜混凝土体积并入墙的混凝土体积计算，不靠墙的梗斜并入相邻顶板或底板混凝土计算），计算扣除洞口大于 0.3m² 的体积。

(3) 混凝土垫层按设计图纸垫层的体积以 m³ 计算。

(4) 混凝土柱按结构断面面积乘以柱的高度以 m³ 计算（柱的高度按柱基上表面至板或梁的下表面标高之差计算）。

(5) 填充混凝土按设计图纸填充量以 m³ 计算。

(6) 整体道床混凝土和检修沟混凝土按设计断面面积乘以设计结构长度以 m³ 计算。

(7) 楼梯按设计图纸水平投影面积以 m² 计算。

(8) 格栅、网片、钢筋及预埋件按设计图纸质量以 t 计算。

(9) 模板工程按模板与混凝土的实际接触面积以 m² 计算。

(10) 施工缝、变形缝按设计图纸长度以延米计算。

(11) 防水工程按设计图纸面积以田计算。

(12) 防水保护层和找平层按设计图纸面积以 m² 计算。

细节解读三：土建其他工程

(1) 拆除混凝土项目按拆除的体积以 m³ 计算。

(2) 洞内材料运输、材料竖井提升按洞内暗挖施工部位所用的水泥、砂、石子、砖及钢材折算质量以 t 计算。

(3) 洞内通风按隧道的施工长度减 30m 计算。

(4) 洞内照明按隧道的施工长度以延米计算。

(5) 洞内动力线路按隧道的施工长度加 50m 计算。

(6) 洞内轨道按施工组织设计所布置的起止点为准，以延米计算。对所设置的道岔，每处道岔按相应轨道折合 30m 计算。

二、轨道工程工程量计算

细节解读一：地铁铺轨工程

(1) 隧道、桥面铺轨按道床类型、轨型、轨枕及扣件型号、每公里轨枕布置数量划分，线路设计长度扣除道岔所占长度以 km 为单位计算。

(2) 地面碎石道床铺轨，按轨型、轨枕及扣件型号、每公里轨枕布置数量划分，线路设计长度扣除道岔所占长度和道岔尾部无枕地段铺轨长度以 km 为单位计算。

(3) 道岔长度是指从基本轨前端至辙叉根端的距离。特殊道岔以设计图纸为准。

(4) 道岔尾部无枕地段铺轨，按道岔根端至末根岔枕的中心距离以 km 为单位计算。

(5) 长钢轨焊接按焊接工艺划分，接头设计数量以个为单位计算。

(6) 换铺长轨按无缝线路设计长度以 km 为单位计算。

细节解读二：地铁铺道岔工程

铺设道岔按道岔类型、岔枕及扣件型号、道床型式划分，以组为单位计算。

细节解读三：地铁铺道床工程

(1) 铺碎石道床底碴应按底碴设计断面乘以设计长度以 1000m³ 为单位计算。

(2) 铺碎石道床线间石碴应按线间石碴设计断面乘以设计长度以 1000m³ 为单位计算。

(3) 铺碎石道床面碴应按面碴设计断面乘以设计长度，并扣除轨枕所占道床体积以 1000m³ 为单位计算。

细节解读四：地铁安装轨道加强设备及护轮轨工程

(1) 安装绝缘轨距杆按直径、设计数量以 100 根为单位计算。

(2) 安装防爬支撑分木枕、混凝土枕地段按设计数量以 1000 个为单位计算。

(3) 安装防爬器分木枕、混凝土枕地段按设计数量以 1000 个为单位计算。

(4) 安装钢轨伸缩调节器分桥面、桥头引线以对为单位计算。

(5) 铺设护轮轨工程量，单侧安装时按设计长度以单侧 100 延长米为单位计算，双侧安装时按设计长度折合为单侧安装工程量，仍以单侧 100 延长米计算。

（1）平交道口分单线道口和股道间道口，均按道口路面宽度以 10m 宽为单位计算。遇有多个股道间道口时，应按累加宽度计算。

（2）车挡分缓冲滑动式车挡和库内车挡，均以处为单位计算。

（3）安装线路及信号标志按设计数量，洞内标志以个为单位、洞外标志和永久性基标以百个为单位计算。

（4）线路沉落整修按线路设计长度扣除道岔所占长度以 km 为单位计算。

（5）道岔沉落整修以组为单位计算。

（6）加强沉落整修按正线线路设计长度（含道岔）以正线公里为单位计算。

（7）机车压道按线路设计长度（含道岔）以 km 为单位计算。

（8）改动无缝线路，按无缝线路设计长度以 km 为单位计算。

细节解读六：接触轨安装工程

（1）接触轨安装分整体道床和碎石道床，按接触轨单根设计长度扣除接触轨弯头所占长度以 km 为单位计算。

（2）接触轨焊接，按设计焊头数量以个为单位计算。

（3）接触轨弯头安装分整体道床和碎石道床，按设计数量以个为单位计算。

（4）安装接触轨防护板分整体道床和碎石道床，按单侧防护板设计长度以 km 为单位计算。

细节解读七：轨料运输工程

轨道车运输按轨料质量以 t 为单位计算。

三、通信工程工程量计算

细节解读一：导线敷设工程

（1）导线敷设子目均按照导线敷设方式、类型、规格以 100m 为计算单位。

（2）导线敷设引入箱、架（或设备）的计算，应计算到箱、架中心部（或设备中心部）。

细节解读二：电缆、光缆敷设及吊、托架安装工程

（1）电缆、光缆敷设均是按照敷设方式根据电、光缆的类型、规格分别以 10m、100m 为单位计算。

（2）电缆、光缆敷设计算规则：

① 电缆、光缆引入设备，工程量计算到实际引入汇接处，预留量从引入汇接处起计算。

② 电缆、光缆引入箱（盒），工程量计算到箱（盒）底部水平处，预留量从箱（盒）底部水平处起计算。

（3）安装托板托架、漏缆吊架子目均以套为计算单位。

细节解读三：电缆接焊、光缆接续与调试工程

（1）电缆接焊头按缆芯对数以个为计算单位。

（2）电缆全程测试以条或段为计算单位。

（3）光缆接续头按光缆芯数以个为计算单位。

（4）光缆测试按光缆芯数以光中继段为计算单位。

细节解读四：通信电源安装工程

（1）蓄电池安装按其额定工作电压、容量大小划分，以蓄电池组为单位计算。

（2）安装调试不间断电源和数控稳压设备定额是按额定功率划分，以台为单位计算。

（3）安装调试充放电设备以套为单位计算。

（4）安装蓄电池机柜、架分别以架为单位计算。

（5）安装组合电源、配电设备自动性能调测均是以台为单位计算。

细节解读五：通信电话设备安装工程

（1）程控交换机安装调试定额，按门数划分以套为计算单位。

（2）安调终端及打印设备、计费系统、话务台、程控调度交换设备、程控调度电话、双音频电话、数字话机均以套为计算单位。

（3）修改局数据以路由为计算单位。

（4）增减中继线以回线为计算单位。

（5）安装远端用户模块以架为计算单位。

（6）安装交接箱、交接箱模块支架、卡接模块均以个为计算单位。

细节解读六：无线设备安装工程

（1）安装基地电台、安装调测中心控制台、安装调测列车电台，均以套为计算单位。

（2）安装调试录音记录设备、安装调试便携电台（或集群电话），均以台为计算单位。

（3）固定台天线、列车电台天线以副为计算单位。

（4）场强测试以区间为计算单位。

（5）同轴软缆敷设均以根为计算单位。

（6）系统联调以系统为计算单位。

细节解读七：光传输、网管及附属设备安装工程

（1）安装调试多路复用光传输设备，安装调试中心网管设备，安装调试车站网管设备，均以套为单位计算。

（2）安装光纤配线架、数字配线架、音频终端架，均以架为单位计算。

（3）放绑同轴软线，尾纤制作连接均以条为单位计算。

（4）安装光纤终端盒以个为单位计算。

（5）传输系统稳定观测，网管系统运行试验均以系统为单位计算。

细节解读八：时针设备安装工程

（1）安装调试中心母钟、安装调试二级母钟均以套为单位计算。

（2）安装调试卫星接收天线以副为单位计算。

（3）安装调试数显站台子钟、数显发车子钟、数显室内子钟、指针室内子钟均以台为单位计算。

（4）车站时钟系统调试、全网时钟系统调试均以系统为单位计算。

细节解读九：专用设备安装工程

（1）中心广播控制台设备、车站广播控制台设备、车站功率放大设备、车站广播控制盒、防灾广播控制盒、列车间隔钟、设备通电 24h 均以套为单位计算。

（2）中心广播接口设备、车站广播接口设备、扩音转接机、电视遥控电源单元、专用操作键盘，均以台为单位计算。

（3）广播分线装置、扩音通话柱、音箱、纸盆扬声器、吸顶扬声器、号码标志牌、隧道电话插销、监视器防护外罩，均以个为单位计算。

（4）安装号筒扬声器子目以对为单位计算。

（5）系统稳定性调试以系统为单位计算。

四、信号工程工程量计算

细节解读一：室内设备安装工程

（1）单元控制台安装，按横向单元块数，以台为单位计算。

（2）调度集中控制台安装、信息员工作台安装、调度长工作台安装、调度员工作台安装、微机联锁数字化仪工作台安装、微机联锁应急台安装，以台为单位计算。

（3）电源屏安装、电源切换箱安装，以个为单位计算。

（4）电源引入防雷箱安装，按规格类型以台为单位计算。

（5）电源开关柜安装、熔丝报警电源装置安装、灯丝报警电源装置安装、降压点灯电源装置安装，以台为单位计算。

（6）电气集中组合架安装、电气集中新型组合柜安装、分线盘安装、列车自动运行（ATO）架安装、列车自动防护轨道架安装、列车自动防护码发生器架安装、列车自动监控（RTU）架安装及交流轨道电路与滤波器架安装，分别以架为单位计算。

（7）走线架安装与工厂化配线槽道安装，以10架为单位计算。

（8）电缆柜电缆固定，以10根为单位计算。

（9）人工解锁按钮盘安装、调度集中分机柜安装、调度集中总机柜安装、列车自动监控（DPU）柜安装、列车自动监控（LPU）柜安装、微机连锁接口柜安装及熔丝报警器安装，以台为单位计算。

（10）电缆绝缘测试，以10块为单位计算。

（11）轨道测试盘，按规格型号以台为单位计算。

（12）交流轨道电路防雷组合安装、列车自动防护（ATP）维修盘安装及微机连锁防雷柜安装，以个为单位计算。

（13）中心模拟盘安装，以面为单位计算。

（14）电气集中继电器柜安装，以台为单位计算。

细节解读二：信号机安装工程

（1）矮型色灯信号机安装，高柱色灯信号机安装，分二显示、三显示，以架为单位计算。

（2）进路表示器矮型二方向、矮型三方向、高柱二方向、高柱三方向，以组为单位计算。

（3）信号机托架安装，以个为单位计算。

细节解读三：电动道岔转辙装置安装工程

（1）电动道岔转辙装置单开道岔（一个牵引点）安装、电动道岔转辙装置重型单开道岔（二个牵引点）安装、电动道岔转辙装置（可动心轨）安装及电动道岔转辙装置（复式交分）安装，以组为单位计算。

（2）四线制道岔电路整流二极管安装，以10组为单位计算。

细节解读四：轨道电路安装工程

（1）50Hz交流轨道电路安装，以一送一受、一送二受、一送三受划分子目，以区段为单位计算。

（2）FS2500无绝缘轨道电路安装，以区段为单位计算。

（3）轨道绝缘安装按钢轨质量及普通和加强型绝缘划分，以组为单位计算。

（4）道岔连接杆绝缘安装，按组为单位计算。

（5）钢轨接续线焊接，以点为单位计算。

（6）单开道岔跳线、复式交分道岔跳线安装焊接，以组为单位计算。

（7）极性交叉回流线焊接，以点为单位计算（每点含2根95mm的2×3.5m橡套软铜线）。

（8）列车自动防护（ATP）道岔区段环路安装，按环路长度分为30m、60m、90m、120m。以个为单位计算。

（9）列车识别（PTI）环路安装，日月检环路安装，列车自动运行（ATO）发送环路安装，列车自动运行（ATO）接收环路安装，以个为单位计算。

细节解读五：室外电缆防护、箱、盒安装工程

（1）电缆过隔断门防护，以10m为单位计算。

（2）电缆穿墙管防护，以100m为单位计算。

（3）电缆过洞顶防护，以m为单位计算。

（4）电缆梯架，以m为单位计算。

（5）终端电缆盒安装、分向盒安装及变压器箱安装，分型号规格以个计算。

（6）分线箱安装，按用途划分，以个为单位计算。

（7）发车计时器安装，以个为单位计算。

细节解读六：信号设备基础工程

（1）矮型信号机基础（一架用），分土、石，以个为单位计算。

（2）变压器箱基础及分向盒基础，分土、石，以10对为单位计算。

（3）终端电缆盒基础及信号机梯子基础，分土、石，以10个为单位计算。

（4）固定连接线用混凝土枕及固定Z（X）型线用混凝土枕，以10个为单位计算。

（5）信号机卡盘、电缆或地线埋设标，分土、石，以10个为单位计算。

细节解读七：车载设备调试工程

（1）列车自动防护车载设备（ATP）静态调试，以车组为单位计算。

（2）列车自动防护车载设备（ATP）动态调试，以车组为单位计算。

（3）列车自动运行车载设备（ATO）静态调试，以车组为单位计算。

（4）列车自动运行车载设备（ATO）动态调试，以车组为单位计算。

（5）列车识别装置车载设备（PTI）静态调试，以车组为单位计算。

细节解读八：信号工程系统调试工程

（1）继电联锁及微机联锁站间联系系统调试，以处为单位计算。

（2）继电联锁及微机联锁道岔系统调试，以组为单位计算。

（3）调度集中系统远程终端（RTU）调试，以站为单位计算。

（4）列车自动防护（ATP）系统联调及列车自动运行（ATO）系统调试，以车组为单位计算。

（5）列车自动监控局部处理单元（LPU）系统调试，列车自动监控远程终端单元（RTU）系统调试及列车自动监控车辆段处理单元（DPU）系统调试，以站为单位计算。

（6）列车自动控制（ATC）系统调试，以系统为单位计算。

细节解读九：信号工程其他工程

（1）室内设备接地连接，电气化区段室外信号设备接地，以处为单位计算。

（2）电缆屏蔽连接，以10处为单位计算。

（3）信号机安全连接，以10根为单位计算。

（4）信号设备加固培土，信号设备干砌片石，信号设备浆砌片石，信号设备浆砌砖，以"m^3"为单位计算。

（5）分界标安装，以处为单位计算。

（6）地铁信号车站预埋（一般型），地铁信号车站预埋（其他型），以站为单位计算。

（7）转辙机管预埋（单动），转辙机管预埋（双动），转辙机管预埋（复式交分），调谐单元管预埋，以处为单位计算。

第三节　地铁工程工程量清单计价

一、市政管网工程量清单项目设置及工程量计算规则

细节解读一：结构（编码：040601）

结构工程量清单项目设置及工程量计算规则见表7-1。

表 7-1　结构（编码：040601）

项目编码	项目名称	项目特征	计量单位	工程量计算规则	工程内容
040601001	混凝土圈梁	1. 部位 2. 混凝土强度等级、石料最大粒径	m³	按设计图示尺寸以体积计算	1. 混凝土浇筑 2. 养生
040601002	竖井内衬混凝土				
040601003	小导管（管棚）	1. 管径 2. 材料	m	按设计图示尺寸以长度计算	导管制作、安装
040601004	注浆	1. 材料品种 2. 配合比 3. 规格		按设计注浆量以体积计算	1. 浆液制作 2. 注浆
040601005	喷射混凝土	1. 部位 2. 混凝土强度、石料最大粒径		按设计图示以体积计算	1. 岩石、混凝土面清洗 2. 喷射混凝土
040601006	混凝土底板	1. 混凝土强度等级、石料最大粒径 2. 垫层厚度、材料品种、强度		按设计图示尺寸以体积计算	1. 垫层铺设 2. 混凝土浇筑 3. 养生
040601007	混凝土内衬墙	混凝土强度等级、石料最大粒径	m³	按设计图示尺寸以体积计算	1. 混凝土浇筑 2. 养生
040601008	混凝土中层板				
040601009	混凝土顶板				
040601010	混凝土柱				
040601011	混凝土梁				
040601012	混凝土独立柱基				
040601013	混凝土现浇站台板				
040601014	预制站台板				1. 制作 2. 安装
040601015	混凝土楼梯	混凝土强度等级、石料最大粒径	m³	按设计图示尺寸以水平投影面积计算	1. 混凝土浇筑 2. 养生
040601016	混凝土中隔墙				1. 制作 2. 安装
040601017	隧道内衬混凝土				1. 混凝土浇筑 2. 养生
040601018	混凝土检查沟		m²	按设计图示尺寸以水平投影面积计算	1. 混凝土浇筑 2. 养生
040601019	砌筑	1. 材料 2. 规格 3. 砂浆强度等级			1. 砂浆运输、制作 2. 砌筑 3. 勾缝 4. 抹灰、养护
040601020	锚杆支护	1. 锚杆形式 2. 材料 3. 砂浆强度等级	m	按设计图示以长度计算	1. 钻孔 2. 锚杆制作、安装 3. 砂浆灌注
040601021	变形缝（诱导缝）	1. 材料 2. 规格 3. 工艺要求			变形缝安装
040601022	刚性防水层		m²	按设计图示尺寸以面积计算	1. 找平层铺筑 2. 防水层铺设
040601023	柔性防水层	1. 部位 2. 材料 3. 工艺要求			防水层铺设

细节解读二：轨道（编码：040602）

　　轨道工程量清单项目设置及工程量计算规则见表 7-2。

表 7-2　轨道（编码：040602）

项目编码	项目名称	项目特征	计量单位	工程量计算规则	工程内容
040602001	地下一般段道床				1. 支承块预制、安装 2. 整体道床浇筑
040602002	高架一般段道床				1. 支承块预制、安装 2. 整体道床浇筑 3. 铺碎石道床
040602003	地下减振段道床高架减振段	1. 类型 2. 混凝土强度等级、石料最大粒径	m³	按设计图示尺寸（含道岔道床）以体积计算	1. 预制支承块及安装 2. 整体道床浇筑
040602004	道床				
040602005	地面段正线道床				铺碎石道床
040602006	车辆段、停车场道床				1. 支承块预制、安装 2. 整体道床浇筑 3. 铺碎石道床
040602007	地下一般段轨道			按设计图示（不含道岔）以长度计算	
040602008	高架一般段轨道				
040602009	地下减振段轨道	1. 类型 2. 规格	铺轨km	按设计图示以长度计算	1. 铺设 2. 焊轨
040602010	高架减振段轨道				
040602011	地面段正线轨道			按设计图示（不含道岔）以长度计算	
040602012	车辆段、停车场轨道				
040602013	道岔	1. 区段 2. 类型 3. 规格	组	按设计图示以组计算	铺设
040602014	护轮轨	类型	单侧km	按设计图示以长度计算	
040602015	轨距杆	规格	1000 根	按设计图示以根计算	安装
040602016	防爬设备		1000 个	按设计图示数量计算	1. 防爬器安装 2. 防爬支撑制作、安装
040602017	钢轨伸缩调节器	类型	对		安装
040602018	线路及信号标志		铺轨km	按设计图示以长度计算	1. 洞内安装 2. 洞外埋设 3. 桥上安装
040602019	车挡		处	按设计图示数量计算	安装

细节解读三：信号（编码：040603）

信号工程量清单项目设置及工程量计算规则见表 7-3。

表 7-3　信号（编码：040603）

项目编码	项目名称	项目特征	计量单位	工程量计算规则	工程内容
040603001	信号机	1. 类型 2. 规格	架	按设计图示数量计算	1. 基础制作 2. 安装与调试
040603002	电动转辙装置		组		安装与调试
040603003	轨道电路		区段		1. 箱、盒基础制作 2. 安装与调试
040603004	轨道绝缘				
040603005	钢轨接续线	1. 类型 2. 规格	组	按设计图示数量计算	安装
040603006	道岔跳线				
040603007	极性叉回流线				
040603008	道岔区段传输环路	长度	个		安装与调试

项目编码	项目名称	项目特征	计量单位	工程量计算规则	工程内容
040603009	信号电缆柜	1. 类型 2. 规格	架	按设计图示数量计算	安装
040603010	电气集中分线柜				安装与调试
040603011	电气集中走线架				安装
040603012	电气集中组合柜				1. 继电器等安装与调试 2. 电缆绝缘测试盘安装与调试 3. 轨道电路测试盘安装与调试 4. 报警装置安装与调试 5. 防雷组合安装与调试
040603013	电气集中控制台		台		安装与调试
040603014	微机联锁控制台				
040603015	人工解锁按钮台				
040603016	调度集中控制台				
040603017	调度集中总机柜				
040603018	调度集中分机柜				
040603019	列车自动防护(ATP)中心模拟盘	1. 类型 2. 规格	面		
040603020	列车自动防护(ATP)架	类型	架		1. 轨道架安装与调试 2. 码发生器架安装与调试
040603021	列车自动运行(ATO)架				安装与调试
040603022	列车自动监控(ATS)架			按设计图示数量计算	1. DPU柜安装与调试 2. RTU架安装与调试 3. LPU柜安装与调试
040603023	信号电源设备	1. 类型 2. 规格	台		1. 电源屏安装与调试 2. 电源防雷箱安装与调试 3. 电源切换箱安装与调试 4. 电源开关柜安装与调试 5. 其他电源设备安装与调试
040603024	信号设备接地装置	1. 位置 2. 类型 3. 规格	处		1. 接地装置安装 2. 标志桩埋设
040603025	车载设备		车组	按设计列车配备数量计算	1. 列车自动防护(ATP)车载设备安装与调试 2. 列车自动运行(ATO)车载设备安装与调试 3. 列车识别装置(PTI)车载设备安装与调试
040603026	车站联锁系统调试		站		1. 继电联锁调试 2. 微机联锁调试
040603027	全线信号设备系统调试	类型	系统	按设计图示数量计算	1. 调度集中系统调试 2. 列车自动防护(ATP)系统调试 3. 列车自动运行(ATO)系统调试 4. 列车自动监控(ATS)系统调试 5. 列车自动控制(ATC)系统调试

细节解读四：电力牵引(编码：040604)

电力牵引工程量清单项目设置及工程量计算规则见表7-4。

表 7-4 电力牵引（编码：040604）

项目编码	项目名称	项目特征	计量单位	工程量计算规则	工程内容
040604001	接触轨	1. 区段 2. 道床类型 3. 防护材料 4. 规格	km	按单根设计长度扣除接触轨弯头所占长度计算	1. 接触轨安装 2. 焊轨 3. 断轨
040604002	接触轨设备	1. 设备类型 2. 规格	台	按设计图示数量计算	安装与调试
040604003	接触轨试运行	区段名称	km	按设计图示以长度计算	试运行
040604004	地下段接触网节点	1. 类型 2. 悬挂方式	处	按设计图示数量计算	1. 钻孔 2. 预埋件安装 3. 混凝土浇筑
040604005	地下段接触网悬挂	1. 类型 2. 悬挂方式			悬挂安装
040604006	地下段接触网架线及调整	1. 材料 2. 规格	条 km	按设计图示以长度计算	1. 接触网架设 2. 附加导线安装 3. 悬挂调整
040604007	地面段、高架段接触网支柱	1. 类型 2. 材料品种 3. 规格	根	按设计图示数量计算	1. 基础制作 2. 立柱
040604008	地面段、高架段接触网悬挂	1. 类型 2. 悬挂方式 3. 材料 4. 规格	处		悬挂安装
040604009	地面段、高架段接触网架线及调整		条 km	按设计图示数量以长度计算	1. 接触网架设 2. 附加导线安装 3. 悬挂调整
040604010	接触网设备	1. 类型 2. 设备 3. 规格	台	按设计图示数量计算	安装与调试
040604011	接触网附属设施	1. 区段 2. 类型	处		1. 牌类安装 2. 限界门安装
040604012	接触网试运行	区段名称	条 km	按设计图示以长度计算	试运行

第八章

解读市政工程施工图预算的编制与审查

施工图预算是在设计的施工图完成以后，以施工图为依据，根据预算定额、费用标准以及工程所在地区的人工、材料、施工机械设备台班的预算价格编制的，是确定建筑工程、安装工程预算造价的文件。

第一节　施工图预算的编制

一、施工图预算的概念与作用

施工图预算的作用与内容见表 8-1。

表 8-1　施工图预算的概念与作用

序号	类别	说　　明
1	作用	(1)是工程实行招标、投标的重要依据。 (2)是签订建设工程施工合同的重要依据。 (3)是办理工程财务拨款、工程贷款和工程结算的依据。 (4)是施工单位进行人工和材料准备，编制施工进度计划、控制工程成本的依据。 (5)是落实或调整年度进度计划和投资计划的依据。 (6)是施工企业降低工程成本、实行经济核算的依据
2	内容	施工图预算有单位工程预算、单项工程预算和建设项目总预算。在单位工程预算的基础上汇总所有各单位工程施工图预算，成为单项工程施工图预算；再汇总各所有单项施工图预算，便是一个建设项目建筑安装工程的总预算。 单位工程预算包括建筑工程预算和设备安装工程预算。建筑工程预算按其工程性质分为一般土建工程预算、水暖工程预算(包括室内外给排水工程、采暖通风工程、煤气工程等)、电气照明工程预算、弱电工程预算、特殊构筑物(如炉窑、烟囱、水塔等工程预算和工业管道工程)预算等。设备安装工程预算可分为机械设备安装工程预算、电气设备安装工程预算和热力安装工程预算等

二、施工图预算的编制依据与方法

施工图预算的编制依据与方法见表 8-2。

表 8-2　施工图预算的编制依据与方法

序号	类别		说　　明
1	编制依据	一般规定	编制施工图预算必须深入现场进行充分的调研，使预算的内容既能反映实际，又能满足施工管理工作的需要。同时，必须严格遵守国家建设的各项方针、政策和法令，做到实事求是，不弄虚作假，并注意不断研究和改进编制的方法，提高效率，准确及时地编制出高质量的预算，以满足工程建设的需要
		施工图纸及设计说明和标准图集	经审定的施工图纸、说明书和标准图集，完整地反映了工程的具体内容，各部的具体做法、结构尺寸、技术特征以及施工方法，是编制施工图预算的重要依据
		现行国家基础定额及有关计价表	国家和地区都颁发有现行建筑、安装工程预算定额及计价表和相应的工程量计算规则，是编制施工图预算确定分项工程子目、计算工程量、计算工程费直接的主要依据
		施工组织设计或施工方案	因为施工组织设计或施工方案中包括了与编制施工图预算必不可少的有关资料，如建设地点的土质、地质情况，土石方开挖的施工方法及余土外运方式与运距，施工机械使用情况，结构构件预制加工方法及运距，重要的梁板柱的施工方案、重要或特殊设备的安装方案等

序号	类别		说　明
1	编制依据	材料、人工、机械台班预算价格及市场价格	材料、人工、机械台班预算价格是构成综合单价的主要因素。尤其是材料费在工程成本中占的比重大，而且在市场经济条件下，材料、人工、机械台班的价格是随市场而变化的。 为使预算造价尽可能符合实际，合理确定材料、人工、机械台班预算价格是编制施工图预算的重要依据
		建筑安装工程费用定额	建筑安装工程费用定额是各省、市、自治区和各专业部门规定的费用定额及计算程序
		预算员工作手册及有关工具书	预算员工作手册和工具书包括了计算各种结构件面积和体积的公式，钢材、木材等各种材料规格型号及用量数据，各种单位换算比例，特殊断面、结构件的工程量的速算方法、金属材料质量表等
2	编制方法	工料单价法	工料单价法指分部分项工程量的单价为直接费，直接费以人工、材料、机械的消耗量及其相应价格与措施费确定。间接费、利润、税金按照有关规定另行计算。 (1)传统施工图预算使用工料单价法，其计算步骤如下。 ①准备资料，熟悉施工图　准备的资料包括施工组织设计、预算定额、工程量计算标准、取费标准、地区材料预算价格等。 ②计算工程量　首先要根据工程内容和定额项目，列出分项工程目录；其次根据计算顺序和计算规划列出计算式；第三，根据图纸上的设计尺寸及有关数据，代入计算式进行计算；第四，对计算结果进行整理，使之与定额中要求的计量单位保持一致，并予以核对。 ③套工料单价　核对计算结果后，按单位工程施工图预算直接费计算公式求得单位工程人工费、材料费和机械使用费之和。同时注意以下几项问题。 a. 分项工程的名称、规格、计量单位必须与预算定额工料单价或单位计价表中所列内容完全一致，以防重套、漏套或错套工料单价而产生偏差。 b. 进行局部换算或调整时，换算指定额中已计价的主要材料品种不同而进行的换价，一般不调量；调整指施工工艺条件不同而对人工、机械的数量增减，一般调量不换价。 c. 若分项工程不能直接套用定额、不能换算和调整时，应编制补充单位计价表。 d. 定额说明允许换算与调整以外部分不得任意修改。 ④编制工料分析表　根据各分部分项工程项目实物工程量和预算定额中项目所列的用工及材料数量，计算各分部分项工程所需人工及材料数量，汇总后算出该单位工程所需各类人工、材料的数量。 ⑤计算并汇总造价　根据规定的税、费率和相应的取计基础，分别计算措施费、间接费、利润、税金等。将上述费用累计后进行汇总，求出单位工程预算造价。 ⑥复核　对项目填列、工程量计算公式、计算结果、套用的单价、采用的各项取费费率、数字计算、数据精确度等进行全面复核，以便及时发现差错，及时修改，提高预算的准确性。 ⑦填写封面、编制说明　封面应写明工程编号、工程名称、工程量、预算总造价和单方造价、编制单位名称、负责人和编制日期以及审核单位的名称、负责人和审核日期等。编制说明主要应写明预算所包括的工程内容范围、依据的图纸编号、承包企业的等级和承包方式、有关部门现行的调价文件号、套用单价需要补充说明的问题及其他需说明的问题等。 现在编制施工图预算时特别要注意，所用的工程量和人工、材料量是统一的计算方法和基础定额；所用的单价是地区性的(定额、价格信息、价格指数和调价方法)。由于在市场条件下价格是变动的，要特别重视定额价格的调整。 (2)实物法编制施工图预算的步骤；实物法编制施工图预算是先算工程量、人工、材料量、机械台班(即实物量)，然后再计算费用和价格的方法。这种方法适应市场经济条件下编制施工图预算的需要，在改革中应当努力实现这种方法的普遍应用，其编制步骤如下。 ①准备资料，熟悉施工图纸。 ②计算工程量。 ③套基础定额，计算人工、材料、机械数量。 ④根据当时、当地的人工、材料、机械单价，计算并汇总人工费、材料费、机械使用费，得出单位工程直接工程费。 ⑤计算措施费、间接费、利润和税金，并进行汇总，得出单位工程造价(价格)。 ⑥复核。 ⑦填写封面、编写说明。 从上述步骤可见，实物法与定额单价法不同，实物法的关键在于第三步和第四步，尤其是第四步，使用的单价已不是定额中的单价了，而是在由当地工程价格权威部门(主管部门或专业协会)定期发布价格信息和价格指数的基础上，自行确定人工单价、材料单价、施工机械台班单价。这样便不会使工程价格脱离实际，并为价格的调整减少许多麻烦
		综合单价法	综合单价法指分部分项工程量的单价为全费用单价，既包括直接费、间接费、利润(酬金)、税金，也包括合同约定的所有工料价格变化风险等一切费用，是一种国际上通行的计价方式。综合单价法按其所包含项目工作的内容及工程计量方法的不同，又可分为以下3种表达形式。 (1)参照现行预算定额(或基础定额)对应子目所约定的工作内容、计算规则进行报价。 (2)按招标文件约定的工程量计算规则，以及按技术规范规定的每一分部分项工程所包括的工作内容进行报价

序号	类别		说　明
2	编制方法	综合单价法	（3）由投标者依据招标图纸、技术规范，按其计价习惯，自主报价，即工程量的计算方法、投标价的确定，均由投标者根据自身情况决定。 按照《建筑工程施工发包承包管理办法》的规定，综合单价是由分项工程的直接费、间接费、利润和税金组成的，而直接费是以人工、材料、机械的消耗量及相应价格与措施费确定的。因此计价顺序如下： ①准备资料，熟悉施工图纸。 ②划分项目，按统一规定计算工程量。 ③计算人工、材料和机械数量。 ④套综合单价，计算各分项工程造价。 ⑤汇总得分部工程造价。 ⑥各分部工程造价汇总得单位工程造价。 ⑦复核。 ⑧填写封面、编写说明。 "综合单价"的产生是使用该方法的关键。显然编制全国统一的综合单价是不现实或不可能的，而由地区编制较为可行。理想的是由企业编制"企业定额"产生综合单价。由于在每个分项工程上确定利润和税金比较困难，故可以编制含有直接费和间接费的综合单价，待求出单位工程总的直接费和间接费后，再统一计算单位工程的利润和税金，汇总得出单位工程的造价。《建设工程工程量清单计价规范》（GB 50500—2008）中规定的造价计算方法，就是根据实物计算法原理编制的

第二节　施工图预算的审查

一、施工图预算审查的作用与内容

施工图预算审查的作用与内容见表 8-3。

表 8-3　施工图预算审查的作用与内容

序号	类别	说　明
1	作用	（1）对降低工程造价具有现实意义。 （2）有利于节约工程建设资金。 （3）有利于发挥领导层、银行的监督作用。 （4）有利于积累和分析各项技术经济指标。
2	内容	审查施工图预算的重点是：工程量计算是否准确；分部、分项单价套用是否正确；各项取费标准是否符合现行规定等方面。 1. 建筑工程施工图预算各分部工程的工程量审核重点 （1）土方工程 ①平整场地、挖地槽、挖地坑、挖土方工程量的计算是否符合定额计算规定和施工图纸标示尺寸，土壤类别是否与勘察资料一致，地槽与地坑放坡、带挡土板是否符合设计要求，有无重算和漏算。 ②回填土工程应注意地槽、地坑回填土的体积是否扣除了基础、垫层所占体积，地面和室内填土的厚度是否符合设计要求。 ③运土方的审查除了注意运土距离外，还要注意运土数量是否扣除了就地回填的土方。运土距离应是最短运距，需作比较。 （2）打桩工程 ①注意审查各种不同桩料，必须分别计算，施工方法必须符合设计要求或经设计院同意。 ②桩料长度必须符合设计要求，桩料长度如果超过一般桩料长度需要接桩时，注意审查接头数是否正确。 ③必须核算实际钢筋量（抽筋核算）。 （3）砖石工程 ①墙基与墙身的划分是否符合规定。 ②按规定不同厚度的墙、内墙和外墙是否是分别计算的，应扣除的门窗洞口及埋入墙体各种钢筋混凝土梁、柱等是否已经扣除。 ③不同砂浆强度的墙和定额规定按立方米或按平方米计算的墙，有无混淆、错算或漏算。 （4）混凝土及钢筋混凝土工程 ①现浇构件与预制构件是否分别计算。 ②现浇柱与梁，主梁与次梁及各种构件计算是否符合规定，有无重算或漏算。 ③有筋和无筋构件是否按设计规定分别计算，有没有混淆。 ④钢筋混凝土的含钢量与预算定额的含钢量发生差异时，是否按规定予以增减调整。 ⑤钢筋按图抽筋计算。 （5）木结构工程 ①门窗是否按不同种类按框外面积或扇外面积计算。 ②木装修的工程量是否按规定分别以延米或平方米计算。 ③门窗孔面积与相应扣除的墙面积中的门窗孔面积核对应一致 （6）地面工程 ①楼梯抹面是否按踏步和休息平台部分的水平投影面积计算。 ②细石混凝土地面找平层的设计厚度与定额厚度不同时，是否按其厚度进行换算。

序号	类别	说　明
2	内容	③台阶不包括嵌边、侧面装饰 （7）屋面工程 ①卷材层工程量是否与屋面找平层工程量相等。 ②屋面保温层的工程量是否按屋面层的建筑面积乘保温层平均厚度计算，不做保温层的挑檐部分是否按规定计算。 ③瓦材规格如实际使用与定额取定规格不同时，其数量换算，其他不变。 ④屋面找平层的工程量同卷材屋面，其嵌缝油膏已包括在定额内，不另计算。 ⑤刚性屋面按图示尺寸水平投影面积乘以屋面坡度系数以平方米计算。不扣除房上烟囱、风帽底座、风道所占面积。 （8）构筑物工程 ①烟囱和水塔脚手架是以座编制的，凡地下部分已包括在定额内，按规定不能再另行计算。审查是否符合要求，有无重算。 ②凡定额按钢管脚手架与竹脚手架综合编制，包括挂安全网和安全笆的费用。如实际施工不同均可换算或调整；如施工需搭设斜道则可另行计算。 （9）装饰工程 ①内墙抹灰的工程量是否按墙面的净高和净宽计算，有无重算或漏算。 ②抹灰厚度，如设计规定与定额取定不同时，在不增减抹灰遍数的情况下，一般按每增减 1mm 定额调整。 ③油漆、喷涂的操作方法和颜色不同时，均不调整。如设计要求的涂刷遍数与定额规定不同时，可按"每增加一遍"定额项目进行调整。 （10）金属构件制作 ①金属构件制作工程量多数以吨为单位。在计算时，型钢按图示尺寸求出长度，再乘以每米的质量；钢板要求出面积，再乘以每平方米的质量。审查是否符合规定。 ②除注明者外，定额均已包括现场（工厂）内的材料运输、下料、加工、组装及产品堆放等全部工序。 ③加工点至安装点的构件运输，应另按"构件运输定额"相应项目计算。 2. 审查定额或单价的套用 （1）预算中所列各分项工程单价是否与预算定额的预算单价相符；其名称、规格、计量单位和所包括的工程内容是否与预算定额一致。 （2）有单价换算时应审查换算的分项工程是否符合定额规定及换算是否正确。 （3）对补充定额和单位计价表的使用应审查补充定额是否符合编制原则、单位计价表计算是否正确。 3. 审查其他有关费用 其他有关费用包括的内容各地不同，具体审查时应注意是否符合当地规定和定额的要求。 （1）是否按本项目的工程性质计取费用、有无高套取费标准。 （2）间接费的计取基础是否符合规定。 （3）预算外调增的材料差价是否计取间接费；直接费或人工费增减后，有关费用是否做了相应调整。 （4）有无将不需安装的设备计取在安装工程的间接费中。 （5）有无巧立名目、乱摊费用的情况。 利润和税金的审查，重点应放在计取基础和费率是否符合当地有关部门的现行规定、有无多算或重算方面

二、施工图审查的方法

施工图审查的方法见表 8-4。

表 8-4　施工图审查的方法

序号	审查方法	审查要求
1	逐项审查法	逐项审查法又称全面审查法，即按定额顺序或施工顺序，对各分项工程中的工程细目逐项全面详细审查的一种方法。其优点是全面、细致，审查质量高、效果好。缺点是工作量大，时间较长。这种方法适合于一些工程量较小、工艺比较简单的工程
2	标准预算审查法	标准预算审查法就是对利用标准图纸或通用图纸施工的工程，先集中力量编制标准预算，以此为准来审查工程预算的一种方法。按标准设计图纸或通用图纸施工的工程，一般上部结构和做法相同，只是根据现场施工条件或地质情况不同，仅对基础部分做局部改变。凡这样的工程，以标准预算为准，对局部修改部分单独审查即可，不需逐一详细审查。该方法的优点是时间短、效果好、易定案。其缺点是适用范围小，仅适用于采用标准图纸的工程
3	分组计算审查法	分组计算审查法就是把预算中有关项目按类别划分若干组，利用同组中的一组数据审查分项工程量的一种方法。这种方法首先将若干分部分项工程按相邻且有一定内在联系的项目进行编组，利用同组分项工程间具有相同或相近计算基数的关系，审查同一分项工程量，由此判断同组中其他几个分项工程的准确程度。该方法特点是审查速度快、工作量小
4	对比审查法	对比审查法是当工程条件相同时，用已完工程的预算或未完但已经过审查修正的工程预算对比审查拟建工程的同类工程预算的一种方法
5	"筛选"审查法	"筛选法"是能较快发现问题的一种方法。建筑工程虽面积和高度不同，但其各分部分项工程的单位建筑面积指标变化却不大。将这样的分部分项工程加以汇集、优选，找出其单位建筑面积工程量、单价、用工的基本数值，归纳为工程量、价格、用工三个单方基本指标，并注明基本指标的适用范围。这些基本指标用来筛选各分部分项工程，对不符合基本指标的应进行详细审查，若审查对象的预算标准与基本指标的标准不符，就应对其进行调整。"筛选法"的优点是简单易懂，便于掌握，审查速度快，便于发现问题。但问题出现的原因尚需继续审查。该方法适用于审查住宅工程或不具备全面审查条件的工程

序号	审查方法	审查要求
6	重点审查法	重点审查法就是抓住工程预算中的重点进行审核的方法。审查的重点一般是工程量大或者造价较高的各种工程、补充定额、计取的各项费用(计取基础、取费标准)等。重点审查法的优点是突出重点、审查时间短、效果好

三、施工图审查的步骤

施工图审查的步骤见表 8-5。

表 8-5　施工图审查的步骤

序号	审查步骤
1	做好审查前的准备工作。 ①熟悉施工图纸。施工图纸是编制预算分项工程数量的重要依据,必须全面熟悉了解。一是核对所有的图纸,清点无误后,依次识读;二是参加技术交底,解决图纸中的疑难问题,直至完全掌握图纸。 ②了解预算包括的范围。根据预算编制说明,了解预算包括的工程内容。例如,配套设施,室外管线,道路以及会审图纸后的设计变更等。 ③弄清编制预算采用的单位工程估价表。任何单位估价表或预算定额都有一定的适用范围。根据工程性质,搜集熟悉相应的单价、定额资料。特别是市场材料单价和取费标准等
2	选择合适的审查方法,按相应内容审查。由于工程规模、繁简程度不同,施工企业情况也不同,所编工程预算繁简和质量也不同,因此需针对情况选择相应的审查方法进行审核
3	综合整理审查资料。编制调整预算。经过审查,如发现有差错,需要进行增加或核减的,经与编制单位逐项核实,统一意见后,修正原施工图预算,汇总核减量

第一节　某道路改造工程工程量清单计价编制实例

<u>　　　某道路改造　　　</u>　工程

工程量清单

招　　　　　标　　　　人：___(略)___（单位签字盖章）

法　定　代　表　人：___(略)___（签字盖章）

中介机构法定代表人：___(略)___（签字盖章）

造价工程师及注册证号：___(略)___（签字盖执业专用章）

编　制　时　间：×年×月×日

填　表　须　知

　1. 工程量清单及其计价格式中所有要求签字、盖章地方，必须由规定的单位和人员签字盖章。
　2. 工程量清单及其计价格式中的任何内容不得随意删除或涂改。
　3. 工程量清单计价格式中列明的所有需要填报的单价和合价，投标人均应填报，未填报的单价和合价，视为此项费用已包含在工程量清单的其他单价和合价中。
　4. 金额（价格）均应以人民币表示。
　5. 投标报价必须与工程项目总价一致。
　6. 投标报价文件一式三份

工程名称：某道路改造工程　　　　　　　　　　　　　　　　第　页　共　页

1. 工程概况

　某道路全长 6km，路宽 70m。8 车道，其中有大桥一座，该大桥上下结构为预应力混凝土 T 型简支梁，梁高为 1.2m，跨径为 $1\times22m+6\times20m+1\times22m$，桥梁全长 164m。下部结构，中墩为桩接柱，柱顶盖梁；边墩为重力式桥台。墩柱直径为 1.2m，钻孔桩直径为 1.3m。施工工期为 1 年。

2. 招标范围：道路工程、桥梁工程和排水工程。

3. 清单编制依据：本工程依据《建设工程工程量清单计价规范》中规定的工程量清单计价的办法，依据××单位设计的施工设计图纸、施工组织设计等计算实物工程量。

4. 工程质量应达优良标准。

5. 考虑施工中可能发生的设计变更或清单有误，预留金额 10 万元。

6. 投标人在投标文件应按《建设工程工程量清单计价规范》规定的统一格式，提供"分部分项工程量清单综合单价分拆表"、"措施项目费分析表"

分部分项工程量清单

工程名称：某道路改造工程　　　　　　　　　　　　　　　　第　页　共　页

序号	项目编码	项　目　名　称	计量单位	工程数量
一、道路工程				
1	040101001001	挖一般土方　一、二类土 4m 以内	m³	142100.000
2	040103001002	填方　90%以上	m³	8500.000
3	040103001001	填方　二灰土 12：35：53　90%以上	m³	7700.000
4	040103002001	余方弃置　松土　运距：100m	m³	46000.000
5	040201002001	掺石灰　含灰量：10%	m³	1800.000
6	040202002002	石灰稳定土　厚度：30cm 含灰量：10%	m²	84060.000
7	040202002001	石灰稳定土　厚度：15cm 含灰量：10%	m²	57320.000
8	040202006002	石灰、粉煤灰、碎(砾)石　二灰碎石厚度：20cm 配合比：10：20：70	m²	84060.000
9	040202006001	石灰、粉煤灰、碎(砾)石　二灰碎石厚度：12cm 配合比：10：20：70	m²	57320.000
10	040204001002	人行道块料铺设　普通人行道板 25×2cm	m²	5850.000
11	040204001001	人行道块料铺设　异形彩色花砖 1：3 石灰砂浆 D 型砖	m²	20590.000
12	040205001002	接线工作井　100cm×100cm×100cm	座	5.000
13	040205001001	接线工作井　50cm×50cm×100cm	座	55.000
14	040205013002	隔离护栏安装　钢制人行道护栏	m	1440.000
15	040205013001	隔离护栏安装　钢制机非分隔栏	m	200.000
16	040203003001	黑色碎石　石油沥青　厚度：6cm	m²	91360.000
17	040203004003	沥青混凝土　厚度：5cm	m²	3383.000
18	040203004002	沥青混凝土　厚度：4cm	m²	91360.000
19	040203004001	沥青混凝土　厚度：3cm	m²	125190.000
二、桥梁工程				
1	040101002001	挖沟槽土方，三、四类土综合 4m 以内	m³	2493.000
2	040101002002	挖沟槽土方，三、四类土综合 3m 以内	m³	837.000
3	040101002003	挖沟槽土方，新建翼墙 6m 内	m³	2837.000
4	040103001001	填方：基础回填砂砾石	m³	208.000
5	040103001002	填方台后回填砂砾石，粒径 5~8mm，密实度≥96%	m³	3631.000
6	040103002001	余方弃置，余土弃运 10km	m³	1497.000
7	040202014001	水泥稳定碎(砾)石，主路搭板下 d7，≥3.0MPa，厚度 17cm，摊铺，养护	m²	793.000
8	040202014002	水泥稳定碎(砾)石，主路搭板下 d7，≥3.0MPa，厚度 18cm，摊铺，养护	m²	793.000
9	040202014003	水泥稳定碎(砾)石，主路搭板下 d7，≥2.0MPa，厚度 18cm，摊铺，养护	m²	793.000
10	040202014004	水泥稳定碎(砾)石，辅路搭板下 d7，≥3.0MPa，厚度 14cm，摊铺，养护	m²	728.000

序号	项目编码	项 目 名 称	计量单位	工程数量
		二、桥梁工程		
11	040202014005	水泥稳定碎（砾）石，辅路搭板下 d7，≥2.0MPa，厚度15cm，摊铺，养护	m²	364.000
12	040204003001	安砌侧（平、缘）石，花岗岩剁斧平石 12cm×25cm×49.5m	m	673.000
13	040204003002	安砌侧（平、缘）石，甲 B 型机切花岗岩路缘石 15cm×32cm×99.5cm	m	1015.000
14	040204003002	安砌侧（平、缘）石，甲 B 型机切花岗岩路缘石 15cm×25cm×74.5cm	m	340.000
15	040204 补 001	中央隔离带，浆砌预制泡沫混凝土，厚度16cm	m²	1019.000
16	040301007001	机械成孔灌注桩直径 1m，C25	m	1036.000
17	040301007002	机械成孔灌注桩直径 1.3m，C25	m	1680.000
18	040302002002	混凝土承台 C25-25，C10 混凝土垫层	m³	1015.000
19	040302004001	墩（台）身墩柱 C30-25	m³	384.000
20	040302004002	墩（台）身桥台 C25-25	m³	1210.000
21	040302005001	现浇 C30-25 简支梁湿接头	m³	973.000
22	040302006001	墩（台）盖梁 C35-25	m³	748.000
23	040302017001	桥面铺装：改性沥青、玛碲脂、玄武石、碎石混合料厚度4cm(SMA-16)	m²	7550.000
24	040302017002	桥面铺装：改性沥青、玛碲脂、玄武石、碎石混合料厚度5cm(AC-20I)	m²	7560.000
25	040302017003	桥面铺装 C30-25 抗折	m²	281.000
26	040302017003	连系梁：墩柱横系梁 C30-25	m³	205.000
27	040303003001	预制混凝土梁 C50-25，预应力混凝土简支梁	m³	781.000
28	040303003002	预制混凝土梁 C45-25，预应力混凝土简支梁	m³	2472.000
29	040304002001	浆砌块料；河道浸水挡墙，墙身 M10 浆砌片石，泄水孔 φ100 塑料管	m³	593.000
30	040305001001	挡墙基础：河道浸水挡墙，基础 C25-25，C10 混凝土垫层	m³	1027.000
31	040305004001	挡墙混凝土压顶 C25-25	m³	32.000
32	040309002001	橡胶支座 20mm×35mm×4.9mm	个	544.000
33	040309006001	桥梁伸缩装置；毛勒伸缩缝	m	180.000
34	040309009001	防水层；APP 防水层	m²	10194.000
35	040309 补 001	排水设施	套	8.000
36	040701002001	非预应力钢筋 φ10 以内	t	283.000
37	040701002002	非预应力钢筋 φ10 以外	t	1195.000
38	040701004001	后张法预应力钢筋；钢绞线（高强低松弛）$R=1860$MPa；预应力锚具 2176 套（锚头 15-6，128 套；锚头 15-5，784 套；锚头 15-4，1264 套）；金属波纹管内径6.2cm，长 17108m，C40 混凝土压浆	t	138.000
		三、排水工程		
1	040501002007	混凝土管道铺设　DN1350 埋深 3.5m	m	457.000
2	040504001005	砌筑检查井　1.4×1.0 埋深 3m	座	32.000
3	040504001004	砌筑检查井　1.2×1.0 埋深 2m	座	82.000
4	040504003002	雨水进水井　单平箅　埋深 3m	座	11.000
5	040504003001	雨水进水井　双平箅　埋深 2m	座	300.000
6	040504001003	砌筑检查井 φ900 埋深 2m	座	42.000
7	040504001002	砌筑检查井　0.6×0.6 埋深 2m	座	52.000
8	040504001001	砌筑检查井　0.48×0.48 埋深 2m	座	104.000
9	040501002006	混凝土管道铺设　DN1650 埋深 3.5m	m	456.000
10	040501002005	混凝土管道铺设　DN1000 埋深 3.5m	m	430.000
11	040501002004	混凝土管道铺设　DN800 埋深 2.5m	m	1746.000
12	040501002003	混凝土管道铺设　DN800 埋深 2m	m	1196.000
13	040501002002	混凝土管道铺设　DN400 埋深 1.5m	m	766.000
14	040501002001	混凝土管道铺设　DN300 埋深 1.5m	m	2904.000

措施项目清单

序　号	项 目 名 称	工程数量
1	道路工程	
1.1	环境保护费	
1.2	便道	
1.3	便桥	
2	桥梁工程	
2.1	大型机械进出场费	
2.2	围堰	
3	排水工程	
3.1	井点降水	

其他项目清单

工程名称：某道路改造工程　　　　　　　　　　　　　　　　第 页 共 页

序　号	项 目 名 称	工程数量
1	招标人部分	
1.1	预留金	100000.00 元
1.2	材料购置费	—
1.3	其他	—
2	投标人部分	
2.1	总承包服务费	
2.2	零星工作费	
2.3	其他	

零星工作项目清单表

工程名称：某道路改造工程　　　　　　　　　　　　　　　　第 页 共 页

序　号	项 目 名 称	计 量 单 位	数　量
1	人工		
1.1	技工	工日	100.000
1.2	壮工	工日	80.000
	小计		
2	材料		
	水泥 42.5 级	t	30.000
	钢筋	t	10.000
	小计		
3	机械		
3.1	履带式推土机 105kW	台班	3.000
3.2	汽车起重机 25t	台班	3.000
	小计		
	合计		

主要材料报价表

工程名称：某道路改造工程　　　　　　　　　　　　　　　　第 页 共 页

序号	材料编码	材料名称	规格、型号等特殊要求	单位	单价/元
1	058041	混凝土 C30-20(碎石)		m³	
2	058042	混凝土 C40-20(碎石)		m³	

序号	材料编码	材料名称	规格、型号等特殊要求	单位	单价/元
3	058048	现浇混凝土 C20-20（碎石）		m³	
4	058059	水下混凝土 C20-40（碎石）		m³	
5	059976	履带式推土机　75kW		台班	
6	059986	电动夯实机　20-62kg·m		台班	
7	059993	光轮压路机　8t		台班	
8	059994	光轮压路机　12t		台班	
9	059995	光轮压路机　15t		台班	
10	060020	履带式电动起重机　5t		台班	
11	060022	履带式柴油起重机　15t		台班	
12	060031	汽车式电动起重机　5t		台班	
13	060032	汽车式起重机　8t		台班	
14	060034	汽车式起重机　12t		台班	
15	060035	汽车式起重机　16t		台班	
16	060036	汽车式起重机　20t		台班	
17	060045	叉式起重机　3t		台班	
18	060047	叉式起重机　6t		台班	
19	060060	载重汽车　5t		台班	
20	060066	自卸汽车　4.5t		台班	
21	060073	洒水汽车　4000L		台班	
22	060074	机动翻斗车　1t		台班	
23	060093	电动卷扬机　单筒快速 1t		台班	
24	060096	电动卷扬机　单筒慢速 5t		台班	
25	060101	电动卷扬机　双筒快速 5t		台班	
26	060108	混凝土输送泵车　75m³		台班	
27	060109	滚筒式混凝土搅拌机　电动 400L		台班	
28	060110	灰浆搅拌机　200L		台班	
29	060115	双锥反转出料混凝土搅拌机　350L		台班	
30	060121	灰土拌和机　105kW		台班	
31	060128	预应力钢筋拉伸机　90t		台班	
32	060129	预应力钢筋拉伸机　300t		台班	
33	060143	钢筋切断机　φ40		台班	
34	060144	钢筋弯曲机　φ40		台班	
35	060154	木工平刨床　450mm		台班	
36	060156	木工圆锯机　500mm		台班	
37	060195	高压油泵　50MPa		台班	
38	060196	高压油泵　80MPa		台班	
39	060198	泥浆泵　φ100		台班	
40	060199	潜水泵　φ100		台班	
41	060211	交流电焊机　30kV·A		台班	
42	060217	对焊机　75kV·A		台班	
43	060228	电动空气压缩机　0.6m³/min		台班	
44	060246	回旋钻机　φ1000 以内		台班	

某道路改造　　　　工程

工 程 量 清 单

招　　标　　人：＿＿＿＿（略）＿＿＿＿（单位盖章）

法 定 代 表 人：＿＿＿＿（略）＿＿＿＿（签字盖章）

造价工程师及注册证号：＿＿＿＿（略）＿＿＿＿（签字盖执业专用章）

编　制　时　间：×年×月×日

投 标 总 价

建　设　单　位：＿＿＿＿＿＿（略）＿＿＿＿＿＿

工　程　名　称：＿＿某道路改造工程＿＿

投标总价(小写)：＿＿＿50447714.51 元＿＿＿

　　　　(大写)：＿伍仟零肆拾肆万柒仟柒佰壹拾肆元伍角壹分＿

投　　标　　人：＿＿＿＿＿（略）＿＿＿＿＿（单位盖章）

法 定 代 表 人：＿＿＿＿＿（略）＿＿＿＿＿（签字盖章）

编　制　时　间：×年×月×日

单位工程费汇总表

工程名称：某道路改造工程　　　　　　　　　　　　　　　　　　　　　　　　第　页　共　页

序号	项目名称	金额/元
1	分部分项工程量清单合计	48128648.58
2	措施项目清单合计	181909.45
3	其他项目清单合计	162940.00
4	规费	309260.92
5	不含税工程造价	48782758.95
6	税金	1664955.56
7	含税工程总造价	50447714.51
合计:伍仟零肆拾肆万柒仟柒佰壹拾肆元伍角壹分		

分部分项工程量清单计价表

工程名称：某道路改造工程　　　　　　　　　　　　　　　　　　　　　　　　第　页　共　页

序号	项目编码	项目名称	计量单位	工程数量	综合单价	合价
		一、道路工程				
1	040101001001	挖一般土方　一、二类土 4m 以内	m³	142100.000	10.70	1520548.30
2	040103001002	填方　90%以上	m³	8500.000	8.30	70560.72
3	040103001002	填方　二灰土 12：35：53　90%以上	m³	7700.000	7.02	54080.55
4	040103002001	余方弃置　松土　运距：100m	m³	46000.000	7.79	358263.03
5	040201002001	掺石灰　含灰量：10%	m³	1800.000	57.45	103405.19
6	040202002002	石灰稳定土　厚度：30cm　含灰量：10%	m²	84060.000	16.21	1362313.81
7	040202002001	石灰稳定土　厚度：15cm　含灰量：10%	m²	57320.000	12.05	690486.56
8	040202006002	石灰、粉煤灰、碎(砾)石　二灰碎石厚度：20cm　配合比：10：20：70	m²	84060.000	30.78	2587314.86
9	040202006001	石灰、粉煤灰、碎(砾)石　二灰碎石厚度：12cm　配合比：10：20：70	m²	57320.000	26.46	1516516.90
10	040204001002	人行道块料铺设　普通人行道板 25×2cm	m²	5850.000	0.64	3737.03
11	040204001001	人行道块料铺设　异形彩色花砖 1：3 石灰砂浆 D 型砖	m²	20590.000	13.15	270770.51
12	040205001001	接线工作井　100cm×100cm×100cm	座	5.000	716.43	3582.14
13	040205001001	接线工作井　50cm×50cm×100cm	座	55.000	494.05	27172.49
14	040205013002	隔离护栏安装　钢制人行道护栏	m	1440.000	15.66	22547.73
15	040205013001	隔离护栏安装　钢制机非分隔栏	m	200.000	15.66	3131.63
16	040203003001	黑色碎石　石油沥青　厚度：6cm	m²	91360.000	50.97	4656428.43
17	040203004003	沥青混凝土　厚度：5cm	m²	3383.000	115.65	391257.68
18	040203004002	沥青混凝土　厚度：4cm	m²	91360.000	103.54	9459537.74
19	040203004001	沥青混凝土　厚度：3cm	m²	125190.000	32.74	4099035.08
		二、桥梁工程				
1	040101002001	挖沟槽土方，三、四类土综合 4m 以内	m³	2493.000	11.81	29442.33
2	040101002002	挖沟槽土方，三、四类土综合 3m 以内	m³	837.000	60.18	50370.66
3	040101002003	挖沟槽土方，新建翼墙 6m 内	m³	2837.000	17.85	50640.45
4	040103001001	填方：基础回填砂砾石	m³	208.000	65.61	13646.88
5	040103001002	填方台后回填砂砾石，粒径 5～8mm，密实度≥96%	m³	3631	31.22	113359.82
6	040103002001	余方弃置，余土弃运 10km	m³	1497	10	14970
7	040202014001	水泥稳定碎(砾)石，主路搭板下 d7，≥3.0MPa，厚度 17cm，摊铺，养护	m²	793	20.81	16502.33
8	040202014002	水泥稳定碎(砾)石，主路搭板下 d7，≥3.0MPa，厚度 18cm，摊铺，养护	m²	793	21.96	17414.28
9	040202014003	水泥稳定碎(砾)石，主路搭板下 d7，≥2.0MPa，厚度 18cm，摊铺，养护	m²	793	21.21	16819.53
10	040202014004	水泥稳定碎(砾)石，辅路搭板下 d7，≥3.0MPa，厚度 14cm，摊铺，养护	m²	728	17.38	12652.64
11	040202014005	水泥稳定碎(砾)石，辅路搭板下 d7，≥2.0MPa，厚度 15cm，摊铺，养护	m²	364	17.9	6515.6

序号	项目编码	项目名称	计量单位	工程数量	金额/元	
					综合单价	合价
		二、桥梁工程				
12	040204003001	安砌侧（平、缘）石，花岗岩剁斧平石 12cm×25cm×49.5cm	m	673	53.66	36113.18
13	040204003002	安砌侧（平、缘）石，甲B型机切花岗岩路缘石 15cm×32cm×99.5cm	m	1015	85.91	87198.65
14	040204003002	安砌侧（平、缘）石，甲B型机切花岗岩路缘石 15cm×25cm×74.5cm	m	340	65.61	22307.4
15	040204 补 001	中央隔离带，浆砌预制泡沫混凝土，厚度16cm	m²	1019	30.68	31262.92
16	040301007001	机械成孔灌注桩直径 1m，C25	m	1036	1251.09	1296129.24
17	040301007002	机械成孔灌注桩直径 1.3m，C25	m	1680	1692.81	2843920.8
18	040302002002	混凝土承台 C25-25，C10 混凝土垫层	m³	1015	299.98	304479.7
19	040302004001	墩（台）身墩柱 C30-25	m³	384	434.93	167013.12
20	040302004002	墩（台）身桥台 C25-25	m³	1210	318.49	385372.9
21	040302005001	现浇 C30-25 简支梁湿接头	m³	973	401.74	390893.02
22	040302006001	墩（台）盖梁 C35-25	m³	748	390.63	292191.24
23	040302017001	桥面铺装：改性沥青、玛碲脂、玄武石、碎石混合料厚度 4cm(SMA-16)	m²	7550	37.71	284710.5
24	040302017002	桥面铺装：改性沥青、玛碲脂、玄武石、碎石混合料厚度 5cm(AC-20I)	m²	7560	44.1	333396
25	040302017003	桥面铺装 C30-25 抗折	m²	281	621.94	174765.14
26	040302017003	连系梁：墩柱横系梁 C30-25	m³	205	227.72	46682.6
27	040303003001	预制混凝土梁 C50-25，预应力混凝土简支梁	m³	781	1249	975469
28	040303003002	预制混凝土梁 C45-25，预应力混凝土简支梁	m³	2472	1249.75	3089382
29	040304002001	浆砌块料：河道浸水挡墙，墙身 M10 浆砌片石，泄水孔 φ100 塑料管	m³	593	160.98	95461.14
30	040305001001	挡墙基础：河道浸水挡墙，基础 C25-25，C10 混凝土垫层	m³	1027	82.39	84614.53
31	040305004001	挡墙混凝土压顶 C25-25	m³	32	173.51	5552.32
32	040309002001	橡胶支座 20mm×35mm×4.9mm	个	544	308.7	167932.8
33	040309006001	桥梁伸缩装置；毛勒伸缩缝	m	180	2067.35	372123
34	040309009001	防水层；APP 防水层	m²	10194	39.37	401337.78
35	040309 补 001	排水设施	套	8	139.37	1114.96
36	040701002001	非预应力钢筋 φ10 以内	t	283	3801.12	1075716.96
37	040701002002	非预应力钢筋 φ10 以外	t	1195	3862.24	4615376.8
38	040701004001	后张法预应力钢筋：钢绞线（高强低松弛）$R=$ 1860MPa；预应力锚具 2176 套（锚头 15-6,128 套；锚头 15-5,784 套；锚头 15-4,1264 套）；金属波纹管内径 6.2cm，长 17108m，C40 混凝土压浆	t	138	11972.06	1652144.28
		三、排水工程				
1	040501002007	混凝土管道铺设 DN1350 埋深 3.5m	m	457.000	360.70	164838.98
2	040504001005	砌筑检查井 1.4×1.0 埋深 3m	座	32.000	1790.97	57310.91
3	040504001004	砌筑检查井 1.2×1.0 埋深 2m	座	82.000	1661.53	136245.24
4	040504003002	雨水进水井 单平箅 埋深 3m	座	11.000	458.90	5047.92
5	040504003001	雨水进水井 双平箅 埋深 2m	座	300.000	788.33	236498.45
6	040504001003	砌筑检查井 φ900 埋深 2m	座	42.000	1057.79	44427.28
7	040504001002	砌筑检查井 0.6×0.6 埋深 2m	座	52.000	700.43	36422.47
8	040504001001	砌筑检查井 0.48×0.48 埋深 2m	座	104.000	689.79	71738.40
9	040501002006	混凝土管道铺设 DN1650 埋深 3.5m	m	456.000	387.61	176748.78
10	040501002005	混凝土管道铺设 DN1000 埋深 3.5m	m	430.000	125.09	53786.73
11	040501002004	混凝土管道铺设 DN800 埋深 2.5m	m	1746.000	86.20	150498.61
12	040501002003	混凝土管道铺设 DN800 埋深 2m	m	1196.000	86.20	103090.69
13	040501002002	混凝土管道铺设 DN400 埋深 1.5m	m	766.000	38.20	29261.63
14	040501002001	混凝土管道铺设 DN300 埋深 1.5m	m	2904.000	29.97	87045.61
		合计	元			48128648.58

措施项目清单计价表

工程名称：某道路改造工程   第 页 共 页

序　号	项　目　名　称	金额/元
1	道路工程	98022.55
1.1	环境保护费	50000.00
1.2	便道	11770.33
1.3	便桥	36252.22
2	桥梁工程	72095.88
2.1	大型机械进出场费	54223.18
2.2	围堰	17872.70
3	排水工程	11791.02
3.1	井点降水	11791.02
	合计	181909.45

措施项目费分析表

工程名称：某道路改造工程   第 页 共 页

序号	措施项目名称	单位	数量	金额/元					
				人工费	材料费	人工使用费	管理费	利润	小计
	环境保护费								
	小计	元							
	大型机械进出场								
	小计	元							
	合计								

其他项目清单计价表

工程名称：某道路改造工程   第 页 共 页

序　号	项　目　名　称	金额/元
1	招标人部分	100000.00 元
1.1	预留金	100000.00 元
1.2	材料购置费	—
1.3	其他	—
2	投标人部分	62940.00
2.1	总承包服务费	
2.2	零星工作费	62940.00
2.3	其他	
	合　计	162940.00

零星工作费表

工程名称：某道路改造工程   第 页 共 页

序号	项目编码	名称	单位	数量	金额/元	
					综合单价	合价
1		人工				8440.00
1.1		技工	工日	100.000	50.00	5000.00
1.2		壮工	工日	80.000	43.00	3440.00
2		材料				44000.00
2.1		水泥 42.5 级	t	30.000	300.00	9000.00
2.2		钢筋	t	10.000	3500.00	3500.00
3		机械				10500.00
3.1		履带式推土机 105kW	台班	3.000	1000.00	3000.00
3.2		汽车起重机 25t	台班	3.000	2500.00	7500.00
		合计	元			62940.00

工程名称：某道路改造工程

序号	项目编码	项目名称	工程内容	综合单价/元					综合单价
				人工费	材料费	施工机械使用费	管理费	利润	
1	040203004001	沥青混凝土石油沥青厚度：3cm	洒铺底油	0.90	22.21	0.92	2.40	1.20	32.74
			铺筑	0.33	3.22		0.35	0.18	
			碾压	0.08		0.82	0.09	0.04	
			小计	1.31	25.43	1.73	2.85	1.42	
			（以下略）						

主要材料报价表

工程名称：某道路改造工程

序号	材料编码	材料名称	规格、型号等特殊要求	单位	单价/元
1	058041	混凝土 C30-20（碎石）		m³	202.65
2	058042	混凝土 C40-20（碎石）		m³	232.85
3	058048	现浇混凝土 C20-20（碎石）		m³	173.03
4	058059	水下混凝土 C20-40（碎石）		m³	202.04
5	059976	履带式推土机 75kW		台班	1000.00
6	059986	电动夯实机 20～62kg·m		台班	24.75
7	059993	光轮压路机 8t		台班	226.19
8	059994	光轮压路机 12t		台班	291.51
9	059995	光轮压路机 15t		台班	333.98
10	060020	履带式电动起重机 5t		台班	165.42
11	060022	履带式柴油起重机 15t		台班	586.94
12	060031	汽车式电动起重机 5t		台班	363.94
13	060032	汽车式起重机 8t		台班	1060.00
14	060034	汽车式起重机 12t		台班	1407.00
15	060035	汽车式起重机 16t		台班	1900.00
16	060036	汽车式起重机 20t		台班	2500.00
17	060045	叉式起重机 3t		台班	259.88
18	060047	叉式起重机 6t		台班	315.19
19	060060	载重汽车 5t		台班	293.11
20	060066	自卸汽车 4.5t		台班	404.30
21	060073	洒水汽车 4000L		台班	335.89
22	060074	机动翻斗车 1t		台班	102.98
23	060093	电动卷扬机 单筒快速 1t		台班	66.66
24	060096	电动卷扬机 单筒慢速 5t		台班	83.80
25	060101	电动卷扬机 双筒快速 5t		台班	115.29
26	060108	混凝土输送泵车 75m³		台班	1647.47
27	060109	滚筒式混凝土搅拌机 电动 400L		台班	95.30
28	060110	灰浆搅拌机 200L		台班	47.42
29	060115	双锥反转出料混凝土搅拌机 350L		台班	94.53
30	060121	灰土拌和机 105kW		台班	555.24
31	060128	预应力钢筋拉伸机 90t		台班	51.03
32	060129	预应力钢筋拉伸机 300t		台班	112.97
33	060143	钢筋切断机 φ40		台班	41.92
34	060144	钢筋弯曲机 φ40		台班	24.95
35	060154	木工平刨床 450mm		台班	19.27
36	060156	木工圆锯机 500mm		台班	27.91
37	060195	高压油泵 50MPa		台班	131.80
38	060196	高压油泵 80MPa		台班	192.69
39	060198	泥浆泵 φ100		台班	234.13
40	060199	潜水泵 φ100		台班	55.78
41	060211	交流电焊机 30kV·A		台班	100.67
42	060217	对焊机 75kV·A		台班	132.37
43	060228	电动空气压缩机 0.6m³/min		台班	66.18
44	060246	回旋钻机 φ1000 以内		台班	367.06

第二节　某路桥工程工程量清单计价编制实例

某路桥　　　　工程

工程量清单

招　　标　　人：＿＿＿（略）＿＿＿（单位签字盖章）

法　定　代　表　人：＿＿＿（略）＿＿＿（签字盖章）

中介机构法定代表人：＿＿＿（略）＿＿＿（签字盖章）

造价工程师及注册证号：＿＿＿（略）＿＿＿（签字盖执业专用章）

编　制　时　间：×年×月×日

填 表 须 知

1. 工程量清单及其计价格式中所有要求签字、盖章地方,必须由规定的单位和人员签字盖章。
2. 工程量清单及其计价格式中的任何内容不得随意删除或涂改。
3. 工程量清单计价格式中列明的所有需要填报的单价和合价,投标人均应填报,未填报的单价和合价,视为此项费用已包含在工程量清单的其他单价和合价中。
4. 金额(价格)均应以人民币表示。
5. 投标报价必须与工程项目总价一致。
6. 投标报价文件一式三份。

总 说 明

1. 工程概况:该工程为××路道路、桥涵、排水工程,全长145m,路宽10m,两车道,排水管道一条,其管道为钢筋混凝土管,主管管径为ϕ600,钢筋混凝土通道桥涵一座,其跨径为8m,高填方区道路两旁设钢筋混凝土挡土墙。
2. 招标范围:土石方工程、道路工程、桥涵工程、排水工程。
3. 工程质量要求:优良工程。
4. 工程量清单编制依据:
   4.1　由××方建筑工程设计事务所设计的施工图1套。
   4.2　由××公司编制的《××道路工程施工招标邀请书》、《招标文件》和《××道路工程招标答疑会议纪要》。
   4.3　工程量清单计量按照国标《建设工程工程量清单计价规范》编制。
5. 因工程质量要求优良,故所有材料必须持有市以上有关部门颁发的《产品合格证书》及价格在中档以上的建筑材料。

工程名称：某路桥工程 　　　　　　　　　　　　　　　　　　　　　　　　　第　页　共　页

序号	项目编码	项 目 名 称	计量单位	工程数量
		一、土石方工程		
1	040101001001	挖一般土方，推土机推土，运距20m以内，四类土	m³	545.363
2	040103001001	填方，压实回填，碾压机分层压实	m³	2775.485
3	040103003001	缺方内运，挖掘机挖土，自卸汽车配合运土，四类土，运距1000m	m³	1869.242
4	040101001002	挖一般土方，反铲挖沟槽土方，运距1000m以内，四类土	m³	165.497
5	040101001003	挖一般土方，人工挖沟槽四类土，深度2m以内	m³	21.022
6	040103001002	填方，沟槽回填土，人工填土夯实	m³	126.779
		二、道路工程		
7	040202006001	石灰、粉煤灰、碎（砾）石道路基层，厚度22cm	m²	1348.43
8	040202006001	水泥混凝土路面，厚度20cm	m²	1348.43
9	040204003001	安砌侧（平、缘）石、石质侧石长度50cm，砌筑石灰砂浆1：3	m	174.46
		三、桥涵护岸工程		
10	040302004001	墩（台）身，C20砾40	m³	2.36
11	040302015001	混凝土防撞护栏，C30砾40	m	140.28
12	040302017001	桥面铺装，车行道，C25砾40	m²	165.44
13	040305001001	挡墙基础，C25砾40	m³	175.16
14	040305002001	现浇混凝土挡墙墙身，C25砾40，塑料管泄水孔	m³	184.06
15	040305002002	挡墙墙身砂滤层	m³	301.14
16	040306002001	箱涵底板，C30砾40	m³	102.35
17	040306003001	箱涵侧墙，C30砾40	m³	47.30
18	040306004001	箱涵顶板，C30砾40	m³	101.25
		四、市政管网工程		
19	040501002001	混凝土管道铺设，无筋，D300，砂浆接口，C15砾40混凝土垫层	m	34
20	040501002002	混凝土管道铺设，无筋，D600，砂浆接口，C15砾40混凝土垫层	m	60
21	040504001001	砌筑检查井，雨水检查井，平均深2.6m	座	3.0
22	040504003001	雨水进水井，平均深0.6m	座	6.0
		五、钢筋工程		
23	040701002001	非预应力钢筋，传力杆	t	0.489
24	040701002002	非预应力钢筋，挡墙	t	22.121
25	040701002003	非预应力钢筋，混凝土防撞栏杆	t	4.933
26	040701002004	非预应力钢筋，桥涵	t	33.689
		六、拆除工程		
27	040801001001	拆除路面，混凝土路面，无筋，厚2cm，人工拆除	m²	96

措施项目清单计价表

工程名称：某路桥工程   第 页 共 页

序 号	项 目 名 称	工程数量	金额/元
1	机械进出场费由各施工单位自行列项		
2	双排钢管脚手架 8m 内	931.47m²	
3	混凝土挡墙模板费用	按×省市政定额计算	
4	混凝土挡墙垂直运输机械费用	按×省市政定额计算	
5	拱板涵支架	768.56m²	
6	桥涵工程模板费用	按×省市政定额计算	
7	桥涵工程垂直运输机械费用	按×省市政定额计算	
8	冬雨季施工费用		
9	临时设施费用		
	合计		

其他项目清单计价表

工程名称：某路桥工程   第 页 共 页

序 号	项 目 名 称	金额/元
1	招标人部分	
	预留金	50000.00
	材料购置费	—
	其他	—
	小计	50000.00
2	投标人部分	
	总承包服务费	
	零星工作项目费	
	其他	
	小计	
	合计	

零星工作项目表

工程名称：某路桥工程   第 页 共 页

序号	名 称	计量单位	数 量	金额/元	
				综合单价	合价
1	人工				
	技工	工日	58.00		
	壮工	工日	45.00		
2	材料				
	42.5 级普通水泥	t	5.50		
	钢筋	t	2.30		
3	机械				
	履带式推土机 105kW	台班	5.00		
	汽车起重机 12t	台班	8.00		

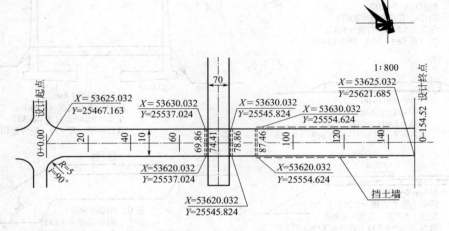

说明：
1. 图中尺寸以m计。
2. 本平面图是以×市道路的规划为依据。

道路平面图

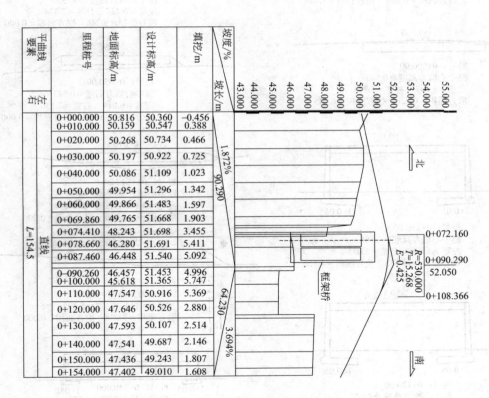

说明：
1. 图中尺寸均以m计。比例：横向1:1250，纵向1:1250。
2. 设计标高为已计及竖曲线改正值，中线路面拱顶标高。
3. 高程系统：黄海。

道路纵断面图

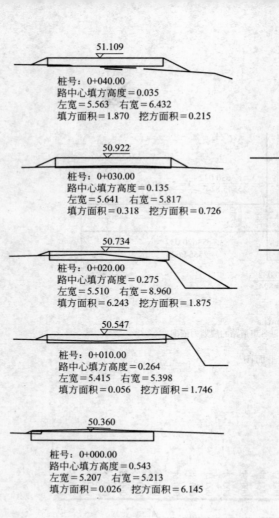

51.109

桩号：0+040.00
路中心填方高度=0.035
左宽=5.563　右宽=6.432
填方面积=1.870　挖方面积=0.215

50.922

桩号：0+030.00
路中心填方高度=0.135
左宽=5.641　右宽=5.817
填方面积=0.318　挖方面积=0.726

50.734

桩号：0+020.00
路中心填方高度=0.275
左宽=5.510　右宽=8.960
填方面积=6.243　挖方面积=1.875

50.547

桩号：0+010.00
路中心填方高度=0.264
左宽=5.415　右宽=5.398
填方面积=0.056　挖方面积=1.746

50.360

桩号：0+000.00
路中心填方高度=0.543
左宽=5.207　右宽=5.213
填方面积=0.026　挖方面积=6.145

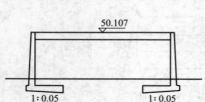

50.107

1：0.05　　1：0.05

桩号：0+130.00
路中心填方高度=1.865
左宽=5.030　右宽=5.033
填方面积=19.635　挖方面积=4.156

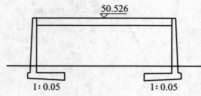

50.526

1：0.05　　1：0.05

桩号：0+120.00
路中心填方高度=2.678
左宽=5.246　右宽=5.241
填方面积=26.476　挖方面积=7.044

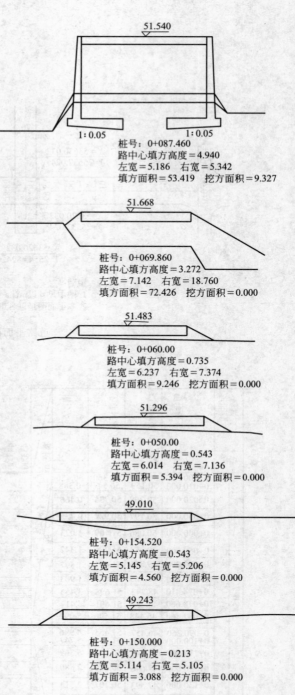

51.540

1：0.05　　1：0.05

桩号：0+087.460
路中心填方高度=4.940
左宽=5.186　右宽=5.342
填方面积=53.419　挖方面积=9.327

51.668

桩号：0+069.860
路中心填方高度=3.272
左宽=7.142　右宽=18.760
填方面积=72.426　挖方面积=0.000

51.483

桩号：0+060.00
路中心填方高度=0.735
左宽=6.237　右宽=7.374
填方面积=9.246　挖方面积=0.000

51.296

桩号：0+050.00
路中心填方高度=0.543
左宽=6.014　右宽=7.136
填方面积=5.394　挖方面积=0.000

49.010

桩号：0+154.520
路中心填方高度=0.543
左宽=5.145　右宽=5.206
填方面积=4.560　挖方面积=0.000

49.243

桩号：0+150.000
路中心填方高度=0.213
左宽=5.114　右宽=5.105
填方面积=3.088　挖方面积=0.000

49.687

1：0.05　　1：0.05

桩号：0+140.000
路中心填方高度=0.876
左宽=5.362　右宽=5.366
填方面积=13.453　挖方面积=2.816

路基横断面图（一）
注：挡墙仅为示意图。
本图尺寸为 1：120。

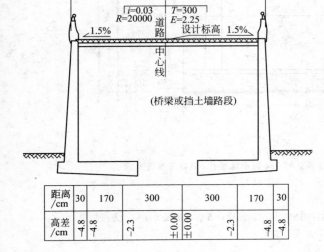

左上断面图：
50.916
1:0.05　　1:0.05
桩号：0+110.000
路中心填方高度=5.475
左宽=5.367　右宽=5.145
填方面积=52.074　挖方面积=12.096

左中断面图：
51.365
1:0.05　　1:0.05
桩号：0+100.000
路中心填方高度=6.146
左宽=5.426　右宽=5.420
填方面积=62.434　挖方面积=13.258

土石方表

桩号	距离/m	面积/m² 填	挖	土方/m³ 填	挖	累计土方/m³ 填	挖
0+000.000		0.026	6.145				
	10.000			0.410	39.455	0.410	39.455
0+010.000		0.056	1.746				
	10.000			31.495	18.105	31.905	57.560
0+020.000		6.243	1.875				
	10.000			32.805	13.005	64.710	70.565
0+030.000		0.318	0.726				
	10.000			10.940	4.705	75.650	75.270
0+040.000		1.870	0.215				
	10.000			36.320	1.075	111.970	76.345
0+050.000		5.394	0.000				
	10.009			73.200	0.000	185.17	76.345
0+060.000		9.246	0.000				
	9.860			402.643	0.000	587.813	76.345
0+069.000		72.426	0.000				

土石方表

桩号	距离/m	面积/m² 填	挖	土方/m³ 填	挖	累计土方/m³ 填	挖
0+087.460	12.540	53.419	9.327	726.398	141.608	726.398	141.608
0+100.000	10.000	62.434	13.258	572.540	126.770	1298.938	268.378
0+110.000	10.000	52.074	12.096	392.750	95.700	1691.688	364.078
0+120.000	10.000	26.476	7.044	230.555	56.000	1922.243	420.078
0+130.000	10.000	19.635	4.156	165.440	34.860	2087.683	454.938
0+140.000	10.009	13.453	2.816	82.705	14.080	2170.388	469.018
0+150.000	10.000	3.088	0.000	17.284	0.000	2187.672	469.018
0+154.520	4.520	4.560	0.000				

路基横断面图（二）

注：挡墙仅为示意图。

本图尺寸为1:120。

下图标注：
1000
$i=0.03$　$T=300$
$R=20000$　$E=2.25$
道路中心线
设计标高
1.5%　　1.5%
（桥梁或挡土墙路段）

距离/cm	30	170	300	300	170	30
高差/cm	-4.8　-4.8	-2.3	±0.00　±0.00	-2.3	-4.8　-4.8	

标准横断面图（一）

说明：

(1) 本图尺寸均以cm计。

(2) 侧平石为甲种麻石平石，侧石断面尺寸为35cm×15cm。

(3) 路基范围内须清除不合路基使用土，重型压实度按规范要求。在填方路槽底面以下0～80cm，挖方路槽底面以下0～30cm大于95%，填方路槽底面80～150cm达到93%，150cm以下达到80%。

(4) 填方边坡为1:1.5，切方边坡为1:1。

(5) 混凝土设计弯拉强度≥4.5MPa，弯拉弹性模量E_c≥28000MPa。

(6) 基层顶面当量回弹横量E_t≥80MPa。

(7) 接缝处理及加固措施如下：

①混凝土板设2条纵缝，挡墙处每块宽3.12m，其余处每块宽3.32m，板中$h_c/2$处设60cm长$\phi16$拉杆钢筋、间距为60cm，最外一根拉杆距混凝土板横边为25cm，拉杆正中10cm范围内需涂沥青。

②横向每4.5m应设一条缩缝，缩缝切缝深度4cm，宽度为5mm，用沥青填缝料填充。

③道路与侧石、挡墙或其他构筑物、建筑物接合处需设置2cm宽胀缝，内用泡沫板填充，顶部4cm范围用沥青填缝料填充，与框架桥衔接处附近2条横向缩缝应设成胀缝。

④所有接缝的做法详见相关规范。

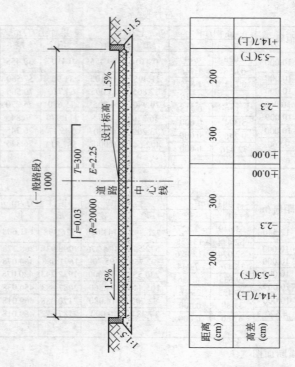

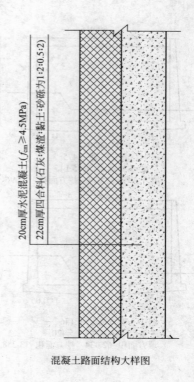

混凝土路面结构大样图

标准横断面图（二）

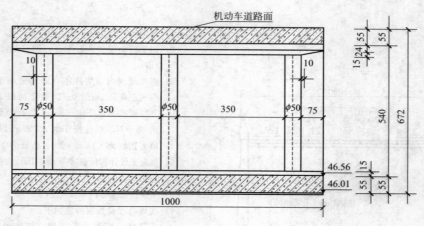

说明：

（1）本图以 cm 计。

（2）垫层采用 10cm 厚 C15 素混凝土，框架桥采用 C30 防水混凝土，其抗渗等级为 S6。

（3）框架桥的外表面涂水泥混凝土防水剂。

（4）框架桥顶部需设置栏杆，施工时请预埋。

（5）地基承载力要求 200kPa，施工时必须探明地基情况，经设计方认可满足要求后，方可捣筑。

（6）底板下开挖采用级配良好的砂砾回填，并充分密实。

（7）施工时设 2cm 预拱度，按抛物线形式变化。

（8）框架桥底板与周边外墙宜连续一次浇完，否则须按要求处理施工缝，且水平施工缝应留在板面以上 50 的竖壁上。

（9）要求采用防水剂及混凝土膨胀剂按补偿收缩混凝土无缝施工法施工。

框架桥纵剖面

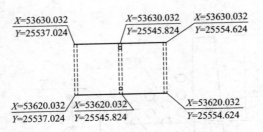

平面图

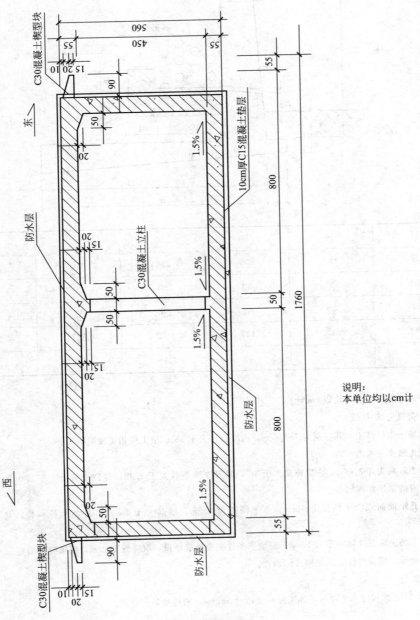

框架桥横剖面图

说明：
本单位均以cm计

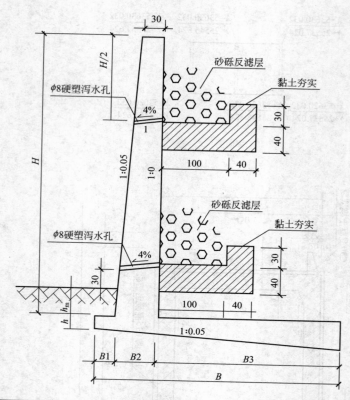

H	150	250	350	450	550
B	150	200	250	310	360
B1	30	30	30	30	30
B2	38	43	48	53	58
B3	82	127	172	227	272
h	40	40	45	50	50

说明:

(1) 本图尺寸除注明的外均以 cm 计。

(2) 设计荷载为城-B 级。

(3) 墙后填土为砂性土,其容量为 $18kN/m$,内摩擦角大于 $35°$,填土按相关规范施工。

(4) 混凝土强度等级为 $C25$。

(5) 地基土容重为 $18kN/m$,内摩擦角大于 $35°$,基底摩擦系数大于 0.35,容许承载力大于 $250kPa$,不符合要求时需采用加固措施。

(6) 泻水孔距地面或常水位以上 $30cm$,水平间距为 $2.5m$,墙高大于 $3m$ 时,中间加设一排,与下排错位布置。

(7) 原则上挡土墙沉降缝间距为 $10cm$,但地质条件突变处应增设,沉降缝宽 $2cm$,用填缝料填充。

(8) 挡土墙施工顶部时注意其他构件的预埋。

(9) $h_m = 0.5m$

(10) 挡墙 H 最大尺寸为 $550cm$,如实际高度超过 $550cm$,则地基另行处理。

挡土墙一般结构图

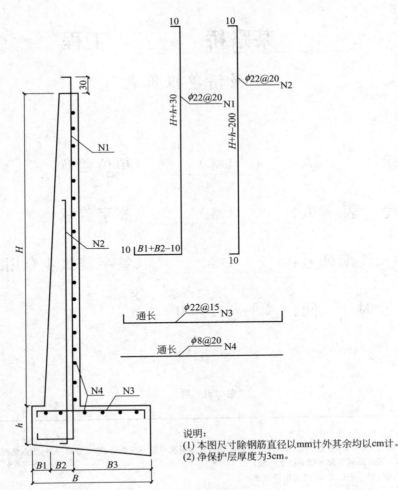

说明:
(1) 本图尺寸除钢筋直径以mm计外其余均以cm计。
(2) 净保护层厚度为3cm。

挡土墙钢筋图

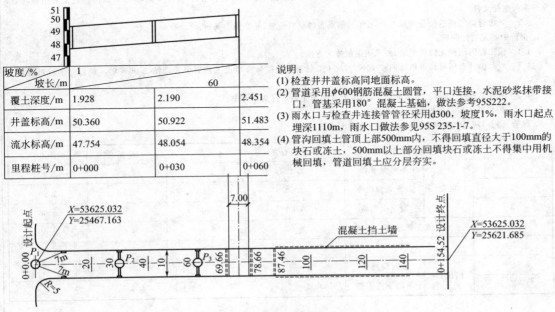

坡度/% 坡长/m	1		
		60	
覆土深度/m	1.928	2.190	2.451
井盖标高/m	50.360	50.922	51.483
流水标高/m	47.754	48.054	48.354
里程桩号/m	0+000	0+030	0+060

说明:
(1) 检查井井盖标高同地面标高。
(2) 管道采用φ600钢筋混凝土圆管,平口连接,水泥砂浆抹带接口,管基采用180°混凝土基础,做法参考95S222。
(3) 雨水口与检查井连接管管径采用d300,坡度1%,雨水口起点埋深1110m,雨水口做法参见95S 235-1-7。
(4) 管沟回填土管顶上部500mm内,不得回填直径大于100mm的块石或冻土,500mm以上部分回填块石或冻土不得集中用机械回填,管道回填土应分层夯实。

道路排水平面图

某路桥 工程

工程量清单报价表

投 标 人：_____（略）_____ （单位盖章）

法 定 代 表 人：_____（略）_____ （签字盖章）

造价工程师及注册证号：_____（略）_____ （签字盖执业专用章）

编 制 时 间：×年×月×日

总 说 明

工程名称：某路桥工程

1. 工程概况：××路全长145m,路宽10m,两车道,钢筋混凝土通道桥涵一座,8m跨径,排水管道一条,为钢筋混凝土管,主管管径为φ600mm。高填方区道路两旁设钢筋混凝土挡墙。

2. 交通条件：该工程三通一平已完成,交通条件方便。

3. 报价依据：

3.1 ××道路建设工程指挥部提供的道路施工图、《××道路建设工程邀标书》、《投标须知》、《××道路建设工程招标答疑》等一系列招标文件。

3.2 ×市建设工程造价管理站二00×年×期发布的材料价格,并参照市场价。

4. 报价中需说明的问题：

4.1 该工程因结构无特殊要求,故采用一般施工方法。

4.2 因考虑到市场材料价格近期波动不大,故主要材料价格按×市建设工程造价管理站二00×年×期发布的材料价格下浮3%。

4.3 因该工程处在郊区,车流量偏少,所以半封闭的交通干扰费不考虑。

5. 税金：按税前工程总造价3.413%计取。

6. 综合公司经济现状及竞争实力,公司所报费率如下。

序号	各项税费		人工土石方	道路	桥涵	排水
1	规费	不可竞争费	2.22	2.22	2.22	2.22
2		养老保险	3.50	3.50	3.50	3.50
3		安全文明费	0.66	0.66	0.66	0.66
4	施工管理费		8.00	8.00	9.00	8.00
5	利润		4.50	5.00	6.50	5.00
6	措施费	临时设施费	2.00			
7		冬雨季施工费	1.80			

投 标 总 价

建 设 单 位：＿＿＿＿＿＿＿＿＿（略）＿＿＿＿＿＿＿＿＿

工 程 名 称：＿＿＿＿＿＿某路桥工程＿＿＿＿＿＿

投标总价(小写)：＿＿＿＿1229898.74 元＿＿＿＿

（大写）：壹佰贰拾贰万玖仟捌佰玖拾捌元柒角肆分

投 标 人：＿＿＿＿＿＿（略）＿＿＿＿＿＿（单位盖章）

法 定 代 表 人：＿＿＿＿＿＿（略）＿＿＿＿＿＿（签字盖章）

编 制 时 间：×年×月×日

单位工程费汇总表

工程名称：某路桥工程　　　　　　　　　　　　　　　　　　　　　　第 页 共 页

序　号	项 目 名 称	金额/元
1	分部分项工程量清单计价表	917476.39
2	措施项目清单计价表	110969.12
3	其他项目计价表	89535.00
4	规费	71327.16
5	税前造价	1189307.67
6	税金	40591.07
	合计	1229898.74

分部分项工程量清单

工程名称：某路桥工程   第 页 共 页

序号	项目编码	项目名称	计量单位	工程数量	综合单价	合价
					金额/元	
一、土石方工程					
1	040101001001	挖一般土方,推土机推土,运距20m以内,四类土	m³	545.363	15.16	8265.35
2	040103001001	填方,压实回填,碾压机分层压实	nt³	2775.485	2.05	5694.76
3	040103003001	缺方内运,挖掘机挖土,自卸汽车配合运土,四类土,运距1000m	m³	1869.242	10.79	20175.10
4	040101001002	挖一般土方,反铲挖沟槽土方,运距1000m以内,四类土	m³	165.497	9.33	1545.53
5	040101001003	挖一般土方,人工挖沟槽四类土,深度2m以内	m³	21.022	21.69	455.90
6	040103001002	填方,沟槽回填土,人工填土夯实	m³	126.779	10.04	1272.67
二、道路工程					
7	040202006001	石灰、粉煤灰、碎(砾)石道路基层,厚度22cm	m²	1348.43	40.31	54348.85
8	040202006001	水泥混凝土路面,厚度20cm	m²	1348.43	93.24	125725.80
9	040204003001	安砌侧(平、缘)石、石质侧石长度50cm,砌筑石灰砂浆1:3	m	174.46	20.18	3521.04
三、桥涵护岸工程					
10	040302004001	墩(台)身,C20砾40	m³	2.36	530.66	1252.36
11	040302015001	混凝土防撞护栏,C30砾40	m	140.28	527.03	73932.24
12	040302017001	桥面铺装,车行道,C25砾40	m²	165.44	195.66	32370.66
13	040305001001	挡墙基础,C25砾40	m³	175.16	468.69	82095.13
14	040305002001	现浇混凝土挡墙墙身,C25砾40,塑料管泄水孔	m³	184.06	484.16	89169.93
15	040305002002	挡墙墙身砂滤层	m³	301.14	79.50	23940.85
16	040306002001	箱涵底板,C30砾40	m³	102.35	489.83	50134.06
17	040306003001	箱涵侧墙,C30砾40	m³	47.30	494.06	23369.22
18	040306004001	箱涵顶板,C30砾40	m³	101.25	491.81	49795.41
四、市政管网工程					
19	040501002001	混凝土管道铺设,无筋,D300,砂浆接口,C15砾40混凝土垫层	m	34.00	109.68	3729.12
20	040501002002	混凝土管道铺设,无筋,D600,砂浆接口,C15砾40混凝土垫层	m	60.00	286.38	17182.88
21	040504001001	砌筑检查井,雨水检查井,平均深2.6m	座	3.00	1127.87	3383.60
22	040504003001	雨水进水井,平均深0.6m	座	6.00	192.94	1157.62
五、钢筋工程					
23	040701002001	非预应力钢筋,传力杆	t	0.489	4021.39	1966.46
24	040701002002	非预应力钢筋,挡墙	t	22.121	3999.95	88698.87
25	040701002003	非预应力钢筋,混凝土防撞栏杆	t	4.933	4014.47	19803.39
26	040701002004	非预应力钢筋,桥涵	t	33.689	3990.21	134426.13
六、拆除工程					
27	040801001001	拆除路面,混凝土路面,无筋,厚2cm,人工拆除	m²	102	0.62	63.46
		合计				917476.39

措施项目清单计价表

工程名称：某路桥工程   第 页 共 页

序号	项目名称	金额/元
1	履带式推土机(135kW以内)进出场费	5731.78
2	履带式单斗挖掘机(1.25m³以内)进出场费	4234.25
3	压路机(综合)进出场费	5538.60
4	双排钢管脚手架8m内	5974.77
5	混凝土挡墙模板费用	10620.82
6	混凝土挡墙垂直运输机械费用	1474.30
7	拱板涵支架	25664.47
8	桥涵工程模板费用	10394.15
9	桥涵工程垂直运输机械费用	3685.75
10	冬雨季施工费用	17834.32
11	临时设施费用	19815.91
	合计	110969.12

其他项目清单计价表

工程名称：某路桥工程

序 号	项 目 名 称	金额/元
1	招标人部分	
	预留金	50000.00
	材料购置费	—
	其他	—
	小计	50000.00
2	投标人部分	
	总承包服务费	—
	零星工作项目费	39535.00
	其他	
	小计	39535.00
	合计	89535.00

零星工作项目表

工程名称：某路桥工程

序号	名 称	计量单位	数 量	综合单价	合价
1	人工				
	技工	工日	58.00	50.00	2900.00
	壮工	工日	45.00	43.00	1935.00
	小计				4835.00
2	材料				
	32.5级普通水泥	t	5.50	300.00	1650.00
	钢筋	t	2.30	3500.00	8050.00
	小计				9700.00
3	机械				
	履带式推土机105kW	台班	5.00	1000.00	5000.00
	汽车起重机12t	台班	8.00	2500.00	20000.00
	小计				25000.00
	合计				39535.00

金额/元 表头下分：综合单价 / 合价

分部分项工程量清单综合单价计算表（1）

工程名称：某路桥工程

项目编码：040101001001

项目名称：挖一般土方

计量单位：m³

工程数量：545.363

综合单价：15.16 元

序号	定额编码	工程内容	单位	数量	人工费/元	材料费/元	机械费/元	管理费/元	利润/元	小计
1	1-3	人工挖土方	100m³	5.454	6159.00	—	—			
	1-109	135kW内推土机推距20m内	1000m³	0.545	73.53	—	1114.45			
		合计			6232.53	—	1114.45	587.76	330.61	8265.35

分部分项工程量清单综合单价计算表（2）

工程名称：某路桥工程
项目编码：040103001001
项目名称：填方

计量单位：m³
工程数量：2775.485
综合单价：2.05元

序号	定额编号	工程内容	单位	数量	其中					
					人工费/元	材料费/元	机械费/元	管理费/元	利润/元	小计
2	1-358	填土碾压	1000m³	2.775	374.19	18.73	4669.09			
		合计			374.19	18.73	4669.09	404.96	227.79	5694.76

分部分项工程量清单综合单价计算表（3）

工程名称：某路桥工程
项目编码：040103003001
项目名称：缺方内运

计量单位：m³
工程数量：1869.242
综合单价：10.79元

序号	定额编号	工程内容	单位	数量	其中					
					人工费/元	材料费/元	机械费/元	管理费/元	利润/元	小计
3	1-244	挖掘机挖土装车	1000m³	1.869	252.01	—	6751.22			
	1-320	自卸汽车运土	1000m³	1.869	—	10.09	10920.11			
		合计			252.01	10.09	17671.33	1434.67	807.00	20175.10

分部分项工程量清单综合单价计算表（4）

工程名称：某路桥工程
项目编码：040101001002
项目名称：挖一般土方

计量单位：m³
工程数量：165.497
综合单价：9.33元

序号	定额编号	工程内容	单位	数量	其中					
					人工费/元	材料费/元	机械费/元	管理费/元	利润/元	小计
4	1-238	挖掘机挖土装车	1000m³	0.165	22.31	—	578.03			
	1-310	自卸汽车运土	1000m³	0.165	—	0.89	770.80			
		合计			22.31	0.89	1348.83	109.76	61.74	1543.53

分部分项工程量清单综合单价计算表（5）

工程名称：某路桥工程　　　　　　　　　　　　　　　计量单位：m³
项目编码：040101001003　　　　　　　　　　　　　工程数量：21.022
项目名称：挖一般土方　　　　　　　　　　　　　　　综合单价：21.69 元

序号	定额编号	工程内容	单位	数量	其中					
					人工费/元	材料费/元	机械费/元	管理费/元	利润/元	小计
5	1-12	人工挖沟槽土方	100m³	0.21	405.54	—	—			
		合计			405.54	—	—	32.42	18.24	455.90

分部分项工程量清单综合单价计算表（6）

工程名称：某路桥工程　　　　　　　　　　　　　　　计量单位：m³
项目编码：040103001002　　　　　　　　　　　　　工程数量：126.779
项目名称：填方　　　　　　　　　　　　　　　　　　综合单价：10.04 元

序号	定额编号	工程内容	单位	数量	其中					
					人工费/元	材料费/元	机械费/元	管理费/元	利润/元	小计
6	1-56	人工回填土、夯实	100m³	1.27	1130.37	0.89	—			
		合计			1130.37	0.89	—	90.50	50.91	1272.67

分部分项工程量清单综合单价计算表（7）

工程名称：某路桥工程　　　　　　　　　　　　　　　计量单位：m²
项目编码：040202006001　　　　　　　　　　　　　工程数量：1348.43
项目名称：石灰、粉煤灰、碎（砾）石道路基层　　　综合单价：40.31 元

序号	定额编号	工程内容	单位	数量	其中					
					人工费/元	材料费/元	机械费/元	管理费/元	利润/元	小计
	2-1	路床碾压检验	100m²	13.48	109.09	—	993.66			
	2-140	四合料基层，20cm 厚	100m²	13.48	1660.46	37980.28	2313.37			
		黄土	m³	41.94	—	838.80				
7	2-141	四合料基层，增 2cm	100m²	13.48	121.09	3799.07	22.38			
		黄土	m³	4.31	—	86.20				
	2-177	多合土养生	100m²	13.48	21.17	8.90	141.85			
		合计			1911.81	42713.25	3471.26	3847.71	2404.82	54348.85

分部分项工程量清单综合单价计算表（8）

工程名称：某路桥工程　　　　　　　　　　　　　　　计量单位：m²
项目编码：040203005001　　　　　　　　　　　　　工程数量：1348.43
项目名称：水泥混凝土路面　　　　　　　　　　　　综合单价：93.24 元

序号	定额编号	工程内容	单位	数量	其中					
					人工费/元	材料费/元	机械费/元	管理费/元	利润/元	小计
	2-289	水泥混凝土20cm 厚	100m²	13.48	10165.41	1673.27	1138.21			
		混凝土	m³	275.08	—	95727.74	—			
8	2-300	草袋养护	100m²	13.48	348.43	1437.29				
	2-298	切缝机切缝	10m	30.16	433.70		245.50			
	2-299	PG 道路嵌缝胶填缝	100m²	0.26	8.53	83.69				
		合计			10956.07	98921.99	1383.71	8900.94	5563.09	125725.80

分部分项工程量清单综合单价计算表（9）

工程名称：某路桥工程　　　　　　　　　　　　　　　　　　　计量单位：m
项目编码：040204003001　　　　　　　　　　　　　　　　　工程数量：174.46
项目名称：安砌侧（平、缘）石　　　　　　　　　　　　　　　综合单价：20.18 元

序号	定额编号	工程内容	单位	数量	其中					
					人工费/元	材料费/元	机械费/元	管理费/元	利润/元	小计
9	2-140	四合料基层，20cm 厚	100m²	0.70	85.93	1965.44	119.71			
		黄土	m³	2.17	—	43.40				
	2-141	四合料基层，增 2cm	100m²	0.70	6.27	196.60	1.16			
		黄土	m³	0.22		4.40				
	2-177	多合土养生	100m²	0.70	1.10	0.46	7.34			
	2-1	侧石处路床碾压检验	100m²	1.05	8.47	—	77.14			
	2-333	安砌侧石	m	1.74	510.11	88.43	—			
		合计			611.88	2298.73	205.35	249.28	155.80	3521.04

分部分项工程量清单综合单价计算表（10）

工程名称：某路桥工程　　　　　　　　　　　　　　　　　　　计量单位：m³
项目编码：040302004001　　　　　　　　　　　　　　　　　工程数量：2.36
项目名称：墩（台）身　　　　　　　　　　　　　　　　　　　综合单价：530.66 元

序号	定额编号	工程内容	单位	数量	其中					
					人工费/元	材料费/元	机械费/元	管理费/元	利润/元	小计
10	3-280	柱式墩台身	10m³	0.236	94.34	1.81	66.54			
		混凝土 C20	m³	2.40	—	921.6				
		合计			94.34	923.41	66.54	97.59	70.48	1252.36

分部分项工程量清单综合单价计算表（11）

工程名称：某路桥工程　　　　　　　　　　　　　　　　　　　计量单位：m
项目编码：040302015001　　　　　　　　　　　　　　　　　工程数量：140.28
项目名称：混凝土防撞护栏　　　　　　　　　　　　　　　　　综合单价：527.03 元

序号	定额编号	工程内容	单位	数量	其中					
					人工费/元	材料费/元	机械费/元	管理费/元	利润/元	小计
11	3-324	混凝土防撞护栏	10m³	14.028	9790.42	202.42	2047.53			
		混凝土 C30	m³	142.38	—	51970.23				
		合计			9790.42	52172.65	2047.53	5760.95	4160.69	73932.24

分部分项工程量清单综合单价计算表（12）

工程名称：某路桥工程　　　　　　　　　　　　　　　　　　　计量单位：m²
项目编码：040302017001　　　　　　　　　　　　　　　　　工程数量：165.44
项目名称：桥面铺装　　　　　　　　　　　　　　　　　　　　综合单价：195.66 元

序号	定额编号	工程内容	单位	数量	其中					
					人工费/元	材料费/元	机械费/元	管理费/元	利润/元	小计
12	3-331	桥面混凝土铺装（车行道）	10m³	3.704	1687.06	1288.55	540.64			
		混凝土 C25	m³	37.60	—	13160.00	—			
	3-261	混凝土垫层	10m³	1.76	523.21	4.54	376.89			
		混凝土 C15	m³	17.86		5983.10				
	3-294	混凝土楔形块	10m³	0.45	322.66	45.85	63.86			
		混凝土 C30,抗渗	m³	4.57		1668.05				
	3-334	桥面防水砂浆	100m²	4.64	844.53	1517.60	—			
		合计			3377.46	23667.69	981.39	2522.39	1821.73	32370.66

分部分项工程量清单综合单价计算表（13）

工程名称：某路桥工程　　　　　　　　　　　　　　　　　　计量单位：m³
项目编码：040305001001　　　　　　　　　　　　　　　　　工程数量：175.16
项目名称：挡墙基础　　　　　　　　　　　　　　　　　　　综合单价：468.69 元

序号	定额编号	工程内容	单位	数量	其中					
					人工费/元	材料费/元	机械费/元	管理费/元	利润/元	小计
13	3-263	混凝土基础	10m³	17.516	5085.07	273.78	3492.69			
		混凝土 C25	m³	177.79	—	62226.50				
		合计			5085.07	62500.28	3492.69	6397.02	4620.07	82095.13

分部分项工程量清单综合单价计算表（14）

工程名称：某路桥工程　　　　　　　　　　　　　　　　　　计量单位：m³
项目编码：040305002001　　　　　　　　　　　　　　　　　工程数量：184.06
项目名称：现浇混凝土挡墙墙身　　　　　　　　　　　　　　综合单价：484.46 元

序号	定额编号	工程内容	单位	数量	其中					
					人工费/元	材料费/元	机械费/元	管理费/元	利润/元	小计
14	3-312	现浇混凝土挡墙	10m³	18.406	6129.38	133.08	4267.06			
		混凝土 C25	m³	186.82	—	65387.00				
	3-505	沥青木丝板沉降缝	10m²	3.634	35.94	1121.20				
	3-495	安装泄水孔	10m	0.90	14.16	115.58	—			
		合计			6179.48	66756.86	4267.06	6948.31	5018.22	89169.93

分部分项工程量清单综合单价计算表（15）

工程名称：某路桥工程　　　　　　　　　　　　　　　　　　计量单位：m³
项目编码：040305002002　　　　　　　　　　　　　　　　　工程数量：301.14
项目名称：挡墙墙身砂滤层　　　　　　　　　　　　　　　　综合单价：79.50 元

序号	定额编号	工程内容	单位	数量	其中					
					人工费/元	材料费/元	机械费/元	管理费/元	利润/元	小计
15	1-685	砂砾反滤层	10m³	30.114	2720.20	18007.81	—			
		合计			2720.20	18007.81		1865.52	1347.32	23940.85

分部分项工程量清单综合单价计算表（16）

工程名称：某路桥工程　　　　　　　　　　　　　　　　　　计量单位：m³
项目编码：040306002001　　　　　　　　　　　　　　　　　工程数量：102.35
项目名称：箱涵底板　　　　　　　　　　　　　　　　　　　综合单价：489.83 元

序号	定额编号	工程内容	单位	数量	其中					
					人工费/元	材料费/元	机械费/元	管理费/元	利润/元	小计
16	3-387	箱涵底板制作	10m³	10.235	3281.85	152.19	2052.22			
		混凝土 C30	m³	103.89	—	37919.85				
		合计			3281.85	38072.04	2052.22	3906.55	2821.40	50134.06

分部分项工程量清单综合单价计算表（17）

工程名称：某路桥工程　　　　　　　　　　　　　　　　　　计量单位：m³
项目编码：040306003001　　　　　　　　　　　　　　　　　工程数量：47.30
项目名称：箱涵侧墙　　　　　　　　　　　　　　　　　　　综合单价：494.06 元

序号	定额编号	工程内容	单位	数量	其中					
					人工费/元	材料费/元	机械费/元	管理费/元	利润/元	小计
17	3-389	箱涵侧墙制作	10m³	4.73	1639.94	44.37	1025.13			
		混凝土 C30	m³	48.01	—	17523.65				
		合计			1639.94	17568.02	1025.13	1820.98	1315.15	23369.22

分部分项工程量清单综合单价计算表（18）

工程名称：某路桥工程
项目编码：040306004001
项目名称：箱涵顶板

计量单位：m³
工程数量：101.25
综合单价：491.81 元

序号	定额编号	工程内容	单位	数量	人工费/元	材料费/元	机械费/元	管理费/元	利润/元	小计
18	3-391	箱涵顶板制作	10m³	10.125	3335.28	176.68	2089.90			
		混凝土 C30	m³	102.77	—	37511.05				
		合计			3335.28	37687.73	2089.90	3880.16	2802.34	49795.41

分部分项工程量清单综合单价计算表（19）

工程名称：某路桥工程
项目编码：040501002001
项目名称：混凝土管道铺设（D300）

计量单位：m
工程数量：34.00
综合单价：109.68 元

序号	定额编号	工程内容	单位	数量	人工费/元	材料费/元	机械费/元	管理费/元	利润/元	小计
19	6-18	管道基础(180°)	100m	0.34	204.05	3.25	51.05			
		混凝土 C15	m³	3.28		1100.27	—			
	6-52	混凝土管道铺设	100m	0.34	95.76					
		钢筋混凝土管 D300	m	34.34		1785.68				
	6-123	水泥砂浆接口	10 个	1.1	21.75	5.08				
	6-286	管道闭水试验	100m	0.34	14.13	19.08				
		合计			335.69	2913.36	51.05	264.01	165.01	3729.12

分部分项工程量清单综合单价计算表（20）

工程名称：某路桥工程
项目编码：040501002002
项目名称：混凝土管道铺设（D600）

计量单位：m
工程数量：60.00
综合单价：286.38 元

序号	定额编号	工程内容	单位	数量	人工费/元	材料费/元	机械费/元	管理费/元	利润/元	小计
20	6-21	管道基础	100m	0.6	687.14	15.44	202.45			
		混凝土 C15	m³	13.01	—	4358.35				
	6-55	混凝土管道铺设	100m	0.6	330.41	—				
		钢筋混凝土管 D600	m	60.6		9453.60				
	6-126	水泥砂浆接口	10 个	1.9	48.72	16.07				
	6-287	管道闭水试验	m	0.6	41.19	52.72				
		合计			1107.46	13896.18	202.45	1216.49	760.30	17182.88

分部分项工程量清单综合单价计算表（21）

工程名称：某路桥工程
项目编码：040504001001
项目名称：砌筑检查井

计量单位：座
工程数量：3
综合单价：1127.87 元

序号	定额编号	工程内容	单位	数量	人工费/元	材料费/元	机械费/元	管理费/元	利润/元	小计
21	6-402	雨水检查井	座	3	636.27	1981.80	17.22			
		混凝土 C10	m³	1.122	—	359.04				
		合计			636.27	2340.84	17.22	239.55	149.72	3383.60

分部分项工程量清单综合单价计算表（22）

工程名称：某路桥工程　　　　　　　　　　　　　计量单位：座
项目编码：040504003001　　　　　　　　　　　　工程数量：6
项目名称：雨水进水井　　　　　　　　　　　　　综合单价：192.94 元

序号	定额编号	工程内容	单位	数量	人工费/元	材料费/元	机械费/元	管理费/元	利润/元	小计
	6-532	砌筑雨水进水井(深 1m)	座	6	417.78	800.70	13.02			
22	6-533	砌筑雨水进水井(深减 0.25m)	座	6	−63.66	−143.40	—			
		混凝土 C10			354.12	657.30	13.02	81.96	51.22	1157.62

分部分项工程量清单综合单价计算表（23）

工程名称：某路桥工程　　　　　　　　　　　　　计量单位：t
项目编码：040701002001　　　　　　　　　　　　工程数量：0.489
项目名称：非预应力钢筋（传力杆）　　　　　　　综合单价：4021.39 元

序号	定额编号	工程内容	单位	数量	人工费/元	材料费/元	机械费/元	管理费/元	利润/元	小计
23	2-304	桥面构造筋	t	0.489	164.38	1565.85	10.00	139.22	87.01	1966.46
		合计			164.38	1565.85	10.00	139.22	87.01	1966.46

分部分项工程量清单综合单价计算表（24）

工程名称：某路桥工程　　　　　　　　　　　　　计量单位：t
项目编码：040701002002　　　　　　　　　　　　工程数量：22.175
项目名称：非预应力钢筋（挡墙）　　　　　　　　综合单价：3999.95 元

序号	定额编号	工程内容	单位	数量	人工费/元	材料费/元	机械费/元	管理费/元	利润/元	小计
	3-235	钢筋 φ10 以内	t	1.704	637.89	71.26	68.33			
24		钢筋 φ10 以内	t	1.738	—	5301.14				
	3-236	钢筋 φ10 以外	t	20.471	3730.43	1264.70	1426.01			
		钢筋 φ10 以外	t	21.290	—	64295.80				
		合计			4368.32	70932.90	1494.34	6911.60	4991.71	88698.87

分部分项工程量清单综合单价计算表（25）

工程名称：某路桥工程　　　　　　　　　　　　　计量单位：t
项目编码：040701002003　　　　　　　　　　　　工程数量：4.933
项目名称：非预应力钢筋（栏杆）　　　　　　　　综合单价：4014.47 元

序号	定额编号	工程内容	单位	数量	人工费/元	材料费/元	机械费/元	管理费/元	利润/元	小计
	3-235	钢筋 φ10 以内	t	0.925	346.27	38.68	37.09			
		钢筋 φ10 以内	t	0.944	—	2879.20				
25	3-236	钢筋 φ10 以外	t	4.008	730.38	247.61	279.20			
		钢筋 φ10 以外	t	4.168	—	12587.36				
		合计			1076.65	15752.85	316.29	1543.12	1114.48	19803.39

分部分项工程量清单综合单价计算表（26）

工程名称：某路桥工程　　　　　　　　　　　　　计量单位：t
项目编码：040701002004　　　　　　　　　　　　工程数量：33.689
项目名称：非预应力钢筋（桥涵）　　　　　　　　综合单价：3990.21 元

序号	定额编号	工程内容	单位	数量	人工费/元	材料费/元	机械费/元	管理费/元	利润/元	小计
	3-235	钢筋 φ10 以内	t	0.07	26.20	2.93	2.81			
		钢筋 φ10 以内	t	0.07	—	217.77	—			
26	3-236	钢筋 φ10 以外	t	33.619	6126.39	2076.98	2341.90			
		钢筋 φ10 以外	t	34.964	—	105591.28				
		合计			6152.59	107888.96	2344.71	10474.76	7565.11	134426.13

工程名称：某路桥工程　　　　　　　　　　　　　　　　　　　　　　　计量单位：m²

项目编码：040801001001　　　　　　　　　　　　　　　　　　　　　　工程数量：102

项目名称：路面拆除　　　　　　　　　　　　　　　　　　　　　　　　　综合单价：0.62 元

序号	定额编号	工程内容	单位	数量	其中					
					人工费/元	材料费/元	机械费/元	管理费/元	利润/元	小计
27	1-549	人工拆除混凝土路面（厚15cm）	100m²	1.02	398.80	—	—			
	1-550	人工拆除混凝土路面（减13cm）	100m²	1.02	−342.64	—	—			
		合计			56.16	—	—	4.49	2.81	63.46

措施项目费分析表

工程名称：某路桥工程　　　　　　　　　　　　　　　　　　　　　　　第　页　共　页

序号	措施项目名称	单位	数量	金额					
				人工费/元	材料费/元	机械费/元	管理费/元	利润/元	小计
1	大型机械设备进出场及安拆								15504.63
1.1	履带式推土机（135kW以内）进出场费	台班	2.00						5731.78
1.2	履带式单斗挖掘机（1.25m³内）进出场费	台班	1.00						4234.25
1.3	压路机（综合）进出场费	台班	2.00						5538.60
2	脚手架								31639.24
2.1	双排钢管脚手架8m以内	m²	927.88	1761.77	3549.14	—	424.87	238.99	5974.77
2.2	拱板涵支架	m³	768.56	6550.36	14426.87	1835.63	1825.03	1026.58	25664.47
3	混凝土挡墙模板费用								10620.82
3.1	挡土墙基础模板	m²	314.29	1504.22	2414.69	—	313.51	176.35	4408.77
3.2	挡土墙模板	m²	442.84	2119.48	3402.34	—	441.75	248.48	6212.05
4	桥涵工程模板费用								10394.15
4.1	柱式墩台身模板	m²	4.25	61.50	78.14	35.71	14.03	7.89	197.27
4.2	混凝土防撞护栏模板	m²	60.86	600.32	390.60	561.68	124.21	69.87	1746.68
4.3	箱涵底板模板	m²	184.23	985.26	1542.93	—	202.26	113.77	2844.22
4.4	箱涵侧墙模板	m²	85.14	487.85	962.00	225.96	134.06	75.41	1885.28
4.5	箱涵顶板模板	m²	182.25	1097.51	1753.06	456.72	264.58	148.83	3720.70
5	垂直运输机械								5160.05
5.1	混凝土挡墙垂直运输机械费用	台班	10.00						1474.30
5.2	桥涵工程垂直运输机械费用	台班	25.00						3685.75
6	冬雨季施工费用								17834.32
7	临时设施费用								19815.91
	合计								110969.12

参 考 文 献

[1] 《市政工程预算快速培训教材》编写组．建筑工程预算快速培训教材．北京：北京理工大学出版社，2009.

[2] 陈远吉等．建筑工程概预算实例教程．北京：机械工业出版社，2009.

[3] 中华人民共和国国家标准．建设工程工程量清单计价规范（GB 50500—2008）[S]．北京：中国计划出版社，2008.

[4] 中国建设工程造价管理协会编．建设工程造价与定额名词解释 [M]．北京：中国建筑工业出版社，2004.

[5] 《建设工程工程量清单计价规范》编制组．《建设工程工程量清单计价规范》宣贯辅导教材 [M]．北京：中国计划出版社，2008.

[6] 本书编委会编．市政工程造价员一本通．哈尔滨：哈尔滨工程大学出版社，2008.

[7] 丛书编委会．市政工程预算细节应用入门图解．长沙：湖南科学技术出版社，2010.

[8] 方明科．看范例快速学预算之市政工程预算．北京：机械工业出版社，2010.

[9] 本书编委会．建筑施工企业关键岗位技能图解系列丛书：预算员．黑龙江：哈尔滨工程大学出版社，2008.

[10] 张庆宏等．建筑工程概预算编制常识．北京：化学工业出版社，2006.

[11] 曹小琳等．建筑工程定额原理与概预算．北京：中国建筑工业出版社，2008.

[12] 本书编委会．建筑工程管理人员职业技能全书．造价员．湖北：华中科技大学出版社，2008.

[13] 张宝岭等．建设工程概预算实用便携手册．北京：机械工业出版社，2008.

[14] 袁建新等．建筑工程预算．第3版．北京：中国建筑工业出版社，2007.

[15] 徐南．建筑工程定额与预算．北京：化学工业出版社，2007.

[16] 王瑞红等．建筑工程项目施工六大员实用手册：预算员．北京：机械工业出版社，2004.

[17] 孙震．土木工程概预算．北京：人民交通出版社，2006.

[18] 王维纲．土建工程概预算．北京：中国建筑工业出版社，2006.